BASTEI
LÜBBE
TASCHENBUCH

Über die Autorin:

Lisa Brönnimann, geboren 1965 im Kanton Bern, wurde ihrer Mutter nach der Geburt weggenommen, weil diese nicht verheiratet war. Sie wurde 1972 zwangsadoptiert und musste bei verschiedenen Bauern als Verdingkind arbeiten. Erst im Jahr 2000 lernte sie ihre leibliche Mutter kennen. Heute ist Lisa Brönnimann verheiratet und Mutter von zwei Kindern. Seit Jahren engagiert sie sich für die Rechte der Opfer von Zwangsadoptionen.

Lisa Brönnimann
mit Ulrike Renk

NIEMANDS KINDER

Verdingt und verachtet.
Meine Kindheit
in der Schweiz

BASTEI LÜBBE
TASCHENBUCH

BASTEI LÜBBE TASCHENBUCH
Band 60951

MIX
Papier aus verantwortungsvollen Quellen
FSC
www.fsc.org
FSC® C083411

Dieser Titel ist auch als E-Book erschienen

Zum Schutz der Persönlichkeitsrechte wurden Namen und Details verändert.

Originalausgabe

Textredaktion: Dr. Ulrike Strerath-Bolz
Titelillustration: © getty images/Rosmarie Wirz
Umschlaggestaltung: U1berlin/Patrizia Di Stefano
Satz: hanseatenSatz-bremen, Bremen
Gesetzt aus der Adobe Garamond Pro
Druck und Verarbeitung: CPI books GmbH, Leck – Germany
Printed in Germany
ISBN 978-3-404-60951-2

2 4 5 3 1

Sie finden uns im Internet unter
www.luebbe.de
Bitte beachten Sie auch: www.lesejury.de

Dieses Buch widme ich den vielen anderen Fremdplatzierten,
denen Gleiches oder Ähnliches widerfahren ist. Ich habe
es für die geschrieben, die nicht so viel Glück hatten
wie ich und im Suizid Erlösung suchten.
Es ist auch ein Buch für die Mütter und Väter,
denen die Kinder entrissen wurden und die,
genau wie meine Mutter, verzweifelt gegen die
Mühlen der Bürokratie angekämpft haben.
Und vor allem widme ich dieses Buch meinen Kindern
und meinem Mann, die in guten wie in schlechten
Zeiten zu mir halten.

Prolog

Herbst 1998

Der Postbote klingelt. Ich öffne. Ein Einschreiben. Mein Herz klopft. Ein Einschreiben? Das ist nie etwas Gutes. Vielleicht ein Brief vom Gericht oder vom Amt? Mit zitternden Fingern unterschreibe ich, nehme den dicken Brief in Empfang, drehe ihn in meinen Händen. Er ist von einem Anwalt aus Zürich, einem Anwalt, dessen Namen ich nie zuvor gehört habe. Was will er von mir?

Solche Briefe sind immer schlechte Nachrichten, das habe ich in meinem Leben gelernt.

Ich nehme den Umschlag mit nach oben, lege ihn auf den Küchentisch, koche mir einen Tee. Der Brief liegt auf dem Tisch und wiegt schwer. Doch ich kann ihn nicht öffnen, nicht einfach so. Zu viel ist passiert in meinem Leben, zu viele Enttäuschungen, zu viele schlimme Dinge wurden über meinen Kopf hinweg entschieden und in Briefen niedergelegt.

Was mag dies nun sein?

Ich erwarte keine amtliche Post, nichts von einem Anwalt.

Ich schütte Zucker in meinen Tee, rühre um, setze mich an den Tisch, nehme den Brief in die Hände. Er ist schwer, dick, darin sind mehrere Blätter, nicht nur eins. Ich taste mich an den Seiten entlang, versuche zu spüren, was in dem Briefumschlag stecken mag. Ein zweiter, kleinerer Brief, so scheint es mir. Mich schaudert es, aber die Neugier überwiegt. Ich nehme das Küchenmesser und schneide vorsichtig an der Kante entlang. In dem Umschlag stecken ein Schreiben und tatsächlich noch ein weiterer unbeschrifteter Briefumschlag.

Den Briefumschlag lege ich vor mich hin, das Schreiben falte ich vorsichtig auseinander, streiche darüber, hole tief Luft.

Dann lese ich.

Liebe Frau Brönnimann,
mein Name ist XXX, und ich bin Anwalt in Zürich. Sie kennen mich nicht.
Ich bin beauftragt worden, Sie zu kontaktieren, und zwar von Ihrer leiblichen Mutter, Rosina Brönnimann. Ihre Mutter hat Sie über Jahre verzweifelt und vergeblich gesucht und nun endlich gefunden.

Meine leibliche Mutter? Mir fällt die Kinnlade herunter. Ich bin Anfang dreißig, und meine Mutter hat in meinem bisherigen Leben nie eine Rolle gespielt. Sie hat mich geboren und sofort danach weggegeben. Sie hat mich nie gewollt, war nie für mich da.

Jedes Kind hat eine Mutter, die es zur Welt bringt. Und jedes Kind wünscht sich eine Mutter, die es liebt, umsorgt, für es da ist. Ich hatte eine Mutter, die mich gebar. Aber ich hatte nie jemanden, der für mich da war. Ich war ein Verdingkind, ein Niemandskind. Nicht gewollt, nicht geliebt, nicht geachtet.

Ich wurde herumgereicht wie ein Wanderpokal. Ich hatte Aufgaben zu erfüllen, Arbeiten zu verrichten, aber geliebt, einfach nur geliebt, wurde ich nie. Danach habe ich mich mein Leben lang gesehnt, ohne zu wissen, wie es sich anfühlte.

Meine Mutter – eigentlich sind meine Gefühle, was sie betrifft, ganz klar. Von früh auf habe ich zu hören bekommen, dass sie ein Luder war, verdorben und verlogen. Sie war eine Hure, eine Frau, die ein Kind nach dem anderen von verschiedenen Männern bekam und die Kinder immer sofort nach der Geburt weggab, weil sie sie nicht haben wollte.

Meine Mutter wollte mich nicht. Nie. Das fährt mir gerade wieder durch den Kopf. Ich vergrabe mein Gesicht in den Händen, versuche die Tränen zurückzudrängen. Zu viele Tränen habe ich schon geweint. Sehnsuchtsvoll. Verzweifelt. Voller Wut und Hass.

Und nun liegt da dieser Brief. Von dieser Frau. Angeblich hat sie mich jahrelang gesucht.

Ich war da, aber wo warst du, Mutter?, durchfährt es mich wie ein schmerzender Blitz. Ich nehme den Umschlag, drehe ihn in meinen Händen. Dann schließe ich die Augen. Draußen spielen die Kinder, meine Töchter. Sie lachen und kreischen vor Vergnügen. Ich bin zwar keine perfekte Mutter, das war ich nie, aber welche Mutter ist das schon? Ich mache Fehler, aber ich bin da für meine Kinder. Das war ich immer. Und du, Mutter, frage ich in die Stille – wo warst du, als ich dich brauchte? Was willst du jetzt von mir?

Was?

Die Frage steht wie gemalt in der Küche vor mir. So wie der ungeöffnete Brief auf dem Tisch liegt. Ein echter Brief, kein Traum und keine Halluzination. Oft habe ich mir ein Zeichen von meiner Mutter gewünscht, doch jetzt? Es ist zu spät. Ich will es nicht mehr.

Ich lebe mein Leben, habe meine eigene Familie. Ich brauche keine Mutter. Nicht mehr. Nicht jetzt.

Ihre Mutter hat Sie über Jahre verzweifelt und vergeblich gesucht und nun endlich gefunden.

Das hat der Anwalt geschrieben. Mein Bauch krampft sich zusammen, meine Hände sind schweißkalt. Vorsichtig nehme ich den Briefumschlag in die Hände, betaste ihn.

Dann reiße ich ihn auf. Eine Postkarte ziehe ich heraus, handgeschrieben. Die Handschrift meiner Mutter, meiner leiblichen, wirklichen Mutter. Zitterig ist diese Schrift, als hätte es sie viel gekostet, die paar Zeilen zu schreiben.

Ich muss die Tränen aus den Augen wischen, bevor ich lesen kann, aber es sind keine Tränen der Rührung. Ich bin wütend, voller Hass. Ich habe mein Leben über dreißig Jahre lang allein gemeistert, und jetzt kommt DIE?

Was will sie jetzt von mir? Gebraucht hätte ich sie, die Mutter, damals, als ich klein war. Jetzt aber?

Braucht sie mich? Das kann sie vergessen.

Ich nehme die Postkarte, lese.

Meine liebe Tochter,
endlich habe ich dich wieder …

Liebe Tochter? Ich springe auf, schreie voller Wut. Liebe Tochter? Wie kann sie so etwas wagen? Ich zerreiße die Karte in Fetzen, zerstreue sie über den Tisch. Schlage mit den Fäusten gegen die Wand. Was für eine Frechheit von dieser Frau, mit so süßlichen Worten zu kommen. Liebe Tochter … sie kennt mich nicht, weiß nichts von mir, von meinem Leben. Sie weiß nicht, was ich alles habe durchmachen müssen, nur weil sie mich nicht haben wollte und mich weggab.

Aber ich … ich musste es durchmachen.

Endlich habe ich dich wieder.

»Nichts hast du!«, schreie ich voller Wut. »Mich schon gar nicht. Ich kenne dich nicht, will dich nicht kennen. Für mich bist du tot! Tot, tot, tot!«

Ich schmeiße den Anwaltsbrief und die Papierfetzen in den Müll, nachdem ich mich beruhigt habe, verdränge alle Gedanken an die Frau, die sich meine Mutter nennen mag und mir viel Leid angetan hat, als sie mich weggab. Die zugelassen hat, dass ich zum Verdingkind wurde.

Kapitel 1

September 1970

Ich bin fünf Jahre alt, heiße Lisa und spreche Deutsch und Französisch. Ich lebe mit »Mutti«, »Vati« und meinen »Geschwistern« auf einem Winzerhof in der Romandie, der französischsprachigen Schweiz. Ich kann mich nicht an die Zeit davor erinnern, aber ich weiß, dass ich kein leibliches Kind der Familie bin, obwohl ich so behandelt werde.

»Na, du schielender Zwerg, möchtest du noch etwas essen?«, fragt mich die Winzerin liebevoll. »Du bist viel zu klein und zu dünn für dein Alter. Und du musst doch groß und stark werden.«

»Warum?«, frage ich neugierig.

»Damit du später so arbeiten kannst wie die großen Mädchen, wie Annabelle.«

Darüber denke ich kurz nach. Wir kommen vom zweiten Frühstück. Meine Aufgabe ist es, dafür den Tisch zu decken und auch nachmittags, wenn es eine weitere Zwischenmahlzeit gibt. Jetzt sind wir wieder im Weinberg, und die dicken, glatten Trauben glänzen in der Sonne. Die Blätter der Reben leuchten gelb, rot und orange. Es ist wunderschön hier, denke ich verzückt und schaue hinunter zum See, in dem sich die Berge spiegeln.

»Was ist auf der anderen Seite der Berge?«, frage ich. »Und wie kommt man dahin? Was passiert mit den Trauben, die ich aufsammle? Und wieso färben sich die Blätter jetzt und bleiben nicht grün?«

Ich stelle viele Fragen, und die meisten werden ehrlich beantwortet.

Meine Aufgabe besteht darin, die Trauben, die am Boden liegen, aufzusammeln und in die Hutte zu tun, eine Art Holzgefäß, das ich auf dem Rücken trage. Wenn es voll ist, bringe ich es zu den großen Behältern und entleere es dort. Dann sammle ich weiter.

Alle sind im Weinberg unterwegs – der Winzer und seine Frau, die drei leiblichen Kinder, einige Gastarbeiter und wir fünf Verdingkinder. Ich bin die Jüngste, und die Arbeit, die ich zu verrichten habe, ist nicht schwer.

Kurz nach drei Uhr am Nachmittag ruft mich die Winzerin, ich soll schnell den Tisch decken.

Es gibt Speck, Brot und Früchte, Sirup für uns Kinder und Kaffee oder Tee für die Erwachsenen. Nach dem Essen gehen alle gestärkt wieder in den Weinberg.

Die Sonne sinkt über die Bergkette, alles leuchtet noch einmal viel intensiver auf, die Farben scheinen kräftiger zu werden. Die Winzerin nimmt uns Kindern die Hutten ab, und wir dürfen noch eine Weile Fangen zwischen den Reben spielen. Es ist für mich wie im Paradies. Doch dann wird es dunkel, und wir alle gehen zurück zum Personalhaus, das oben am Hang steht. Die weißgetünchten Mauern des dreistöckigen Hauses leuchten uns entgegen. Das Haus ist zweckmäßig eingerichtet, es gibt ein Radio und einen Schwarz-Weiß-Fernseher und für uns Kinder Kartenspiele, Puzzle, Würfelspiele. Im Hof können wir Boccia oder Fußball spielen oder die Springseile benutzen. Von Montag bis Samstag gehen wir zur Weinlese, am Sonntag müssen wir in die Kirche. Im Weinberg kann ich mich bewegen, kann rennen und springen – das kommt mir entgegen, denn stillhalten fällt mir schwer.

Es ist Sonntag, und Annabelle kämmt mir wie jeden Tag die goldbraunen Haare, flechtet sie zu Zöpfen.

»Halt still«, ermahnt sie mich. »Nun hör doch auf zu zappeln«, sagt sie lachend und hält mich fest.

Ich schiebe die Unterlippe vor. »Jetzt kann ich noch zappeln, gleich nicht mehr.«

Alle zusammen gehen wir hinunter ins Dorf zur Kirche. Ich fürchte die Gottesdienste, aber nicht wegen der Worte oder der Lieder. Gleich muss ich zwischen Maria und Joëlle sitzen, darf mich nicht bewegen, höchstens ein wenig mit meinen Beinen schaukeln. Dabei würde ich lieber tanzen und singen.

»Sei still, du störst den Pfarrer!«, mahnt Maria mich mehr als einmal.

Dann endlich wird der Segen erteilt, und ich springe erleichtert auf. Das Wetter ist schön; wir werden ein Picknick am See machen.

Die Erwachsenen trinken Wein, wir Kinder bekommen Traubensaft. Den mag ich gar nicht, er ist sehr sauer und ein wenig bitter. Es gibt aber frisches duftendes Brot, Speck und Wurst, süße Butter und Marmelade.

Einer der Männer holt Bocciakugeln hervor, und dann wird gespielt. Joëlle nimmt mich mit zum Ufer des Sees, wir ziehen Schuhe und Strümpfe aus und baden unsere Füße im klaren, kalten Wasser. Die Männer erzählen sich Witze, es wird viel gelacht. Ich verstehe die meisten Witze nicht, aber ich lache trotzdem, denn ich fühle mich geborgen und wohl.

Später stimmt jemand ein Lied an, alle singen nun gemeinsam lustige und manchmal auch traurige Lieder. Ich kuschele mich in Marias Schoß, sie steckt meine Haare zu einem Kranz auf.

»Ach, ist das schön«, denke ich, als ich abends im Bett liege und den Tag Revue passieren lasse, »so eine schöne Zeit. Was habe ich nur für ein Glück.«

Wieso denke ich das? Davor kann ich nicht glücklich gewesen sein, wenn ich mich hier so wohlfühle. Aber was war davor? Ich weiß es nicht mehr, und sosehr ich auch versuche, mich daran zu erinnern, es will mir nicht gelingen. Mir scheint, ich hätte schon ewig hier gelebt, doch das stimmt nicht, das weiß ich wohl. Aber nun, so denke ich, werde ich für immer hierbleiben und ein Teil dieser Familie sein. Froh kann ich einschlafen.

Am Montag beginnt der Tag früh, die Arbeit ruft. Doch es macht mir nichts, ich bin froh, eine Aufgabe und einen Platz in der Gemeinschaft zu haben.

Nach dem Abendessen schauen die Männer die Nachrichten im Fernsehen, dann müssen wir leise sein. Wir machen den Abwasch und räumen auf. Ist das getan, dürfen wir nach Herzenslust im Hof spielen, wenn es das Wetter zulässt. Bei Regen sitzen wir zusammen am Tisch, spielen Brettspiele oder würfeln. Und wir lachen.

Der 25. September ist ein bewölkter Tag. Ich schaue immer wieder nach oben zu den Wolken, die an den Gipfeln der Berge festzuhängen scheinen, und hoffe, dass es nicht regnet.

»Kleine Lisa?«, ruft der Winzer mich plötzlich.

Was will er nur von mir? Ich hüpfe zu ihm, zeige ihm meine Hutte, die schon wieder halb gefüllt ist.

Er nimmt sie mir lächelnd ab. »Die brauchst du nicht mehr«, sagt er. »Du wirst abgeholt. Komm, meine Frau hat zum Abschied eine Überraschung für dich.«

Eine Überraschung? Was kann das wohl sein? Ich höre nur dieses Wort, das mich, wie wohl alle Kinder, verzückt. Dass er vom Abschied gesprochen hat, nehme ich nicht wahr.

Schnell springe ich ihm voraus zum Haus oben am Hang. Dort steht im Hof das Auto des Winzers. Will er wegfahren?, fährt es mir durch den Kopf. Und dann sehe ich den kleinen Koffer neben dem Auto stehen. Es ist mein Koffer. Ich bleibe stehen. Wofür braucht er meinen Koffer? Aber er kann ihn ruhig haben, denke ich. Jetzt sehe ich auch die Winzerin – sie hält eine Puppe in der Hand, eine wunderschöne Puppe mit blonden Haaren. Ist das die Überraschung? Ist diese Puppe etwa für mich? Ich kann den Blick nicht davon abwenden, ich habe noch nie eine eigene Puppe besessen. Langsam gehe ich auf die Winzerin zu und bemerke kaum die Frau, die neben ihr steht.

»Hallo, Lisa«, sagt die fremde Frau und tritt mir entgegen. Sie steht nun vor der Winzerin. »Ich bin Rosmarie, und ich werde dich nach Meienried begleiten. Dort erwarten dich deine Pflegeeltern schon sehnsüchtig.«

Was sagt sie da? Pflegeeltern? Was ist mit der Puppe? Ist das nun meine Puppe? Ich kann gar nichts anderes denken, doch die Winzerin gibt sie mir nicht. Ist sie doch nicht für mich?

Der Winzer packt meinen Koffer in das Auto.

»Du musst mitkommen«, sagt Rosmarie. Ich schaue sie zum ersten Mal richtig an. Sie sieht elegant aus mit ihrem Mantel und der Handtasche, aber ihr Gesicht ist hart, selbst wenn sie lächelt. Sie lächelt nur mit dem verkniffenen Mund, nicht mit den Augen.

Langsam begreife ich, dass ich wegfahre, dass ich den Hof verlassen soll, weil irgendwo irgendwer auf mich wartet. Aber ich bin doch hier zu Hause?

Verwirrt sehe ich den Winzer an.

»Nun steig ein«, sagt er und klingt fast ärgerlich. Zum ersten Mal scheint er böse mit mir zu sein. »Nun mach schon. Ich habe nicht alle Zeit der Welt.«

»Sag Auf Wiedersehen«, meinte Rosmarie. »Und steig ins Auto«, fügt auch sie hinzu.

Mein Magen krampft sich zusammen, als hätte ich zu viele bittere und unreife Trauben gegessen. Dies ist ein Abschied für lange Zeit, spüre ich plötzlich. Vielleicht sogar für immer. *Steig bloß nicht in das Auto*, sagt mir meine innere Stimme.

»Wie lange willst du noch da stehen?« Der Winzer wird jetzt wütend. »Mach schon!«

»Nein!«, rufe ich und klammere mich an das Bein des Winzers. »Nein, bitte nicht! Ich will nicht weg. Ich bleibe hier. Hier ist doch mein Zuhause, ihr seid doch meine Familie.«

»Du musst fahren!«

»Warum muss ich weg?«

»Warum? Warum? Frag nicht immer, es ist halt so.« Er schüttelt mich ab, packt mich. »Steig endlich ein.«

Schließlich setzt er mich in das Auto. Auch Rosmarie steigt schnell ein. Ich kann das alles gar nicht fassen, Tränen füllen meine Augen, und verzweifelt drehe ich mich um, als er den Hang hinunter zum Dorf fährt. Die Winzerin ist stehen geblieben, sie hat kein Wort des Abschieds gesagt, sie hat mir nicht geholfen. Warum? Ich verstehe es nicht, spüre nur die wachsende Verzweiflung in mir.

»Warum?«, frage ich wieder, als wir am Bahnhof ankommen.

»Meine liebe kleine Lisa«, sagt der Winzer, der jetzt wieder ganz freundlich klingt. »Du bekommst nun eine nette Mami und einen Papi. Die haben mehr Zeit für dich als wir. Aber wir werden dich im Winter besuchen kommen, das verspreche ich dir.« Nun gibt er mir die Puppe, die seine Frau auf den Beifahrersitz gelegt hat, und küsst mich auf die Wange. Seine Haut fühlt sich rau an, die Bartstoppeln kitzeln. Das alles nehme ich wie durch einen Nebelschleier wahr. Rosmarie packt meine Hand; sie hält mich so fest, dass es wehtut. Mit der anderen Hand nimmt sie meinen Koffer entgegen, nickt dem Winzer zu und zieht mich in das Zugabteil.

»Ich will keine andere Mami und keinen anderen Papi«, rufe ich verzweifelt. »Du bist doch mein Papi!«

Der Winzer schüttelt nur den Kopf, dreht sich um und geht. Langsam setzt sich der Zug in Bewegung, und ich sinke erschöpft auf die Sitzbank. Ich presse die Puppe an mich. Sie ist wunderschön, mit blauen Augen und blonden Locken. Sie ist das erste Geschenk meines Lebens, und vielleicht kann sie mir Trost spenden. Tränen laufen über meine Wangen, und ich fühle mich ganz und gar verlassen.

Ich hatte keine Zeit, mich mit dem Abschied anzufreunden, konnte mich noch nicht einmal von den anderen verabschieden. Wenn sie abends fröhlich vom Weinberg ins Haus kommen, werde ich einfach nicht mehr da sein. Werden sie mich vermissen?, frage ich mich. Und ich hatte gedacht, dass der Winzer und seine Frau, die immer so freundlich zu mir waren, mich geliebt hätten. Doch nun wird mir klar, dass die Liebe nur gespielt war. Es war alles geheuchelt. Wem kann ich noch trauen? Worauf kann ich mich verlassen, wenn noch nicht einmal mein Bauchgefühl stimmt?

Rosmarie sitzt mir gegenüber und mustert mich. Ich will nicht mit ihr reden. Sie hat mich abgeholt, sie bringt mich weg von meinem Zuhause. Ich hasse sie.

Rosmarie scheint meine Gedanken zu erraten. Sie holt ein Schokoladenbrötchen aus ihrer Tasche.

»Magst du?«, fragt sie mich.

»Nein!« Trotzig schüttele ich den Kopf. Sie soll merken, dass ich kein freundliches Kind bin. Vielleicht denkt sie dann, dass mich die Pflegeeltern doch nicht haben möchten, und bringt mich zurück? Dieser Gedanke lässt kurz Hoffnung in mir wachsen, doch mit einem fiesen Grinsen zerstört Rosmarie diese sofort.

»Wer nicht will, der hat schon«, sagt sie und isst das Brötchen voller Genuss selbst.

Oh, wie gerne hätte ich die Schokolade gehabt, ich liebe Schokolade! Doch nun ist es zu spät. Das Wasser läuft mir im Mund zusammen, aber ich schlucke es trotzig hinunter. Rosmarie soll nicht merken, wie sehr sie mich quält. Ich schaue nach draußen, beachte sie die ganze Fahrt über nicht mehr. Ich hasse sie, sie ist eine böse Frau, sie hat mir mein Paradies genommen.

Irgendwann steigen wir aus, fahren mit dem Postauto weiter. Und dann müssen wir von Safnern im Kanton Bern, wo das Postauto hält, bis zum Willer Meienried marschieren – gute vierzig Minuten.

Kapitel 2

Rosmarie zieht mich die Straße entlang. Ihre Hand hält meine fest umklammert.

»Nun mach schon!«, treibt sie mich immer wieder zur Eile an.

Meine Füße sind schwer, und in meinem Bauch rumort es. Ich weiß nicht, wohin wir gehen, ich weiß nicht, wie meine Zukunft aussehen wird. Hin und wieder stolpere ich.

»Pass doch auf, du machst dich dreckig, du dummes Ding«, herrscht mich Rosmarie dann an.

Die Angst in meinem Bauch wächst, mein Herz pocht. Nur die Puppe halte ich fest an mich gedrückt. Den ganzen Weg über habe ich überlegt, wie ich sie nennen will. Gabi, sie heißt Gabi. Sie ist meine einzige Verbindung zum Winzerhof in Gland und jetzt schon mein größter Trost.

Wir gehen eine Einfahrt hoch zu einem Bauernhof. Der Hof ist dreckig, die Wände des Hauses sind grau und feucht. Kein Vergleich zu dem schönen, weißgetünchten Personalhaus in Gland, von dem ich komme. Ich rümpfe die Nase, es stinkt nach Kuhdung und Hühnermist und noch Schlimmerem. In der Ferne höre ich einen Fluss rauschen. Noch weiß ich nicht, dass es die alte Aare ist.

Ein Bauer und eine Bäuerin stehen im Hof und erwarten uns wohl schon, als wir zu ihnen stapfen.

»Na endlich«, sagt der Bauer ungeduldig. Er ist dick, ungepflegt und riecht streng. Seine Wangen sind schlecht rasiert, von grauen Bartstoppeln übersät. »Das wurde aber auch Zeit.

Beeil dich, Kind, ich muss in den Stall«, sagt er und schüttelt meine Hand. »Willkommen bei uns. Du kannst uns Mutti und Vati nennen.« Er nimmt den Koffer, trägt ihn ins Haus und verschwindet in den Stall.

Die Bäuerin nickt mir zu. Ihre Haare sind grau, ihr Gesicht voller Falten. Wie alt mag sie sein? Sehr alt, will mir scheinen. Auch der Hof ist alt, das Haus klein und abgewohnt. Durch die Tür kommt man direkt in die Küche. Ich folge der Bäuerin, schaue mich neugierig um. In der Küche stehen eine Eckbank und ein Tisch. Daneben ist die Stube. Auf dem Holzboden liegt ein abgetretener Teppich, eine verwohnte Biedermeier-Sitzgruppe steht um einen runden Tisch, in der Ecke ein Kachelofen, der behagliche Wärme ausstrahlt. An der Wand steht ein dunkles Büfett, rechts und links davon hängen Porträts an der Wand – Verwandte der Familie, erklärt die Bäuerin kurz. Rechts und links davon gehen die beiden kleinen Schlafzimmer ab. Die Bäuerin schiebt einen Vorhang zur Seite, eine wirkliche Tür gibt es nämlich nicht.

»Das ist euer Zimmer«, erklärt sie mir.

Ich schaue hinein. Zwei Betten stehen dort. Verwundert schaue ich sie an.

»Der Bub schläft auch hier«, sagt sie. »Ein Verdingbub.«

Das Zimmer ist bedrückend klein und dunkel. Nur ein winziges Fenster gibt es, das zum Hof führt.

»Ich muss mal«, sage ich leise. »Wo ist bitte das Bad?«

Die Bäuerin lacht. »Ein Bad? Herrschaftszeiten. Dort ist die Waschschüssel und der Krug.« Sie weist auf eine kleine Kommode. »Der Abort ist im Hof. Komm.«

Sie zeigt mir das kleine Häuschen. Dort ist ein Brett mit einem Loch, auf das man sich setzen muss. Ich bleibe mit meinem Po kleben, es stinkt entsetzlich. Auch Klopapier von der Rolle suche ich vergebens, stattdessen liegt dort ein Stapel alter, zerrissener Zeitungen. Damit soll ich mich säubern? Doch solange ich auch suche, ich finde nichts anders und nehme deshalb ein Stück der Zeitung.

Was, fährt es mir durch den Kopf, wenn ich nachts muss? Muss ich dann hier in den Hof? In die Dunkelheit? Das ist ja gruselig!

Die Bäuerin hat vor der Tür gewartet. »Machst du eine lange Sitzung?«, fragt sie ungeduldig. »Nun komm schon, ich zeige dir den Rest.«

Über das Tenn, eine Art Aufgang, kommt man in den ersten Stock des Hauses. Hier werden das Heu und das Stroh gelagert. Es riecht nach Sommer, nach der Frische der vergangenen Tage, nach Sonne und Wiesen. Am liebsten würde ich mich in das Heu fallen lassen, aber die Bäuerin zieht mich weiter zum Stall nebenan.

Dort stehen die sechs Milchkühe und ein Dutzend Hühner.

Wir gehen zurück zum Haus. Verblüfft schaue ich mich um. Wo gibt es Spiele? Einen Fußball oder wenigstens ein Springseil? Ich sehe nichts davon.

Rosmarie nickt zu allen kargen Erklärungen der Bäuerin.

»Lisa wird es hier gut haben. Aber du wirst dich schicken müssen, Lisa«, sagt sie und sieht mich streng an.

Ich soll mich schicken? Was meint sie damit? Ein wenig bin ich froh, dass Rosmarie zum Abendbrot bleibt. Schließlich kenne ich sie schon ein paar Stunden länger als jeden anderen hier.

Ich helfe den Tisch decken, dann setzen wir uns, auch der Bauer kommt, und das erste Mal sehe ich den Verdingbuben, mit dem ich mir das Zimmer teilen werde. Er ist ein paar Jahre älter als ich, sehr hager, und sein Gesicht ist fast knochig. Am linken Arm hat er einige rötliche Striemen.

Ob er wohl in die Büsche gekrochen ist? In die Beeren?, frage ich mich.

Er schaut mich nur kurz an und senkt dann den Blick. Den ganzen Abend sagt er kein Wort.

Ich aber kann mich nicht halten. »In Gland hatten wir einen Fernseher, nach dem Essen wurden die Nachrichten gesehen. Habt ihr auch einen Fernseher? Gibt es hier auch Weinberge? Ich liebe die Weinberge. Ich habe am See gewohnt, das war wunderschön«, sprudelt es aus mir heraus.

»Lisa«, fährt mich Rosmarie wütend an. »Sei still! Du bist unhöflich.«

»Warum?«, frage ich verdutzt.

»Kinder haben zu schweigen, wenn Erwachsene reden!«

Es hat aber gar niemand geredet. Also fahre ich unbekümmert fort. »Mit mir lebten noch Annabelle, Marie und Joëlle auf dem Weingut«, erzähle ich. »Wir haben immer ganz wunderbare Spiele gespielt. Und wir durften im Hofe seilspringen ...«

»Jetzt sei endlich ruhig«, ermahnt mich der Bauer, der nun mein Vati ist, streng. »Kinder am Tisch, still wie ein Fisch!«

Für mich ist es neu, dass nur Erwachsene sprechen dürfen. Warum ist das so? Der Kloß in meinem Bauch, der sich etwas gelöst hatte, wird wieder größer. Ich schaue zu dem Jungen, dem anderen Verdingkind, aber er würdigt mich keines Blickes, isst hastig.

»Ich muss jetzt gehen«, sagt Rosmarie und gibt Bäuerin und Bauer die Hand. Mir streicht sie kurz über den Kopf, aber es ist eine harte, keine zärtliche Geste, und ich zucke zurück. »Auf Wiedersehen.«

Und dann geht sie in die Dämmerung, die Auffahrt hinunter und um die Ecke. Ich möchte hinter ihr herrennen, mit ihr zusammen gehen. Ich möchte wieder zurück nach Gland. Dort würden wir jetzt den Tisch abräumen ...

»Komm, Kind«, sagt die Bäuerin, »hilf mir den Tisch abräumen und beim Spülen. Dort ist das Tuch, du kannst abtrocknen.«

Ich atme tief ein und aus, dann drehe ich mich um, nicke. Abräumen und aufräumen, das kann ich, auch abtrocknen. Es hat etwas Vertrautes, auch wenn hier alles so anders ist, als ich es kenne.

Der Verdingbub setzt sich an den nun sauberen Tisch, zieht einen Ledertornister hervor und holt Hefte und Bücher heraus.

»Er macht seine Schulaufgaben«, sagt die Bäuerin und zieht mich in die Küche. Dort steht ein Herd, der durch Kohlen beheizt wird, er hat aber auch drei elektrische Platten.

»Der macht es hier warm«, sagt die Bäuerin stolz. »Musst immer schön Holz nachlegen.«

Ich nicke, auch wenn ich nicht so recht weiß, was sie von mir will. Sie drückt mir ein Trockentuch in die Hand und beginnt das Geschirr zu spülen.

»Wie heißt denn der Bub?«, will ich wissen.

»Adrian.«

»Und wie alt ist er?«

»Dreizehn, denk ich.«

»Wie lange ist er schon hier?«

»Jetzt hör aber auf zu fragen«, schnauzt sie mich an. »Arbeite lieber. Willst doch fleißig sein.«

Ich nicke verdattert. »Gibt es noch mehr Kinder hier?«, frage ich dann doch. »Und was kann ich spielen und mit wem?«

»Bist nicht zum Spielen da.«

Ich erzähle wieder ein wenig vom Winzerhof, wie wir abends Karten gespielt haben. »Kannst du Mau-Mau?« Ich schlucke, räuspere mich, hänge ein leises »Mutti?« an die Frage. Sie hatten doch gesagt, ich soll sie Mutti und Vati nennen. Es fühlt sich seltsam an.

»Mau-Mau? Das machen die Katzen.« Mutti lacht, ein bitteres Lachen. »Genug gefragt, ab ins Bett!«

Ich gehe in das kleine Zimmerchen. Mein Bett ist bezogen, der Koffer steht daneben. Viele Sachen habe ich nicht. Ich ziehe vorsichtig die Schubladen der Kommode auf. Die oberen Fächer sind gefüllt, darin liegen Adrians Sachen. Die beiden unteren Schubladen sind leer. Ich lege meine Kleidung hinein, schiebe den Koffer in die Ecke. Dann ziehe ich meinen Schlafanzug an, nehme Gabi und lege mich ins Bett. Gabi ist wie Gland – wie die Menschen dort. Sie ist hübsch und schön und neu. Hier hingegen ist alles alt und heruntergekommen. Es riecht muffig, und die Bettwäsche ist ein wenig klamm. Ich ziehe die Decke bis zum Hals, die Locken meiner Puppe kitzeln meine Nase, aber um nichts in der Welt würde ich sie loslassen. Sie gibt mir Halt und erinnert mich an das Schöne, an das Paradies, in dem ich bis heute gelebt habe.

Vielleicht, denke ich, wird es hier auch schön. Irgendwie.

Jemand zieht den Vorhang zur Seite – Adrian, der Verdingbub. Schnell macht er den Vorhang wieder zu, zieht sich schweigend aus und steigt ins Bett. Der Mond scheint ein wenig durch das Fenster; sein Licht wirft sonderbare Schatten, und mir kriecht ein Schauer den Rücken hoch, als würde mich dort jemand mit kalten Fingern berühren.

Kurz drauf höre ich, dass auch die Bauersleute zu Bett gehen. Die schwere, alte Holztür mit den Eisenbeschlägen, die zu ihrem Schlafzimmer führt, knarrt laut. Sie öffnen sie, schließen sie aber nicht.

»Schlafen Mutti und Vati jetzt?«, frage ich Adrian leise.

Er brummt nur.

»In Gland, wo ich herkomme, war es so schön. Da hatten wir ein Badezimmer und Türen, nicht nur einen Vorhang.«

Adrian sagt nichts.

»Es war so schön dort. Alle Tage waren wir in den Weinbergen. Annabelle hat mir jeden Tag die Zöpfe geflochten, und wir haben abends oft Karten gespielt, das war lustig. Spielst du auch Karten?«

Ich starre in die Dunkelheit, warte vergeblich auf eine Antwort. Spricht er denn gar nicht? Das ist ja seltsam, denke ich. Aber ich bin doch froh, dass ich nicht ganz alleine bin. Das Mondlicht wirft merkwürdige Schatten, die mich ängstigen. Ist dort auf dem Hof jemand? Vielleicht gibt es hier ja unheimliche Gestalten oder gar Geister?

»Mutti und Vati sind wohl sehr nett«, sage ich nachdenklich. »Aber der Hof ist hässlich. Alt und dreckig, in Gland war es viel schöner.«

Adrian schnaubt. »Nett? Na, warte nur ab«, sagt er, dreht sich zur Wand und schläft ein. Ich kann seine tiefen, gleichmäßigen Atemzüge hören.

Ich hätte ihm gerne noch von der Fahrt erzählt, von der gemeinen Rosmarie, die mein Schokobrötchen genüsslich verspeist hat. Von all den Dingen, die ich gesehen habe, als ich aus dem Zugfenster geschaut habe, von der Fahrt im Postauto und so weiter.

Mein Kopf ist voll mit Gedanken und Eindrücken, aber es ist niemand da, mit dem ich sie teilen könnte. Ich drücke meine Puppe Gabi an mich, sie ist mein Trost.

Morgens um fünf werden wir geweckt. Es ist ungewohnt früh, ich bin noch erschöpft von der Reise, fühle mich fremd und allein. Das Zimmer ist kalt, ein Badezimmer gibt es nicht, und fröstelnd wasche ich mich schnell an der Waschschüssel, die auf der Kommode steht. Das Wasser ist eisig. Hier gibt es keine Annabelle, die mir die Haare kämt. Ich flechte meine Zöpfe selbst, aber es will mir nicht gut gelingen.

In Gland schlafen sie noch. Und wenn sie gleich aufstehen, wird dort fröhlich gelacht und erzählt. Der Gedanke an Gland treibt mir Tränen in die Augen, aber zum Trauern habe ich keine Zeit.

»Nun komm schon«, ruft die Bäuerin verärgert. »Was brauchst du denn so lange?«

Adrian hat sich schnell angezogen und ist nach draußen geeilt. Vor der Schule muss er dem Bauern im Stall helfen. Ich habe der Bäuerin zur Hand zu gehen.

Sie drückt mir einen Lappen in die Hand, den ich verwundert ansehe.

»Tisch abwischen!« Sie folgt mir, beobachtete mich. »Doch nicht so. Mach es ordentlich!«, schreit sie mich an. »Du kannst aber auch gar nichts. Hat man dir nichts beigebracht, oder bist du dumm?«

Entsetzt starre ich sie an. Was soll ich denn sagen? Ich weiß nicht, was sie von mir will.

»Komm in die Küche«, sagt sie nun. »Deck den Tisch.«

Ich habe vergessen, wo die Besteckschublade ist, schaue mich suchend um. Die Bäuerin wird immer wütender, zeigt mir die Schublade.

Draußen ist es noch dunkel. Plötzlich höre ich den Bauer brüllen.

»Du Sauhund!«, schreit er. »Lumpenhund! Drecksviech, hast du nicht besser putzen können?«

Mir wird ganz kalt. Ich lasse vor lauter Schreck die Messer fallen, dabei meint der Bauer ja nicht mich, sondern Adrian. Er hatte gestern zwei Milchkannen im Hof am Brunnentrog ausgewaschen, doch der Bauer meint, sie wären noch schmutzig.

Klirrend fallen die Messer zu Boden.

»Was soll das? Bist du blöd?«, schreit nun die Bäuerin und versetzt mir eine Ohrfeige, dass ich hinfalle. Zuerst bleibt mir vor lauter Schreck die Luft weg, doch dann strömen die Tränen. Ich springe auf. Laufe in das Schlafzimmer und werfe mich aufs Bett. Ich bin so einsam, so verzweifelt, und meine Wange brennt wie Feuer. Die Bäuerin kommt mir nach, zieht mich an meinen Zöpfen zurück in die Küche. Mein ganzer Kopf schmerzt, ich kann nicht aufhören zu weinen.

»Du Tschingg«, brüllt sie, »jetzt wird gearbeitet und nicht ausgeruht. Jetzt weht ein anderer Wind, du Vagabund!«

Ich kenne die Worte nicht. Was ist ein Tschingg, ein Vagabund? Und warum ist sie so böse mit mir? Warum tut sie mir weh? Immer noch schluchzend helfe ich das Frühstück zuzubereiten. Der Bauer und Adrian kommen, schweigend wird gegessen. Adrian wirft mir einen langen Blick zu. Jetzt weiß ich, was er gestern Abend mit: »Warte nur ab!«, gemeint hat. Ich habe Angst.

Adrian geht nach dem Frühstück in die Schule, ich muss der Bäuerin helfen. Wir putzen die Küche, machen die Betten, wischen Staub und nehmen die Böden auf. Dann muss ich Gemüse schälen und für das Mittagessen zubereiten. Nach dem Mittag muss wieder abgewaschen werden, dann wird das Abendessen vorbereitet, danach wieder abwaschen und aufräumen. Die Bäuerin zeigt mir, wie ich Holz in den Ofen zu legen habe. Es ist ab nun meine Aufgabe, den Ofen jeden Morgen vor allem anderen mit Holz zu befüllen.

Jeden Tag ist es das Gleiche. Die Arbeit an sich ist nicht schwer, aber die Bäuerin ist meist unfreundlich. Nur langsam gewöhne ich mich an mein neues Leben. Glücklich bin ich nicht. Ich habe keine Freundinnen, darf nicht spielen und toben. Ich habe nur meine Gabi, meine Puppe, die tagsüber schön zugedeckt in meinem Bett schläft. Gabi kann ich alles erzählen – meine Gedanken, meine Fragen kann ich ihr stellen, auch wenn sie nicht antwortet. Sie hilft mir, die Sehnsucht nach Gland auszuhalten. Gabi ist so etwas wie meine Familie, ich liebe sie innig.

Adrian taut ein wenig auf. Manchmal reden wir miteinander. Den Sonntagnachmittag, wenn alle Arbeit getan ist, dürfen wir frei verbringen. Er nimmt mich mit an das Ufer der Aare oder zu einem Baggersee in der Nähe. Oft werfen wir Steine oder Stöcke in das fließende Wasser. Ich muss an den schönen Genfer See denken, in dem sich die Berge spiegeln, überhaupt sehne ich mich sehr nach Gland zurück. Aber jetzt ist hier mein Zuhause, auch wenn ich mich nicht wohlfühle. Hier muss ich jetzt leben, mit *Mutti* und *Vati* – so nenne ich sie inzwischen.

Manchmal sage ich ein französisches Wort oder einen Satz, es fährt so aus mir heraus, ohne dass ich nachdenke. Ich spreche ja auch Französisch, nicht nur Deutsch.

»Oh mon Dieu!«, rufe ich aus, als mir etwas aus der Hand rutscht. *Vati* packt mich, legt mich über seine Knie, zieht mir die Hosen herunter und schlägt mit seiner mächtigen Hand auf den nackten Po.

»Dir werde ich das ausländische Geschwätz schon noch austreiben, du Tschingg, du Lumpenhund von einer Hure!«, brüllt er, und wieder landet die Hand klatschend auf meiner Haut.

Ich schreie, es brennt, es tut so weh. »Abtreiben und verbrennen sollte man so ein Lumpenpack wie dich!«, schreit er und stößt mich zu Boden. Ich ziehe die Hose hoch, laufe in unser Zimmer und verkrieche mich mit Gabi unter dem Bett. Zitternd und keuchend vor Schmerz lausche ich, ob seine schweren Schritte mir folgen, ob er mich weiter schlagen wird. Doch er lässt mich in Ruhe.

Mittags, nach dem Essen, legt sich *Vati* hin, um ein wenig zu schlafen. Dann müssen wir ganz leise sein. Die Tür zum Schlafzimmer bleibt angelehnt. Ich soll an diesem Mittag das Besteck polieren und will *Vati* nicht bei seinem Mittagsschlaf stören, deshalb schließe ich die Tür. Sie quietscht und knarrt laut. Erschrocken bleibe ich stehen, wie angewachsen, und kann mich nicht rühren. Und da kommt *Vati* auch schon aus dem Schlafzimmer gelaufen, schlägt mir mit der Faust ins Gesicht. Ich huste und würge, mein Mund ist voller Blut. Schnell laufe ich in unser Zimmer, spucke den Zahn, den er mir ausgeschlagen hat, in die Hand.

»Ist ja nur ein Milchzahn«, sagt *Mutti*. »Der wäre eh bald ausgefallen.« Ihre Worte sollen mich wohl trösten, aber der Schmerz und die Angst vor *Vati* sitzen inzwischen tief in mir.

Es wird November und immer kälter. Wir haben Doppelfenster eingehängt, um die Kälte etwas abzuhalten. Jeden Morgen um fünf krieche ich zitternd aus dem Bett und eile in die kalte Küche. Dort muss ich Holz nachlegen und den Ofen anfachen. Der Ofen heizt schnell und gut, und zum Frühstück ist es angenehmer, dann sind auch die Eisblüten an den Fenstern geschmolzen.

Aber eines Morgens vergesse ich das Holz aufzulegen. Es ist bitterkalt im Haus.

»Was?«, ruft *Mutti*. »Hast den Ofen vergessen? Na warte!« Sie geht in unser Zimmer und reißt Gabi, die ich gut zugedeckt habe, aus dem Bett. »Sieh genau hin«, sagt *Mutti*. »Dies geschieht mit faulen Tschinggelis, die nicht arbeiten!« Sie rennt in die Küche und stopft Gabi in den Ofen, in dem mittlerweile das Holz lodert. Ich sehe mit weit aufgerissenen Augen zu, schreie vor Entsetzen.

»Das nächste Mal«, droht *Mutti*, »wirst du darin geschmort.«

»Meine Gabi!«, brülle ich.

»Spielsachen brauchst du hier nicht, ist eh rausgeschmissenes Geld!«

»Meine liebe, liebe Gabi!« Ich renne zum Ofen, will meine Puppe retten.

Aber *Mutti* packt meinen Arm, zieht mich weg und schüttelt mich durch, dass mir Hören und Sehen vergeht. »Du dummes Ding, willst du dich verbrennen? So nützt du uns nichts mehr! Mit dir hat man nichts als Ärger!«

Sie hält mich fest. Ich starre zum Ofen. Tränen fließen und lassen sich nicht zurückhalten. Gabis Haare, die langen blonden Locken, die ich so gerne gekämmt habe, fangen Feuer, dann ihr Rock. Gabi wird schwarz, zieht sich zusammen und schmilzt. Es stinkt nach verbranntem Gummi, und schwarze Wolkenschwaden wabern durch die Küche. Ich sinke zu Boden, weine haltlos und verzweifelt. Etwas in mir zerbricht, wie ein dünnes Glas. *Mutti* reißt schimpfend Türen und Fenster auf, doch ich höre sie gar nicht.

Bis zu diesem Moment bin ich immer noch fröhlich gewesen, habe gerne gelacht und gesungen. Doch an diesem Tag vergeht mir das Lachen. Ich werde stiller und stiller und immer nachdenklicher. Egal, wie sehr ich mich auch anstrenge, ich mache alles falsch. Ich versuche lieb und arbeitsam zu sein, aber es will mir nicht gelingen.

Sie sind böse, wird mir klar.

»*Mutti,* ich hasse dich!«, schreie ich ihr entgegen. »Du bist nicht meine Mutti!«

Fortan nenne ich sie nur noch mit Namen, was ihnen nicht gefällt. Aber ich kann sie nicht mehr Mutti und Vati nennen.

Zum Glück habe ich Adrian. Er ist inzwischen wie ein Bruder zu mir, versucht mich zu beschützen. Nachts schieben wir unsere Betten aneinander, sodass er meine Hand halten kann, bis ich einschlafe, denn ich habe ja keine Gabi mehr, die ich festhalten kann.

»Was ist ein Tschingg?«, frage ich ihn leise. »Was ist eine Hure?« Das sind alles Namen, die das Bauernpaar mir und meiner Mutter geben. Ich weiß nicht, was sie bedeuten, aber ich spüre, dass es Schimpfworte sind.

Nie habe ich bisher über meine Mutter nachgedacht, doch jetzt rede ich mit Adrian über sie.

»Eine schlechte Frau muss es sein, wenn die Bauersleute sie so beschimpfen. Sie haben gesagt, dass meine Mutter keine Kinder mag, sie sogar quält. Streit mit allen soll sie haben«, sage ich nachdenklich. »Sie ist unordentlich, arbeitslos und stiehlt. Ich kann froh sein, dass ich nicht bei ihr aufwachsen muss, oder?«

»Hier ist es auch nicht viel besser«, meint Adrian leise.

Doch meine Meinung zu meiner Mutter verfestigt sich. Sie muss eine böse, eine schlechte Frau sein. Warum hat sie mich nur geboren, frage ich mich immer wieder. Darauf finde ich keine Antwort.

Kapitel 3

November 1970

Es wird kälter, der Winter kommt. Mit der Zeit stelle ich fest, dass die Bäuerin auch gute Seiten an sich hat. Wenn ihr Mann sich zum Mittagsschlaf hinlegt, setzt sie sich in die Stube an den warmen Kachelofen. Der kleinen, eher zierlichen Frau sieht man gar nicht an, wie kräftig sie ist. Ihr Gesicht ist voller Verbitterung, aber manchmal lächelt sie auch oder singt leise ein Lied aus alten Zeiten.

Wenn wir zusammen am Kachelofen sitzen, zeigt sie mir voller Geduld, wie man strickt und näht. Ich bin oft ungeschickt, habe bisher noch keine Handarbeiten verrichtet, doch sie erklärt es mir wieder und wieder.

In diesen Stunden genieße ich ihre Nähe und Wärme, ihre vorübergehende Freundlichkeit. Ich sauge sie auf wie ein trockener Schwamm. In diesen Momenten wünsche ich mir sehnlich, dass sie immer so sein möge – so freundlich und geduldig. Inzwischen habe ich begriffen, dass ich wohl ein schwieriges Kind bin, zu laut und zu ungestüm. Ich verzeihe ihr die Beschimpfungen und Schläge, vielleicht muss das so sein, vielleicht habe ich es ja verdient. Was ich ihr jedoch nie verzeihe, ist, dass sie meine geliebte Gabi verbrannt hat.

Wieder einmal sitzen wir auf der Ofenbank, in unserem Rücken sind die warmen Kacheln, es duftet nach dem Holz, das langsam im Ofen verbrennt, und nach der kräftigen Suppe, die auf dem Herd vor sich hin köchelt.

Die Bäuerin hat ihre Arme um mich geschlungen, hilft mir, die Stricknadeln zu führen.

»So macht man das«, sagt sie und nimmt mit mir zusammen die Maschen auf. »Wenn du das kannst, darfst du dir einen Schal stricken«, verspricht sie mir. »Überhaupt bist du aus deinen Sachen herausgewachsen. Du brauchst dringend neue Winterkleidung. Morgen fahren wir mit dem Postauto in die Stadt und kaufen dir Wintersachen.«

Ich schlucke. Hat sie das wirklich gesagt? Vor lauter Überraschung lasse ich die Nadeln sinken, und die Maschen rutschen herunter.

»Pass auf«, sagt sie. Ich zucke zusammen – wird sie mich schlagen? Doch sie lacht leise, nimmt meine Hände, führt die Zeigefinger wieder nach oben. »Du verlierst sonst deine Maschen.«

Dann steht der Bauer auf, stapft in die Wohnstube, und die Stimmung verändert sich. Rasch legt die Bäuerin das Strickzeug in den Korb.

»Ist der Bub noch nicht da?«, fragt der Bauer und klingt wütend. Ich habe Angst vor ihm, entsetzliche Angst. Obwohl er mich gar nicht meint, hebe ich reflexartig den Arm vor mich.

Adrian ist nachmittags in der Schule. Wenn er zurück auf den Hof kommt, muss er sofort im Stall helfen. Er muss die Kühe melken, ausmisten, füttern. Und sobald er von der Käserei zurückkommt, werden die Milchkannen gereinigt. Jetzt, im Winter, sind seine Hände rot und aufgerissen vom kalten Wasser des Brunnens und der Kälte.

Oft fehlt er in der Schule. Unsere Verdingeltern geben dann Bescheid, dass der arme Bub krank ist. Doch er ist nicht krank, er hat überall Blessuren und Wunden von den Schlägen des Bauern. Der Lehrer bringt meistens die Aufgaben zum Hof, sodass Adrian den Stoff nacharbeiten kann. Leise stöhnend sitzt er dann auf der Bank in der Küche und versucht die Schmerzen zu ignorieren, aber das Sitzen fällt ihm schwer.

Als ich abends ins Bett gehe, glaube ich nicht daran, dass wir wirklich neue Kleidung kaufen werden. Es wäre zu schön, um wahr zu sein.

Doch am nächsten Tag nimmt mich die Bäuerin an die Hand, geht mit mir zum Postauto. Wir fahren in die Stadt. Wir steigen aus dem Postauto und gehen zum Ufer eines Sees. Mein Herz geht auf. Dort hinten sehe ich Weinberge.

»Ist das Gland?«, frage ich voller Sehnsucht.

»Du Dummerchen.« Die Bäuerin lacht. »Das ist doch der Bielersee und nicht der Genfer See. Gland ist ganz weit weg.«

Ich beiße mir auf die Lippe, schlucke meine Enttäuschung hinunter.

Sie nimmt meine Hand, und wir gehen einkaufen. Nein, aussuchen darf ich mir die Sachen nicht, das tut sie. Warm sollen sie sein und zweckmäßig, und natürlich sollen sie nicht zu viel kosten. Aber das ist mir alles egal. Zwei Pullover bekomme ich, eine Manchesterhose, zwei Schürzen, neue Unterwäsche, Winterstiefel und als Krönung einen grauen Filzmantel mit roten Knöpfen und einem roten Gürtel. Ich mag ihn nach der Anprobe gar nicht mehr ausziehen, drehe mich wieder und wieder vor dem Spiegel und bewundere mich. So ein fesches und schönes Kleidungsstück hatte ich noch nie.

Vielleicht, denke ich, mögen sie mich ja doch? Ich sehne mich so nach Liebe und Anerkennung! Wie jedes Kind. Meine Mutter ist schlecht, hat mir ihr schlechtes Blut mitgegeben. Doch ich werde mich jetzt noch mehr bemühen, schwöre ich mir, um die Bauersleute nicht zu enttäuschen. Ich will ein gehorsames Kind sein. Anscheinend mögen sie mich ja doch, sonst hätten sie mir diese schönen Sachen nicht gekauft.

»Da haben Sie aber hübsche Sachen für ihre Enkelin erstanden«, sagt die Verkäuferin, die alles in Tüten packt.

»Das ist ein Verdingkind«, sagt die Bäuerin und schüttelt den Kopf. »Wir tun unser Bestes, mein Mann und ich, damit sie es gut bei uns hat. Aber sie wächst wie Unkraut, und gute Kleidung ist teuer. Können Sie nicht etwas am Preis nachlassen?«

Ich höre die Worte, verstehe sie aber nicht. Nur den Sinn,

den verstehe ich: Ich bin ein Verdingkind, niemand, den man liebhat. Und ich koste viel Geld.

Tatsächlich kann die Bäuerin die Verkäuferin erweichen und bekommt die Sachen zu reduzierten Preisen. Sie grinst zufrieden, als wir die Taschen nehmen und gehen.

Die Rückfahrt über schweige ich, denke über das Gehörte nach. Ja, dort sind die Taschen mit all den schönen Sachen, die ich nun anziehen darf. Aber sie wurden mir nicht aus Zuneigung gekauft. Oder vielleicht doch? Irgendwo in meinem Herzen bleibt ein kleines bisschen Hoffnung.

Nach dem Abendessen darf ich meine neue Kleidung präsentieren. Stolz gehe ich vor dem Bauern auf und ab. Er verzieht das Gesicht.

»So viele Sachen?«, raunzt er seine Frau an. »Das kostet doch!«

»Ich hab es reduziert bekommen.«

»Trotzdem, braucht sie so einen Mantel?«

»Der Winter ist hart, und ich kann sie ja nicht in Lumpen rumlaufen lassen. Was sollen denn die Nachbarn sagen?«

Er grummelt. »Trotzdem hätte *ein* Paar Schuhe gereicht. Jetzt muss ich schauen, wo ich das Geld wieder hereinwirtschafte.«

Ich höre ihm an, dass er missmutig ist, verstehe es aber nicht.

»Siehst du, was wir alles für dich tun?«, fragt er mit kalter Stimme. »Du hast dankbar zu sein, respektvoll und fleißig, hast du das kapiert?«

Obwohl ich nicht recht weiß, was er meint, nicke ich.

»Wir sind doch nicht die Wohlfahrt! Ihr seid hier, um euch euren Lebensunterhalt zu verdienen und zu anständigen, fleißigen Bürgern zu werden.«

Ich bin so vernarrt in meine neuen, schönen Sachen, dass mir seine Worte fast gleichgültig sind.

Wer mir beigebracht hat, vor dem Schlafengehen zu beten, weiß ich nicht mehr. Ich tue es einfach; auch in Gland habe ich mich jeden Abend vor das Bett gekniet und gebetet. Und hier tue ich es weiterhin. Aber meine Gebete haben sich verändert. Meistens flehe ich Gott an, er möge mich doch wieder nach Gland bringen. Einmal, als der Bauer das hört, kommt er mit raschem Schritt ins Zimmer und haut mir mit der flachen Hand auf den Hinterkopf. Ich kippe nach vorne, alles dreht sich, trotzdem höre ich ihn spöttisch sagen: »Gott hilft Lumpenpack wie dir nicht!«

Trotzdem lasse ich von meinen Gebeten nicht ab, lasse mich nicht beirren, aber ich frage mich, wo denn Gott ist, wenn die Bauersleute uns beschimpfen und schlagen?

»Mach es leise«, bittet mich Adrian. »Sie müssen es doch nicht mitbekommen, wenn du unbedingt beten willst.«

Aber das will mir nicht in den Kopf. Gott ist doch unser Schöpfer, ich darf doch mit ihm sprechen, zu ihm beten, daran ist doch nichts Schlechtes!

Auch an diesem Abend knie ich mich vor das Bett. »Lieber Gott, ich danke dir für den schönen Filzmantel mit den roten Knöpfen.«

Ich bin voller Glück und sehr froh über die schöne Kleidung, die ich nun tragen darf. Doch der Bauer hat meine Worte gehört. Es muss sie falsch verstanden haben, denn er kommt ins Zimmer, zieht mich an den Haaren hoch und legt mich übers Knie.

»Gott dankst du, du Hurenkind? Froh kannst du sein, dass du nicht in der Gosse erfrierst und verhungerst.« Seine Hand klatscht wieder und wieder auf meine nackte Haut. »Du undankbarer Tschingg von einer Hure!«, ruft er und schlägt wieder zu. Ich beiße die Zähne zusammen, kneife die Augen zu, spüre die Tränen hinter den Lidern. Gleich, wenn er weg ist, dürfen sie fließen, aber nicht jetzt, nicht, solange er noch da ist.

Schon vor einer Weile habe ich bemerkt, dass es den beiden gefällt, wenn ich weine und heule. Je lauter ich schluchze, desto kräftiger schlagen sie zu. Und je mehr ich weine, desto länger dauert die Tortur. Jeder Schlag brennt. Meine Haut fühlt sich an, als würde sie aufplatzen, aber ich reiße mich zusammen, so gut es geht, unterdrücke jeden Ton der Wehklage, des Leids und Schmerzes. Und tatsächlich, je weniger ich jammere und weine, desto weniger schlagen sie.

Trotzdem tut es weh, und die Schläge haben Folgen. Manchmal kann ich tagelang nicht richtig sitzen, es ist eine Qual. Mehr als einen Milchzahn verliere ich in den Wochen bis zum neuen Jahr.

Meine Angst, vor allem vor ihm, wird immer größer. Ich fange schon an zu zittern, wenn er nur die Stimme hebt.

Und nun brüllt er wieder: »Brauchst nicht beten, dir hilft eh keiner, du Dreckstück. Deine Mutter quält ihre Kinder, willst du dahin zurück? Sag es nur. Wir brauchen dich hier nicht. Deine Mutter würde dich packen und dir die Haut abziehen. Also, überleg dir gut, was du betest.«

Er lässt mich fallen wie einen Sack getrockneter Bohnen. Hart schlage ich auf dem Boden auf.

»Kann ich nicht zurück nach Gland, in den Weinberg? Bitte?«, flehe ich die beiden an, doch sie lachen nur verächtlich und böse.

Ich krieche in mein Bett, ziehe die Decke über mich. Beten werde ich nicht mehr, es bringt mir nur Ärger und Schläge.

Und ich bete tatsächlich nicht mehr. Dabei hätte es Adrian so gut gebrauchen können, denn er beschützt mich immer wieder.

Ich bin frech, bin aufbrausend, bin unleidlich und sprunghaft – das sagen mir die Bauersleute oft genug, sodass ich es irgendwann glaube. Ich will gar nicht frech sein, aber das eine oder andere Wort rutscht mir doch heraus. Und so manches Mal nimmt Adrian mich in Schutz. Auch manches Missgeschick, das mir passiert, nimmt er auf seine Kappe und kassiert dann die Ohrfeige, die für mich bestimmt ist. Ich flitze, so schnell ich kann, unter mein Bett, weil ich mich vor weiteren Schlägen fürchte. Und ich schäme mich, dass Adrian meine Strafe aushalten muss, aber ich bin zu feige, um einzugestehen, dass es mein Fehler gewesen war.

Die Schläge tun weh, mein Mund ist eine einzige Wundhöhle mit ausgeschlagenen Zähnen, auch wenn es nur Milchzähne waren und die neuen noch nachwachsen werden. Mein Hintern leuchtet in Rot, Blau, Gelb und Grün, so wie die Herbstblätter im Weinberg. An meinen Armen habe ich lauter blaue Flecken vom harten Griff der Bauersleute, wenn sie mich hierhin oder dahin ziehen oder schleudern. An meinem Kopf ist eine Platzwunde mit dickem Schorf, den ich unter meiner Mütze verstecke.

Ich schäme mich für die Schandmale, zeigen sie doch, wie schlecht und ungehorsam ich bin.

Und ich bin Adrian dankbar, der wie ein Bruder zu mir ist. Acht Jahre ist er älter als ich, doch für mich ist er die Welt. Er weiß so viel, kann so viel, ich vergöttere ihn. An unseren freien Sonntagnachmittagen gehen wir manchmal ins Dorf, heimlich, es ist uns nicht erlaubt, aber Adrian setzt eine fröhliche Miene auf, nimmt meine Hand und pfeift ein lustiges Liedchen.

»Wir gehen zum Gasthof Sternen«, sagt er.

»Wohin? Wo ist das?«, frage ich verblüfft.

»Im Dorf.«

»Das dürfen wir nicht …«

Er lacht rau. »Wir dürfen nichts, du kleines Huhn. Aber es muss ja keiner erfahren, oder?« Er legt seinen Zeigefinger an die Lippen, zieht die Augenbrauen hoch. »Pssst.«

Das Zeichen kenne ich inzwischen gut. Ich nicke eifrig, folge ihm. Es ist wie ein Abenteuer, ein Ausflug in eine andere Welt.

Das Dorf ist fremd für mich, es liegt auf der anderen Seite der Aare. In den seltenen freien Minuten, wenn es nichts zu schrubben oder aufzuräumen gibt, wenn die Bäuerin keine Zeit hat, um mit mir zu nähen oder zu stricken, spiele ich auf dem Hof. Allein. Mir fehlen die Freundinnen und Spielkameradinnen vom Weinberg, aber allein hüpfen und springen dürfen ist besser als gar nichts. Ich stelle mir einfach vor, Maria, Joëlle und Annabelle wären da, und wir würden Fangen spielen oder Pferde reiten oder irgendetwas anderes. Es macht mich froh.

Manchmal kommt Adrian dazu. Mit Strohhalmen legen wir Vierecke auf den Hof, werfen einen Stein in eins der Vierecke und hüpfen auf einem Bein bis zu dem Stein. Aus den Schnüren der Strohballen zwirbeln wir uns Springseile.

Andere Kinder kenne ich hier nicht, und ins Dorf darf ich nur selten und nur an der festen Hand der Bäuerin.

Doch der acht Jahre ältere Adrian kennt sich hier aus, schließlich lebt er schon seit drei Jahren hier und besucht ja auch die Schule. Zielstrebig geht er zum Gasthof »Sternen«. Offensichtlich kennt ihn die Tante des Gastwirts.

»Das ist die Kleine?«, sagt sie und schlägt die Hände vor den Mund. »Was für ein herziges Kind. Und sie muss mit dir auf dem Hof arbeiten?«

Adrian senkt den Kopf und nickt. Ich sehe ein leichtes Grinsen in seinen Mundwinkeln. Was kommt denn nun, fragte ich mich.

Sie bittet uns herein. Warm ist es, richtig warm. Ich ziehe meinen neuen Mantel aus, bin froh, dass ich auch den schönen neuen Pullover anhabe. Es duftet ganz köstlich, solche Düfte habe ich noch nie gerochen. Süß und herzhaft und säuerlich – von allem etwas und gleichzeitig so gut.

Wir dürfen uns setzen, und bald darauf steht vor jedem von uns ein Teller mit Eiscreme und Meringue. Es ist wie ein köstlicher Traum, ich kann es gar nicht fassen. Ich schlinge die Süßigkeit in mich hinein, bekomme sogar noch einen Nachschlag.

»Nicht zu viel«, ermahnt mich Adrian, »sonst wird dir schlecht, und *sie* wird wissen wollen, wieso.«

Ich verstehe und nicke.

Am Sonntag darauf, als wir wieder frei haben, sehe ich Adrian sehnsüchtig an. »Gehen wir ins Dorf?«, frage ich.

Er schüttelt den Kopf. »Das würde auffallen. Heute nicht. Heute gehen wir zur Aare.«

Der Fluss ist reißend, friert im Winter nicht zu. Ich werfe einen Stein hinein, dann noch einen, seufze und schaue zum anderen Ufer. Wir brauchen nicht miteinander zu reden, jeder weiß, was der andere fühlt.

»Nein, Lisa«, bricht Adrian die Stille. »Denk nicht einmal daran. Nicht jetzt, nicht im Winter. Es ist viel zu kalt. Im Mai oder Juni ist ein guter Zeitpunkt, um fortzulaufen.«

Er hat meine Gedanken gelesen, und er teilt sie. Wir fassen uns an den Händen, drücken sie im stillen Einvernehmen.

Zwei Wochen später, inzwischen ist es Anfang Dezember, gehen wir wieder ins Dorf zum Gasthof. Und abermals werden wir herzlich aufgenommen. Wir bekommen Bratkartoffeln und etwas Raclette. Ich reibe mir zufrieden und satt den Bauch. So froh war ich schon lange nicht mehr.

»Hat's geschmeckt?«, fragt die Tante des Gastwirts.

»Ich hab so etwas noch nie gegessen«, schwärme ich.

»Ihr seid beide eh so dünn. Bekommt ihr genug zu essen?«, fragt sie.

»Nein ...«, will ich sagen, aber Adrian haut mich in die Seite.

»Uns geht es gut«, sagt er, aber seine Stimme ist gepresst.

Verwundert sehe ich ihn an, aber er schüttelt nur kaum sichtbar den Kopf. Doch es ist zu spät. Der Gastwirt begleitet uns nach Hause, stellt den Bauern zur Rede. Die beiden streiten sich, ich weiß nicht, worum es geht, verstehe es nicht. Adrian spannt alle Muskeln an, seine Kieferknochen knirschen hörbar.

Als der Gastwirt weg ist, werden wir beide vertrimmt. »Wehe, ihr geht noch einmal ins Dorf!«, wird uns buchstäblich eingebläut: mit sichtbaren Zeichen auf unserer Haut.

In den nächsten Wochen bin ich ohnehin froh, wenn ich im Haus bleiben kann, denn es ist bitterkalt geworden, und der

Wind pfeift um den Hof. Oft sitze ich mit der Bäuerin am Kamin. Ich darf einen weinroten Winterschal stricken, farblich passend zu meinem Mantel, und arbeite begeistert daran, auch wenn ich immer wieder viel Hilfe brauche. Sie sitzt, die Arme um mich gelegt, und hilft mir. Eine Haarsträhne hat sich aus ihrem Dutt am Hinterkopf gelöst und streicht über meine Wange. Ich spüre die von Wind und Wetter aufgeraute Haut ihres Gesichts an meinem. Das sind die Momente, in denen ich mich geborgen fühle und mir wünsche, dass die Zeit stehenbleibt.

Manchmal stopft sie auch Strümpfe. Dafür hat sie eine Holzkugel, die sie in den kaputten Strumpf steckt, um die Maschen fassen und flicken zu können.

Dann liege ich oben auf dem Kachelofen, döse und schaue ihr zu, wie sie die Socken stopft. Die Holzkugel erinnert mich an die Bocciakugeln auf dem Weingut. Heimlich hole ich sie am nächsten Tag aus dem Flickkorb, forme aus dem Zeitungspapier, das neben dem Ofen liegt und zum Anzünden dienen soll, eine Art Ball. Wieder und wieder werfe ich die Kugel, und wenn ich die Zeitungskugel erreiche, strecke ich die Arme nach oben und jubele leise. Es ist meine Art, zu spielen und mir die Erinnerung an das Leben in Gland zu bewahren.

Aber dann, eines Tages, ist die Stopfkugel weg. Die Bäuerin sagt, dass sie sie verlegt hätte. Wenig später fällt der Satz, dass auf dem Hof kein Raum für alberne Spiele sei …

Der Jahreswechsel kommt, und inzwischen ist es eisig draußen. Die Aare friert nicht zu, wohl aber ein Baggersee in der Nähe. Adrian erzählt, dass er dort manchmal im Sommer schwimmen geht. Doch nun ist der See mit Eis bedeckt. Wir stehen am Ufer und schauen auf die andere Seite.

»Lass uns ein Wettlaufen machen«, sagt Adrian und grinst. »Wer schneller an der anderen Seite ist.«

»Laufen? Über das Eis?« Ich mache ein paar vorsichtige Schritte, schlittere. Es macht Spaß, fühlt sich lustig an. »Na gut«, rufe ich und laufe los. Ich laufe, schlingere, rutsche, kann mich kaum halten, aber es ist lustig, in meinem Bauch kribbelt es vor Freude.

Dann verliere ich den Halt, und mein Bein rutscht weg, als würde es gar nicht zu mir gehören. Ich falle, falle, falle … mein Fuß hebt sich elegant bis fast auf Kniehöhe, und dann liege ich auf dem Rücken. Adrian ist hinter mir, kann nicht mehr stoppen, läuft, schlittert, springt über mich und fällt in hohem Bogen auf die Nase. Da liegen wir beide nun, die Verdingkinder, die Leibeigenen der Bauersleute, und haben Spaß, lachen, bis uns der Bauch wehtut. Wir rappeln uns auf und laufen weiter. Adrian gewinnt natürlich. Er ist älter, größer, stärker.

Den ganzen Rückweg über beklage ich mich, schimpfend wie ein Rohrspatz. Er hat schließlich so viel mehr Vorteile durch sein Alter.

Adrian neckt mich: »Du kleiner Spatz, kannst halt nichts.« Aber als wir zum Hof kommen, nimmt er meine Hand, hält sie fest. Die Neckerei hört auf, und wir wappnen uns für das, was da kommt. Gut ist es meistens nicht.

Die Bauersleute sind schon älter. Haben sie keine Familie?, frage ich mich, und ich krähe die Frage natürlich auch raus, an einem Nachmittag, als ich mit der Bäuerin zusammen stricke.

Sie steht langsam auf, holt Bilder aus der oberen Schublade der Anrichte. Fotos von ihrer Tochter und ihren fast erwachsenen Enkelkindern. Die Tochter ist noch nicht einmal zu Weihnachten zu Besuch gekommen, bisher wusste ich nichts von ihr.

»Warum?«, frage ich leise. »Warum kommen sie nicht?«

»Sie hat ihre Familie und einen Beruf. Sie hat keine Zeit«, sagt die Bäuerin, und ihr Gesicht verschließt sich wieder, als hätte jemand eine Haube darübergezogen. Sie steht auf, steckt die Fotos zurück in die Schublade. Ich verkneife mir jede weitere Frage, das würde mir nur Ohrfeigen einbringen, weil ich so frech bin, das weiß ich inzwischen. Aber ich kann die Tochter gut verstehen. Freiwillig würde ich auch nicht mehr herkommen.

Im Januar wird es noch kälter. Oftmals kratze ich Mond und Sterne in die Eiskristalle, die sich trotz Doppelfenster auf den Scheiben bilden. Ich will damit die Scheiben verschönern, will Anerkennung und vielleicht auch eine Art Wertschätzung erreichen. Ach, wie dumm ich doch bin, bestraft werde ich für das Beschmutzen der Fenster.

Und dann kommt dieser dunkle Tag, an dem die Sonne gar nicht aufgehen will. Die Wolken hängen tief über dem Land, es wird wieder schneien. Adrian ist heute, wie so oft, nicht zur Schule gegangen, weil seine Blessuren und Wunden zu deutlich waren. Trotzdem muss er natürlich im Stall helfen. Ich putze mit der Bäuerin die Zimmer, als plötzlich laute Stimmen vom Hof zu hören sind. Ärgerliche Stimmen. Wer schreit da wohl? Ich stürme zum Fenster, lasse mich nicht halten. Da steht der Lehrer, der wie so oft wohl die Aufgaben für den vermeintlich kranken Adrian bringen will, doch Adrian läuft just in dem Moment laut schreiend aus dem Stall, der Bauer hinterher, den Gurt schwingend. Er schlägt auf Adrian ein, so wie er es alle Tage tut, doch diesmal hat er einen ungewollten Zeugen – den Lehrer. Dieser springt ihm in den Arm.

»Sind Sie verrückt?«, schreit der Lehrer. »Was tun Sie da? Lassen Sie das sofort sein, ich werde das der Behörde melden.«

Der Bauer sieht ihn störrisch an. »Der Bub hat die Kühe nicht sauber gemolken, da werde ich doch wohl wütend sein dürfen.«

»Das Kind ist Ihnen anvertraut«, sagt der Lehrer kopfschüttelnd. »Sie haben sich um es zu sorgen.«

»Das tue ich«, beharrt der Bauer. »Aber ich sorge mich auch um meine Kühe, und die bringen mehr Geld.« Er schiebt das dicke, unrasierte Kinn vor, starrt den Lehrer trotzig an.

»Ich werde das der Behörde melden«, sagt der Lehrer nur und verlässt den Hof.

In dieser Nacht schlafen wir kaum. Eigentlich hatten wir ein

Donnerwetter und Schläge erwartet, doch beides ist ausgeblieben. Das machte es aber nicht leichter für Adrian und mich, denn wenn die Bestrafung auf sich warten lässt, ist sie hinterher meist umso schlimmer.

Kapitel 4

Januar 1971 bis August 1971

Am nächsten Morgen wache ich, wie so oft in der letzten Zeit, in einer kalten, nassen Pfütze auf. Als ich die ersten Male einnässte, hat mich die Bäuerin wüst beschimpft. Mich und das Miststück, das meine Mutter ist. Von so einer könne ja nichts Gutes kommen, brüllt sie. Ich muss das nasse Laken abziehen, in die Waschküche bringen und mit dem Schlauch abspritzen. Dann kommt es in die Waschmaschine. Nachdem das Malheur immer wieder und immer öfter passiert, besorgt die Bäuerin eine Plastikdecke, die wir gemeinsam über die Matratze ziehen. Jetzt ist es auch noch kalt im Bett, und ich meine, dass die Pfützen immer größer werden. Die Bäuerin schimpft zwar, aber sie schlägt mich nicht dafür.

An diesem Morgen also wache ich wieder in der kalten, nassen Pfütze auf. Es ist fünf Uhr, die Bäuerin hat uns wie immer geweckt. Ich bin schnell in die Küche gegangen, um den Ofen anzufeuern, während Adrian, so wie immer, zum Stall hinüberging, um seine Arbeit zu verrichten.

Ich habe den Tisch gedeckt und zusammen mit der Bäuerin das Frühstück hergerichtet. Heute kann Adrian wieder in die Schule gehen. Und wir machen wie gewohnt die Hausarbeit.

Plötzlich fährt ein Auto auf den Hof. Das ist ein ganz seltenes Ereignis, und ich laufe neugierig zum Fenster, wische die Eiskristalle weg. Aus dem Auto steigen zwei gut gekleidete Männer, und ich entdecke Adrian auf der Rückbank. Er sitzt zusammengekauert da, steigt nicht aus.

Was macht er in dem Auto? Warum ist er denn nicht in der Schule, frage ich mich verwundert.

Die Männer kommen zum Haus und werden von der Bäuerin in die Wohnstube geführt. Ich höre Stimmengemurmel, kann aber nicht verstehen, was gesagt wird. Der Bauer ist nicht da, also spricht die Bäuerin mit dem Besuch. Sie sagt wenig, kommt schließlich zu mir, packt mich und zieht mich in mein Zimmer.

»Zieh deine neuen Sachen an«, flüstert sie.

»Jetzt?« Ich kann es gar nicht glauben, es ist doch ein ganz normaler Arbeitstag.

»Die neue Hose und den einen Pullover.« Sie holt die Sachen aus der Kommode, legt sie mir hin.

Warum muss ich mich umziehen? Ich spüre, dass eine Veränderung ansteht, und ganz sicher weiß ich es, als die Bäuerin einen Koffer aus dem Schrank nimmt und Adrians Sachen einpackt.

»Wohin geht Adrian?«, frage ich und bekomme vor lauter Aufregung einen Schluckauf. Er kann doch nicht ohne mich weggehen, er kann mich doch hier nicht alleine lassen! Panik erfasst mich. So schnell es geht, ziehe ich mich um.

Die Bäuerin sieht mich an, nickt. Sie lächelt, aber es ist ein irgendwie trauriges Lächeln. Dann nimmt sie die Bürste, kämmt meine Haare aus. Aus der Schürzentasche zieht sie ein rotes Band, flicht es in meinen Zopf. Das hat sie noch nie gemacht, und ein Band hatte ich auch noch nie im Zopf. Warum macht sie das, frage ich mich und spüre, dass ich den Hof verlassen werde.

»Lisa«, sagt sie plötzlich in einem wehleidigen, weinerlichen Ton, der mir unangenehm ist. »Lisa, wir haben dich lieb. Das weißt du doch, gell?«

Ich drehe den Kopf weg, fühle mich unwohl in meiner Haut. Sie will etwas von mir, aber was denn nur? Noch nie zuvor habe ich gehört, dass sie meinen Namen ausgesprochen hat.

Sachte nimmt sie mein Kinn, dreht meinen Kopf zu sich, schaut mich eindringlich an. »Wir haben dich wirklich sehr lieb,

Lisa. Das weißt du doch auch, gell? Und du wirst nur Gutes über uns reden, nicht wahr? Musst nichts anderes sagen, als dass es dir hier bei uns gefallen hat und es dir gut bei uns ging. Ja?« Ihr Blick wird eindringlicher. »Sag ja nichts anderes, denn dann wirst du bestraft und man nimmt dir die schönen Kleider weg«, zischt sie nun in mein Ohr. »Stell dir vor, wenn sie dir die Kleider wegnehmen, bist du nackt. Das willst du doch nicht, oder?«

Plötzlich nimmt sie mich in den Arm und drückt mich an sich. Dann streicht sie mir über den Kopf. Mir wird ganz anders. Das hat sie noch nie gemacht, und sie soll es auch nicht tun. Ich habe sie lieber auf Distanz, ich traue ihr einfach nicht. Gleich wird sie an meinem Zopf ziehen und mich anschreien. Oder mir eine Ohrfeige geben. Mein Körper wird in ihrer Umarmung ganz steif.

Das spürt sie und lässt mich los. Sie schüttelt den Kopf. »Wir haben viel für dich getan, vergiss das nicht. Und hungern musstest du auch nie.«

Die Bäuerin nimmt meinen kleinen Koffer, packt ihn mit meinen Sachen voll. Jetzt weiß ich es – ich werde wegfahren, weggehen von hier. Zusammen mit Adrian. Ganz sicher sind meine stummen Gebete erhört worden, und Adrian und ich dürfen endlich nach Gland, auf das Weingut. Freude erfüllt mich und gleichzeitig Angst. Ich darf jetzt nichts falsch machen oder das Falsche sagen, sonst muss ich hierbleiben.

Die Bäuerin führt mich in das Wohnzimmer, wo die beiden Männer sitzen. Sie mustern mich aufmerksam, ich senke den Kopf. Was wollen sie von mir? Wie soll ich mich verhalten? Ich möchte in den Hof, in das Auto, zu Adrian. Allein fühle ich mich hilflos und ausgeliefert. Was, wenn ich etwas falsch mache? Und was ist falsch?

Der eine Mann nimmt die beiden Koffer von Adrian und mir, der andere fasst meine Hand. Gemeinsam gehen wir in den Hof. Was passiert jetzt? Mir ist ganz schwindelig. Ich muss gehen? Aber wohin? Komme ich wieder nach Gland?

Vor dem Auto bleiben wir stehen. Dicke, nasse Schneeflocken fallen, die Temperatur ist hochgegangen. Es ist unangenehm feucht und kalt, eine nasse Kälte, die in die Knochen zieht. Bei so einem Wetter ist die Bäuerin lieber drinnen als draußen. Dennoch bleibt sie stehen, beugt sich über mich, umarmt mich.

Dann öffnet einer der Männer die Autotür und sagt, ich soll neben Arian Platz nehmen. Das tue ich schnell. Nur weg hier, denke ich. Adrian nimmt meine Hand, drückt sie.

Die Bäuerin spricht noch mit den Männern.

»Was bedeutet das alles. Adrian?«, flüstere ich aufgeregt. »Wo fahren wir hin?«

»Ich weiß es nicht.« Er klingt resigniert, aber auch erleichtert. »Hier müssen wir wohl nicht bleiben.«

»Warum bist du denn nicht in der Schule?«

»War ich ja«, antwortet er. »Aber dann kam plötzlich ein fremder Mann ins Klassenzimmer.« Er zeigt nach draußen. »Der da. Er fragte nach mir. Kannst du dir vorstellen, wie es mir ging? Ich dachte, der Bauer hätte etwas über mich erzählt, weshalb ich jetzt Ärger bekommen würde. Ich hab mir beinah in die Hosen gemacht.« Er grinst, aber das Grinsen ist nicht echt, ich kann noch seine Angst darin sehen.

»Und dann?«, wispere ich. »Was war dann?«

»Der Lehrer hat auf mich gezeigt, es hatte keinen Zweck, sich unter dem Pult zu verkriechen.« Adrian kichert, es klingt aber eher nervös als erleichtert. »Der Mann hat dann gesagt, dass ich mein Pult räumen und mitkommen soll. Ich habe ihn gefragt, warum und wohin, aber er hat nur mit den Schultern gezuckt.« Adrian holt tief Luft. »›Kommst an einen besseren Platz‹, hat er gesagt. Ich durfte mich von den anderen verabschieden und bin dann raus auf den Gang. Mitten im Unterricht, verstehst du? Nicht in der Pause.«

Ich nicke nur ehrfürchtig. Da ich ja noch kein Schulkind bin, kenne ich den Schulalltag nur aus Adrians Erzählungen.

Aber ich weiß schon, dass man mitten im Unterricht nicht die Klasse verlässt.

»Und dann im Flur?«, frage ich.

Inzwischen sind die beiden Männer auch eingestiegen, und wir fahren los. Die Bäuerin steht im Schneeregen und sieht uns hinterher. Ich ziehe die Schultern hoch und beiße mir auf die Unterlippe. Irgendwie sieht sie traurig aus, aber ich bin einfach nur froh, dass ich hier wegkomme. Macht mich das schlecht? Fragend sehe ich Adrian an, und wie so oft, kann er meine Gedanken lesen.

Er schüttelt den Kopf. »Wir kommen an einen besseren Platz, haben sie mir gesagt.« Er schaut nach vorne, zeigt mit dem Kinn auf die schweigsamen Männer, die mir Angst machen, weil sie so unnahbar sind.

»Das muss Gland sein«, jubiliere ich. »Kein Ort ist besser. Da ist es so schön. Und du und ich in Gland – das wird wundervoll!« Mein Herz ist voller Hoffnung, und ich verspüre ein Glücksgefühl wie schon seit Wochen nicht mehr. Jetzt wird alles gut, sage ich mir.

Irgendwann hält das Auto vor einem grauen Haus. Wir sollen aussteigen, heißt es. Unsere Koffer werden in das graue Haus getragen. Langsam steige ich die Stufen hoch, folge Adrian.

Da ist ein langer Flur mit mehreren Türen. Adrian soll in die eine gehen, ich in eine andere. Unsicher schaue ich ihn an, doch er nickt nur, also füge ich mich. Ich gehe davon aus, dass ich ihn bald wiedersehe, dass wir gemeinsam nach Gland dürfen. Darauf freue ich mich, als ich in den gekachelten Raum eintrete.

Dort stehen zwei Männer, eine Frau sitzt hinter einem Schreibtisch. Es gibt noch zwei Stühle, ein Tischchen und eine Liege in dem Raum. Unsicher sehe ich mich um.

»Du bist Lisa?«, fragt mich der eine Mann. Er trägt, genau wie die beiden anderen, einen weißen Kittel.

Unsicher nicke ich.

Und dann prasseln die Fragen auf mich ein.

»Wie ist es dir bei den Bauersleuten ergangen?«

»Hast du genug zu essen bekommen?«

»Wie war der Tagesablauf?«

»Bist du geschlagen worden?«

Es ist wie ein Hagelschauer aus Fragen, und ich ducke mich bei jedem Wort.

Und wieder: »Haben sie dich geschlagen?«

Natürlich haben sie das, aber ich schüttele den Kopf. Zu tief sitzen die Worte der Bäuerin in meinem Kopf – wenn ich schlecht über sie aussage, werden mir die schönen Kleider weggenommen.

»Das Mädchen ist stur«, höre ich die Weißkittel sagen.

»Oder vielleicht dumm?«

Der eine schüttelt den Kopf. »Nein, das ist sie nicht. Aber stur.« Er geht auf mich zu, geht um mich herum. Ich fühle mich schrecklich, wie ein Huhn auf dem Markt.

»Zieh dich bitte bis auf die Unterhosen aus«, sagt er dann.

Tränen steigen mir in die Augen. Jetzt muss ich meine schöne Kleidung doch abgeben. Irgendetwas habe ich falsch gemacht, aber was? Ich weiß es nicht.

»Wo ist Adrian?«, frage ich.

»Adrian?« Die weißbekittelte Frau sieht die beiden Männer fragend an. »Wer ist Adrian?«

»Der Verdingbub, der auch auf dem Hof war«, sagt einer der Männer.

»Sind sie verwandt?«

Er schüttelt den Kopf.

Nein, Adrian und ich sind nicht blutsverwandt, aber wir sind Geschwister im Geiste, wir sind seelenverwandt, wir teilen ein Schicksal. Wir sind alle beide Verdingkinder.

Die Frau schaut in ihre Akten. »Adrian kommt zurück zu seinen Eltern«, sagt sie.

Ich halte den Atem an. »Und ich? Darf ich auch dahin?«

»Es sind doch nicht deine Eltern.« Sie lächelt. »Nun zieh mal deine Sachen aus.«

Widerstrebend folge ich ihrer Anweisung; ich weiß, jeder Trotz ist sinnlos. Ich habe versagt, muss die Kleidung abgeben und werde gleich nackt hier im Raum stehen. Die Tränen kann ich kaum unterdrücken.

Sie beschauen meinen Rücken.

Machen die das auch mit Adrian?, frage ich mich. Sein Rücken ist übersät mit Narben von den Peitschenhieben des Bauern. Mein Rücken mit den drei oder vier Striemen erscheint mir harmlos dagegen.

Es mögen nur Minuten gewesen sein, aber für mich sind es Stunden. Endlich darf ich mich wieder anziehen – ich darf die schönen Sachen, die Kleidung, die mir die Bäuerin gekauft hat, überstreifen. Die Manchester-Hose und den Pullover. Im ersten Moment kann ich es gar nicht glauben.

Wieder werden mir viele Fragen gestellt, aber ich weiß nicht die richtigen Antworten.

»Möchtest du zurück auf den Hof?«

Ich erstarre. »Nein!«, sage ich laut und sicherlich auch trotzig. »Ich will wieder nach Gland. Bitte, darf ich wieder in den Weinberg nach Gland?«

Unsicher sehen sich die drei an, dann tuscheln sie. Einer telefoniert. Ich verstehe nicht, was sie sagen, weiß nur, dass es um mich geht. Schließlich nimmt mich die Frau an der Hand und führt mich in den Gang.

»Dürfen wir nach Gland?«, frage ich hoffungsvoll. »Adrian und ich?«

»Adrian geht zu seinen Eltern, und in Gland haben sie leider keinen Platz für dich.« Sie lächelt. »Aber du kommst jetzt an einen guten Ort. Da wird man sich um dich kümmern. Du wirst neue Eltern bekommen.«

Ich zucke zusammen. Neue Eltern – was heißt das schon? Der Begriff *Eltern* hat für mich keine Bedeutung. Aber Adrian ist mein Bruder, mein Gefährte. Ich soll von jetzt an ohne ihn leben? Das geht nicht. Ich brauche ihn. Ich brauche seine Kraft, seinen Halt, seine innere Stärke.

Man setzt mich in ein Auto, und ich weine verzweifelt. Ich konnte mich noch nicht einmal von Adrian verabschieden. Es ist ähnlich wie die Reise weg von Gland, aber irgendwie schlimmer. Beide Male konnte ich meinen Gefährten nicht »Auf Wiedersehen« sagen, aber diesmal ist es schlimmer. Ich hoffe immer noch, dass sie mich nach Gland bringen. Aber ohne Adrian möchte ich gar nicht mehr dahin. Wie soll mir jemals ein Ort ohne ihn gefallen? Wie soll ich ohne ihn, der mich die letzten Monate am Leben gehalten hat, weitermachen? Ich weiß es nicht.

»Wo fahren wir hin?«, frage ich dennoch.

»In das Kinderheim ›Hoffnung‹«, sagt der Mann freundlich, aber distanziert. »In Konolfingen.« Er sagt es so, als müsste ich wissen, wo das ist, aber das tue ich natürlich nicht.

Vom Kinderheim »Hoffnung« habe ich allerdings schon gehört. Ich weiß nicht, wo und wann, aber ich weiß, dass ich den Namen kenne. Erst viele Jahre später erfahre ich, dass ich dort schon einmal als Dreijährige für ein halbes Jahr war.

Hoffnung, das klingt eigentlich gut, denke ich und lehne meinen Kopf an das Fenster.

Ich bin furchtbar müde, als wir an einem Haus halten. Eine Frau mit einer weißen Haube auf dem Kopf begrüßt mich und bringt meinen Koffer in ein karges, aber sauberes Zimmer. Acht Betten stehen in dem Zimmer, eines wird mir zugewiesen. Alle Frauen in dem Haus tragen weiße Hauben, was ein bisschen komisch aussieht. Alle haben hellblaue Blusen, graue Röcke und weiße Schürzen an. Es gibt Abendbrot, und danach soll ich ein weißes Bonbon schlucken. Gerne nehme ich es, aber es ist gar nicht süß.

Ich werde auf mein Zimmer gebracht, und schon bald fallen mir die Augen zu.

Am nächsten Morgen ist alles komisch verschwommen, so als würde ich im Nebel stehen. Ich werde gar nicht richtig wach. Morgens gibt es bunte Bonbons; auch sie schmecken nach nichts. Abends soll ich wieder das weiße schlucken, aber nun weiß ich, es ist kein Pfefferminz, auf das ich mich gefreut hatte. Ich will das Bonbon nicht nehmen, schüttele den Kopf und presse die Lippen zusammen. Da kommt eine der Frauen, hält mich fest, und eine andere zwingt mich mit einem Löffel, den Mund zu öffnen. Sie schiebt den Löffel so weit in meinen Rachen, dass mir übel wird. Ich würge das Bonbon herunter, Tränen fließen über meine Wangen. Warum machen sie das mit mir? Niemand beantwortet meine Frage. Ich bin so müde, so unendlich müde, möchte eigentlich nur schlafen.

Hat das Haus einen Spielplatz? Es gibt noch andere Kinder verschiedenen Alters, aber ich nehme sie und alles andere nur sehr verschwommen wahr. Mir ist, als hätte mich jemand in graue Watte gepackt. Die Tage vergehen, ohne dass ich es mitbekomme. Es wird wohl Frühling. Und dann kommt der Sommer. Aber all das gleitet an mir vorbei. Ich springe nicht durch das frische Gras, spiele nicht Fangen, lache und jauchzte nicht. Ich kann mich nicht freuen, aber auch richtig traurig bin ich nicht oder wütend, so wie früher. Ich empfinde nichts als bleierne Müdigkeit und seltsame Gefühllosigkeit.

Kapitel 5

1. September 1971

An einem Morgen, es ist der 1. September, soll ich mich anziehen. Mein Köfferchen wird wieder gepackt. An der Eingangstür steht ein Mann, der mir zunickt.

»Ich bringe dich zu deiner Pflegefamilie, Lisa«, sagt er nur knapp und deutet auf das Auto.

Ich schaue mich um, sehe das Kinderheim an, in dem ich in den letzten Monaten gewohnt habe. Es gibt mir keinen Stich, von hier wegzumüssen. Ich habe keine Bindungen zu irgendjemandem hergestellt, keine Freundschaften geschlossen. Alles war mir gleichgültig, doch jetzt keimt Hoffnung in mir. Fahren wir nach Gland? An den Ort, an den ich so viele schöne Erinnerungen habe?

Ich steige in das Auto ein, und wir fahren los. Wir erreichen eine Stadt, die ich noch nie zuvor gesehen habe. Dort ist auch ein See, ich erkenne ihn in der Ferne, aber es ist nicht Gland, sondern Thun. Und es ist nicht der Genfer, sondern der Thunersee.

Wir fahren an der Stadt vorbei zu einem Außenbezirk. Das Auto biegt in eine enge Einbahnstraße aus Kieselsteinen. Verwundert schaue ich mich um. Auf beiden Seiten des Weges stehen stattliche Häuser, so schön, wie ich kaum jemals Häuser gesehen habe. Sauber und gepflegt wirkt es hier. Am Ende des Weges liegt ein sehr großer Hof. Das Erdgeschoss ist gemauert, das Obergeschoss besteht aus Holz. Davor ein langer Balkon, an dem Blumenkästen befestigt sind.

Unter dem Dachgiebel steht in großer weißer, alter Schrift,

»Der treue Wächter diesem Hus sei Gott, ›Niesenblick‹ bin ich benannt. Und wer da gehet ein und us, soll gesegnet sein. Leite uns auf frommen Wegen, führ uns glücklich ein und us. Und wann wir einst dies Hus verlassen, so führe uns in die Himmels Straße.« Das Auto bleibt vor dem Haus stehen, und der Mann, der mich begleitet, steigt aus.

»Du wartest hier«, sagt er zu mir.

»Was?«, rufe ich. »Soll ich etwa hierbleiben? Ich will doch zurück nach Gland zu meiner Mutti und dem Vati. Das ist doch nicht Gland! Ich will zurück zum Weinberg.«

»Sei still«, sagt er nur und schließt die Wagentür.

Neben dem Haus ist ein riesiger Garten. Dort wachsen allerlei Gemüse, aber auch Blumen, Sträucher und Spalierobstbäume. So einen gepflegten Bauerngarten habe ich noch nie gesehen. Ich richte mich auf der Rückbank auf, drücke meine Nase am Fenster platt und sehe plötzlich zwei Kinder, die im Garten Unkraut jäten. Es sind zwei Mädchen, und ich glaube, sie sind etwa so alt wie ich. Aber ein Schreck durchfährt mich – beide tragen Schürzen, so wie die Schwestern des Kinderheims, aus dem ich gerade komme.

Oh nein, denke ich, bitte keine Schürzen. Ich will keine Schürze tragen, ohne genau sagen zu können, wieso. Irgendwie hat sich ein dunkles, schreckliches Gefühl damit verbunden. Jungs, denke ich trotzig, müssen doch auch keine tragen, warum müssen wir Mädchen so hässliche Dinger überziehen?

Aber ich bin neugierig auf die Mädchen, will sie so schnell wie möglich kennenlernen. Soll ich die Autotür öffnen und zu ihnen gehen? Ich weiß, ich soll im Auto warten, aber ich bin so neugierig auf meine neuen Gefährtinnen!

Doch bevor ich eine Entscheidung treffen kann, kommen der Mann und eine Frau aus dem Haus und gehen zu dem Auto. Sie öffnet die Tür, lächelt mich an, streckt mir sogar die Hand entgegen.

»Schau an«, sagt sie, »unser Tschinggeli ist da!«

Ich wollte ihre Hand greifen, doch bei dem Wort zucke ich wie getroffen zusammen. So hat mich auch die Bäuerin genannt, und Adrian hat mir später erklärt, dass es eine abwertende Bezeichnung für Italiener ist. Warum mich alle so nennen, verstehe ich nicht. Ich bin doch keine Italienerin, ich bin die Lisa und wohne in der Schweiz.

Ich ziehe die Hand weg, doch sie hat gar nicht darauf gewartet, dass ich sie ihr schüttele, sondern sich zu dem Mann umgewandt.

»Wie war die Reise?«, fragt sie ihn. »Hat sich das Tschinggeli benommen?«

Die beiden reden miteinander, er gibt ihr eine Mappe mit Dokumenten und holt mein Köfferchen aus dem Kofferraum. Ich steige aus und betrachte die Frau. Sie ist jünger als die Bäuerin, aber auch nicht mehr ganz jung. Ihre Haltung ist ganz gerade und ihre Kleidung penibel. Mir gefallen diese Kleider, und wenigstens trägt sie keine Schürze und keine Haube. Ihre dunkelbraunen Haare umschmeicheln in perfekten Wellen ihr schönes rundes Gesicht. Sie sieht nicht so verhärmt aus wie die Bäuerin und auch nicht so streng wie einige der Schwestern aus dem Kinderheim. Ich weiß nicht, warum, aber ich bewundere sie. Sie wirkt so entschlossen, so selbstsicher und auch stolz. So möchte ich auch sein – stolz auf mich. Vielleicht ist dies ja der Ort, an dem ich es werden kann?

Ich lausche ihren Worten und bin beeindruckt, wie sie sich ausdrücken kann. Sie muss sehr, sehr gebildet sein.

Auch der Mann, der mich hierhergebracht hat, schaut sie voller Bewunderung an, scheint mir. Ein Lächeln liegt auf seinen Lippen, und sein Gesichtsausdruck ist viel weicher als zuvor. Mich hat er nur mit zusammengezogenen Augenbrauen betrachtet und mich immer wieder ermahnt, ja das Auto nicht schmutzig zu machen.

Ich sehe hinüber zum Garten, dort, wo die beiden Mädchen sind. Sie harken ungerührt weiter in den Beeten, als wären wir gar nicht da. Warum kommen sie nicht und sagen mir Hallo, frage ich mich. Soll ich zu ihnen gehen? Aber sie schauen ja noch nicht einmal. Das versetzt mir einen seltsamen Stich. Aber ich kann nicht darüber nachdenken, was das alles zu bedeuten hat, denn meine neue Pflegemutter nimmt mich fest an die Hand, verabschiedet sich von dem Mann und zieht mich zum Haus. Wir gehen zusammen die Treppe hoch in den ersten Stock.

»Ich bin deine Pflegemutter«, sagt sie. »Du kannst mich Anna nennen.«

Anna, nicht Mutti, denke ich und spüre, dass ich sie auch nie hätte Mutti nennen wollen. So gewandt und freundlich sie mit meiner Begleitperson umgegangen ist, so kalt und distanziert ist sie jetzt mir gegenüber.

»Hier ist dein Zimmer, Lisa«, sagt sie und öffnet die Tür.

Ich schaue mich um. Vier Stockbetten stehen in dem Zimmer, ein Schrank und zwei Stühle, mehr nicht. Sie stellt meinen Koffer auf eines der unteren Betten, öffnet den Schrank.

»Diese beiden Fächer darfst du benutzen. Aber schau, dass du immer Ordnung hältst. Ich dulde es nicht, wenn Sachen nicht gepflegt werden und herumliegen.«

In den anderen Fächern liegt die Kleidung ordentlich gefaltet. Gut, denke ich mir, so muss ich es also machen.

Eine Menge Fragen stauen sich in meinem Kopf. Mit wem teile ich das Zimmer? Sind es alles Mädchen? Wie viele Kinder leben hier, und wie heißen sie?

Aber Annas Stimme ist streng geworden. »Komm mit!«, befiehlt sie mir, und jede Frage bleibt mir im Hals stecken, der ganz trocken geworden ist.

Sie öffnet eine Tür. »Hier ist das Bad. Dort drüben kannst du deine Zahnbürste in einen der Becher stellen.«

Ich will mich umschauen, doch sie hat meine Hand schon wieder gepackt und zieht mich weiter. Gerade noch sehe ich Badewanne und Dusche und die Toilette. Zum Glück kein Abort auf dem kalten Hof, denke ich und bin wieder erleichtert.

Rasch geht es die Treppe hinunter. Ich höre Gelächter und Kinderstimmen von unten. Mein Herz pocht. Jetzt werde ich meine neuen Gefährten kennenlernen. Wie mögen sie sein? Und wer sind sie? Werde ich jemanden wie Adrian unter ihnen finden? Nein, Adrian ist einzigartig, so jemanden gibt es sicher nicht noch einmal. Ich bin aufgeregt, aber auch traurig. Und vor allem bin ich nervös.

»Hier ist das Wohnzimmer.« Schwungvoll öffnet Anna die Tür zu einem großen Raum im Erdgeschoss. Das Gelächter, das aus der angrenzenden Küche kommt, verstummt.

Überrascht sehe ich mich um. Das Wohnzimmer sieht eher wie ein Speisesaal aus. Anna schiebt mich in die Küche. Diese enthält neben einem riesigen Kochherd und einigen Schränken auch einen großen Tisch, der in der Mitte des Raumes steht. Viele Stühle stehen um ihn herum, Töpfe, Gläser mit eingelegtem Gemüse und ein großer Karton Eier stehen darauf. Zwei Mädchen sitzen an dem Tisch und helfen einer Frau beim Gemüseputzen.

Ich will mich vorstellen, doch Anna zieht mich barsch zurück, zwingt mich, sie anzusehen.

»Nimm dich bloß in Acht«, zischt sie. »Die Privatzimmer und die Bubenzimmer sind für dich tabu! Jetzt kannst du hier in der Küche helfen, am Nachmittag wird dir meine Schwester Trudi den Hof und alles andere zeigen.«

Ihr Blick durchdringt mich, und ein kalter Schauer läuft über meinen Rücken. Sie nickt, lässt endlich meine Hand los, die schweißnass und gleichzeitig eiskalt ist, und geht. Ich reibe verschüchtert die Hände aneinander, mag nicht aufschauen.

»Komm, Kind«, sagt die Frau, die Trudi heißt, freundlich zu mir. »Komm her.« Sie legt mir eine Schürze um, zieht einen Stuhl von dem großen Arbeitstisch, deutet darauf.

Ich setze mich, beiße mir auf die Lippen. Was soll ich tun? Was wird wohl von mir verlangt? Ich habe Angst; alles ist neu und ungewohnt. Jetzt vermisse ich Adrian noch mehr als zuvor.

Trudi holt ein Heft hervor. »Du bist die Lisa?«, fragt sie.

Ich nicke.

»Das sind Klara und Franziska«, stellt sie mir die beiden anderen vor. Die schauen mich an, sagen aber nichts.

»Kannst du Karotten putzen?«, fragt mich Trudi.

»Natürlich!«

Sie schiebt mir Karotten und ein Messer zu. »Putzen und in Scheiben schneiden?«

Ich lächle, nicke. »Das habe ich bei der Bäuerin gelernt. Ich kann auch Kartoffeln schälen, anderes Gemüse putzen, Eier aufschlagen …« Ich zähle all die Sachen auf, die ich auf dem Hof gemacht habe.

Trudi macht sich Notizen. »Ach, wie wunderbar«, sagt sie dann lobend, »das alles kannst du schon. Dann müssen wir es dir nicht mehr beibringen.«

»Wie viele Kinder leben denn hier?«, frage ich.

»Mit dir sind es jetzt wohl dreizehn«, antwortet Trudi.

»Und du bist die Schwester von Anna?«

»Ja.«

»Was macht Anna denn? Hat sie auch einen Mann?«, will ich wissen.

Trudi schaut zu einer Tür, die nur angelehnt ist und die ich jetzt erst entdecke. Ich sehe Anna dahinter an einem Schreibtisch sitzen und zucke erschrocken zusammen. Sie hört ja alles mit!

»Frag sie doch selbst«, sagt Trudi nur.

Die beiden anderen Mädchen, die vorhin gelacht und gescherzt haben, scheinen völlig verstummt zu sein. Sie wechseln kein Wort mit mir. Mögen sie mich nicht? Ich bin sehr verunsichert. Habe ich etwas falsch gemacht? Aber ich ahne, dass es mit Anna im Nebenzimmer zu tun haben könnte.

Franziska und Klara haben nur Augen für das Gemüse, das sie putzen. Es sind nicht die beiden Mädchen, die ich im Garten gesehen habe. Fast schon gespenstisch und unheimlich ist diese

Stille, die nur von dem Schaben der Messer und dem Platschen des Gemüses unterbrochen wird, wenn wir es in die Schüssel mit Wasser werfen.

Trudi setzt große Töpfe auf den Herd. Bald schon blubbert es, und köstliche Gerüche ziehen durch die Küche.

Der Vorrat an Karotten scheint unendlich zu sein. Ich schäle und schneide immer weiter.

Doch dann wird es auf einmal laut, und das Haus fängt an zu leben. Von überall kommen Kinder her, sie kommen durch die Küchentür, die in den Hof führt. Sie eilen an mir vorbei zum Wohnzimmer und setzen sich an den Tisch. Auch Franziska und Klara sind aufgestanden und nach drüben gegangen. Niemand bleibt bei mir stehen, begrüßt mich oder fragt mich, wie ich heiße und woher ich komme. Verschüchtert bleibe ich sitzen, doch Trudi nickt mir zu, also folge ich den anderen und setze mich auf den letzten freien Stuhl.

Trudi sitzt am Kopfende. Sie schaut in die Runde. »Hallo zusammen«, sagt sie. »Das ist Lisa, die Neue. Einen guten Appetit miteinander.«

Niemand wird mir vorgestellt. Vorsichtig linse ich in die Runde, sehe mir ihre Gesichter an, aber keines der Kinder erwidert den Blick. Es gibt keine Begrüßung, kein Lächeln, kein Wort. Schnell senke ich den Kopf, starre verlegen auf den Teller, der mit Kartoffeln, Erbsen und Möhren gefüllt ist. Jetzt, da ich auf meinen Teller schaue, spüre ich die verstohlenen Blicke auf mir. Sie lasten schwer, sind ablehnend, will mir scheinen. Ich bin hier nicht willkommen, spüre ich deutlich. Plötzlich komme ich mir ausgestoßen vor, weiß nicht, wie ich mich verhalten soll, was ich machen soll. Ich denke an Adrian und an den ersten Abend, als ich auf dem Hof war. Er hat damals stoisch gegessen und kein Wort gesagt. Und das mache ich nun auch. Es schmeckt gut; wenigstens werde ich satt.

Unsicher schiele ich zur Seite – die Pflegemutter sitzt nicht mit uns am Tisch, und einen Mann habe ich auch noch nicht gesehen. Nachdem alle Kinder zu essen haben, geht Trudi in die Küche, füllt einen weiteren Teller und bringt ihn auf einem Tablett in das Nebenzimmer, wo ich die Pflegemutter erspäht habe.

Sie isst also alleine, denke ich mir.

Alles ist seltsam, und viele Fragen stellen sich mir, die ich aber nicht zu äußern wage. Das Essen verläuft schweigend.

Und dann sind alle fertig. Wie auf Kommando stehen sie auf, gehen wieder nach draußen. Auch Klara und Franziska gehen, die einzigen, die ich bisher mit Namen kenne, obwohl ich noch kein Wort mit ihnen gewechselt habe.

Wie seltsam hier alles ist! Wohl fühle ich mich nicht. Schweigend helfe ich Trudi, den Tisch abzuräumen. Wir spülen und räumen auf. Das kenne ich ja schon von den Bauern, nur dass es hier mehr Geschirr und Besteck gibt.

Als wir fertig sind, hängt sie die Geschirrtücher über die Stuhllehnen.

»Na, dann komm mal mit, ich zeig dir den Hof«, sagt sie und öffnet die Tür nach draußen.

Hinter dem großen Wohnhaus, das mir fast so groß erscheint wie das Kinderheim, steht ein kleineres Gebäude. Darin befindet sich ein Stall mit Kaninchen und Ziegen. Dahinter ist der Geräteschuppen mit dem Werkzeug für Garten und Feldarbeit. Dann gibt es noch das Außengehege mit etwa drei Dutzend Hühnern und einigen Gänsen, die uns anzischen. Hinter den Gebäuden breiten sich die Obstwiesen und Beerensträucher aus; auch Weideland gibt es. Ich bleibe stehen. Die Sonne scheint, und es ist ein wunderbarer Anblick.

Trudi holt mich zurück aus meinen träumerischen Gedanken.

»Ich zeig dir noch den Rest«, sagt sie und nimmt meine Hand. Sie fast nicht so fest zu wie ihre Schwester, zieht mich nicht mit sich, sondern passt ihre Schritte an meine an.

Unter dem Dach stehen Möbel und Koffer voller Kleider. An den dicken Holzbalken hängen Kräuter zum Trocknen.

»Im Winter hängen wir hier die Wäsche zum Trocknen auf«, erklärt mir Trudi.

Ich schaue zu den Strohpuppen unter den Balken. »Bleibt es hier warm?«, frage ich verwundert.

»Nicht doch, Dummerchen«, lacht sie. »Oft gefriert die Wäsche. Jetzt zeige ich dir noch den Keller. Dort lagern wir unsere Vorräte.« Sie klingt stolz.

Ich folge ihr die Treppen hinunter bis in den Keller. Das ganze Haus ist unterkellert. Die Waschküche ist groß und gefliest. Eine riesige Waschmaschine steht dort, aber auch ein Tisch, und ein Schlauch hängt an der Wand. Im Boden ist ein Abfluss. Sauber sieht es hier aus, und es riecht ein wenig so wie im Kinderheim.

Daneben gibt es zwei Vorratsräume. Erstaunt schaue ich mich um. In Regalen lagern Hunderte und Aberhunderte von Gläsern und Flaschen. Gemüse, Marmelade, Gelee, sauer Eingelegtes, Weckgläser mit Gemüse.

»Das ist … alles für uns?«, frage ich ehrfürchtig. Ich werde nie wieder hungern müssen.

»Das ist alles von unserem Hof«, erklärt mir Trudi. »Wir verkaufen viel auf dem Markt.« Sie öffnet eine weitere Tür – der Heizungskeller, der wohl auch als Werkstatt dient. Alles ist penibel sauber und ordentlich.

Aber es gibt noch eine weitere Tür: Sie führt zu dem Kriechkeller unter dem Anbau. Dort gibt es einen Stampfboden. Hier scheint es feucht zu sein, und es riecht muffig.

»Das Grundwasser wird hier hochgedrückt«, sagt Trudi. »Wir schöpfen es ab, füllen es in Fässer und nutzen es als Gießwasser für den Garten.« Als Trudi das Licht einschaltet, sehe ich Spinnweben, und Kellerasseln huschen über den Boden. Ich hasse Spinnentiere.

In den sauberen Vorratskellern jedoch lagern Kartoffeln, Äpfel sind auf Steigen mit Zeitungspapier ausgelegt, Kohlköpfe liegen gestapelt. Es gibt Sandkisten für die Möhren und die Rote

Bete, in Tontöpfen liegen die Zwiebeln, und Knoblauch hängt geflochten an den Regalen.

Trotzdem bin ich froh, als wir wieder hoch in die Küche gehen.

»So, jetzt hast du alles gesehen«, sagt Trudi freundlich. »In welchem Bereich möchtest du arbeiten? Von allen Kindern erwarten wir, dass sie zu ihrem Lebensunterhalt beitragen. Auch ihr Kleinen, die ihr noch nicht zur Schule geht.«

Ich sehe sie fassungslos an. Habe ich richtig gehört? Ich darf mir etwas aussuchen? Bisher hieß es doch immer: *Mach dies, mach jenes. Mach jetzt! Kannst du das nicht? Bist du dumm?*

Und jetzt darf ich auswählen? Dabei war der erste Eindruck hier im Haus zum Fürchten. Keiner hat mich beachtet, mit mir gesprochen. Habe ich mich geirrt? Wird dies mein Glück werden, wird es mir hier gut gehen? Noch traue ich dem Braten nicht.

»Du kannst zum Beispiel den Hausdienst verrichten«, erläutert sie mir. »Dann hilfst du bei der Hausarbeit und dem Küchendienst.«

Ich beiße mir auf die Lippen. Das kann ich, das habe ich auf dem Hof schon gemacht. Essen zubereitet, geputzt.

»Du kannst aber auch im Garten arbeiten. Dann musst du helfen, draußen alles in Ordnung zu halten, Unkraut zu jäten. Zu ernten und zu pflanzen.«

Ernten, denke ich. Geerntet habe ich auch in Gland, auf dem Weinberg. Aber da musste ich nur die abgefallenen Trauben auflesen. Was Gemüse und anderes angeht, da habe ich keine Ahnung. Dennoch stelle ich es mir schön vor, an der frischen Luft zu arbeiten. Ich seufze.

»Vielleicht willst du aber auch lieber den Viehdienst übernehmen, die Kaninchen, die Ziegen und das Geflügel versorgen?«

Ich liebe Tiere, aber sofort muss ich an Adrian im Stall denken und wie er vom Bauern im Stall geschlagen wurde. Davor fürchte ich mich. Nein, den Stalldienst möchte ich sicher nicht machen.

»Was meinst du?«, fragt mich Trudi wieder. »Du musst dich entscheiden, sonst teile ich dich ein.«

»Hausarbeit«, sage ich schnell. Das kann ich, denke ich, das habe ich schon gemacht. Und außerdem gibt es zwischen Mittagessen und Abendbrot die schöne Pause am Kamin – so kenne ich es jedenfalls.

Trudi nickt. »Das ist gut. Du kannst ja schon eine Menge. Dann fangen wir direkt an, denn gleich wollen alle zu Abend essen.«

Nach dem Essen, das ähnlich schweigsam verläuft wie das Mittagessen, darf ich in mein Zimmer gehen und meinen Koffer auspacken. Ich versuche, die Sachen so ordentlich wie möglich in den Schrank zu räumen, aber ich bin mir nicht sicher, ob es den Ansprüchen genügt.

In mir gärt alles, ich bin todmüde und aufgedreht zugleich, weiß immer noch nicht, mit wem ich das Zimmer teile. Tausend Fragen hüpfen durch meinen Kopf.

Ich bin neugierig auf die anderen und habe zugleich Angst vor ihnen. Der Tag war lang und anstrengend; so viele neue Sachen habe ich erlebt und kennengelernt, aber obwohl ich müde bin, ist es anderes als in den letzten Monaten.

Hier, fällt mir plötzlich auf, gibt es keine »Bonbons«, die man schlucken muss.

Mein Kopf ist wacher, auch wenn mein Körper erschöpft ist.

Ich höre andere Kinder die Treppe hochkommen und setze mich voller Erwartung auf mein Bett. Wie wird es wohl werden?

Kapitel 6

September 1971

Klara und Franziska kommen in das Zimmer. Ich atme erleichtert auf. Die beiden kenne ich schließlich schon, sogar mit Namen, aus der Küche. Sie ziehen sich schweigend aus. Ein weiteres älteres Mädchen betritt den Raum, schaut mich prüfend an, sagt aber nichts.

»Ich bin die Lisa«, sage ich fröhlich. »Das ist Klara und die andere ist die Franziska, das weiß ich schon.«

Das Mädchen nickt nun, schlüpft in ihren Schlafanzug.

»Und wie heißt du? Wie alt bist du?«, frage ich unbekümmert weiter.

»Ich bin Andrea«, sagt sie, und ihre Stimme klingt kalt. »Ich bin zehn und gehe in die vierte Schulklasse.« Sie schaut auf den Wecker, der am Fenster steht. »Gleich ist es acht Uhr«, sagt sie mit mahnender Stimme.

Die anderen beiden zucken zusammen. Bisher haben sie nicht mit mir gesprochen. Warum nicht? Was ist falsch an mir? Und was hat es mit der Uhrzeit auf sich? Ich verstehe das alles nicht, bin verwirrt.

Andrea schaut mich an. »Um acht Uhr müssen wir im Bett sein. Dann kommt Anna und sagt uns Gute Nacht.« Irgendwie klingt das »Gute Nacht«, so wie sie es ausspricht, falsch, fast schon hämisch.

Klara und Franziska sind in ihre Betten geschlüpft, haben die Decke bis zum Kinn gezogen und falten die Hände. Wird hier gebetet?, frage ich mich. Aber das wird es nicht. Um kurz nach acht öffnet Anna, die Pflegemutter, die Tür zu unserem

Zimmer und schaut sich um. Ich sitze noch auf der Bettkante.

»Ins Bett!«, herrscht sie mich an. »Jetzt wird geschlafen.«

Erschrocken und kleinlaut verziehe ich mich unter meine Decke, rolle mich zusammen.

»Die Hände nach oben!«, kommt der nächste Befehl. Kalt klingt ihre Stimme. Herrisch.

Ich folge und lege meine Hände auf die Decke. Gleich wird sie weg sein und mich nicht mehr sehen, denke ich mir.

Die Pflegemutter verschließt die Tür. Höre ich das richtig? Hat sie den Schlüssel von außen umgedreht? Was, wenn ich nachts aufs Klo muss? Das kann nicht sein, sie kann uns doch nicht einschließen! Das Licht geht aus, nachdem sie die Tür geschlossen hat, der Schalter ist also außen.

»Was ist, wenn ich muss?«, frage ich.

»Still«, sagt Andrea. »Dort drüben. Der Eimer.«

Der Mond steht hoch, wirft Licht in das Zimmer. Ich höre die anderen rascheln und atmen, sie sind noch wach. In der Ecke steht ein Putzeimer. Sollen wir den wirklich benutzen, wenn wir müssen? Ich kann es gar nicht glauben.

»Wie lange seid ihr schon hier?«, frage ich und setze mich auf. »Wart ihr schon immer im ›Niesenblick‹, oder wo kommt ihr her?«

»Sei still«, zischt Andrea, die Älteste von uns.

»Warum? Uns hört doch keiner. Wo bist du denn eingeteilt? Im Haus oder im Garten? Ist eine von euch beim Vieh? Davor hätte ich ja Angst«, plaudere ich ungehemmt weiter. Sie antworten nicht. Warum denn nicht? »Gibt es hier einen Vati?«

»Nun sei doch nicht so laut«, raunzt mir Andrea zu.

»Ich bin gar nicht laut«, empöre ich mich.

»Sei still!«, ermahnt mich Andrea erneut. Ihre Stimme zischt und klingt wütend. »Wir wollen das nicht.«

»Was wollt ihr nicht?«, frage ich in normaler Lautstärke. Ich spreche nur, rufe nicht, schreie nicht. Ich frage nur.

Ich höre Andreas ergebenes Seufzen, als sich die Tür plötzlich öffnet. Sie wird nicht einfach aufgemacht, nein, der Schlüssel dreht sich ärgerlich im Schloss, ungeduldig, und dann wird das Türblatt zur Seite gestoßen, knallt laut an die Wand.

Anna steht im Raum. Ich spüre sie, rieche sie. Es ist ein Geruch nach Seife und Desinfektionsmittel und ihrem milden Schweiß. Leicht säuerlich riecht es.

Sie hat das Licht nicht angemacht, schnauft, und mein Herz pocht. Was kommt jetzt? Was habe ich falsch gemacht? Ich will doch nur die anderen Mädchen kennenlernen. Will wissen, wie es hier so ist.

Im Mondlicht sehe ich Anna stehen. Sie hat einen Stock in der Hand. Alle anderen liegen still im Bett, ich schaue mich um, die anderen rühren sich nicht.

»Du sollst schlafen«, sagt die Pflegemutter eisig und macht das Licht an.

Ich erstarre.

»Leg dich auf den Bauch!«, befiehlt die Pflegemutter.

»Was?«, frage ich verwirrt.

»Leg dich auf den Bauch«, sagt sie leise und mit drohender Stimme. Das macht mir mehr Angst, als wenn sie schreien würde. Aber ich bin so verwirrt und schockiert, dass ich nicht reagiere. Ich weiß nicht, warum ich mich auf den Bauch legen soll. Will sie mich verprügeln? Ich sehe den Stock in ihrer Hand und befürchte das Schlimmste.

Schon wieder soll ich geschlagen werden? Das kann doch nicht sein! Ich habe gar nichts gemacht!

»Leg! Dich! Hin! Auf den Bauch!«, sagt sie wieder leise und drohend.

»Warum?«, frage ich verängstigt. Das Wort bleibt fast in meinem Hals stecken.

»Weil ich es sage. Nun mach.«

Ich lege mich auf den Bauch auf mein Bett, das mir bisher als Zufluchtsort erschienen ist. Plötzlich ist alles anders.

»Rutsch runter, die Füße über den Bettrand«, befiehlt die Pflegemutter.

Am liebsten möchte ich mich in meine Decke einwickeln, die Augen schließen und einschlafen. Ich will ja lieb sein, ich werde ja ruhig sein und schlafen. Wird sie mir den Po versohlen, so wie der Bauer? Aber warum sollen meine Füße über den Bettrand ragen? Ich verstehe es immer noch nicht.

»Los!«, brüllt sie nun. »Tu, was ich dir sage! Füße über den Rand.«

Ich zucke zusammen, rutsche nach unten. Wenn ich alles mache, was sie sagt, vielleicht tut sie mir dann ja nicht weh.

»Franzi, Klara«, sagt sie nun. Ihre Stimme ist wie Eis. Die beiden springen aus ihren Betten, kommen zu mir. Warum? Was sollen sie bei mir? Warum dürfen sie aufstehen und ich muss hier so liegen? Ich fühle mich hilflos und ausgeliefert. Klara grinst böse, nimmt meinen Arm, hält ihn fest und drückt ihn auf meinen Rücken. Franziska zögert erst, dann packt sie meinen linken Arm. Sie steht am Kopfende, beugt sich über mich. Jetzt hält jede von ihnen einen meiner Arme. Ich fühle mich wie im Schraubstock und versuche, mich dagegen zu wehren, winde mich, schreie.

»Was macht ihr? Lasst mich los! Ich habe doch nichts getan!«, brülle ich. Und ich habe eine Todesangst. Was machen sie mit mir? Was geht hier vor? Ich wende den Kopf wild von einer Seite zur anderen, blinzele die Tränen der Angst und Verzweiflung weg, will in die Gesichter der Mädchen schauen, die mich festhalten, aber sie gucken mich nicht an. Sie schauen weg, halten mich nur fest. Sie wissen, was kommt, das spüre ich, aber ich weiß es nicht. Was wird sie mit mir machen, die Pflegemutter? Mir wird schlecht vor Angst. Bitterer Geschmack steigt in meinen Mund, mein Magen wird zu einem Keil.

»Sei still«, sagt die Pflegemutter, und die Raumtemperatur scheint mit ihren Worten um fünf Grad zu fallen. Mich schaudert es. Meine Angst ist unermesslich.

»Nein!«, brülle ich verzweifelt. »Tu mir nicht weh. Bitte. Bitte nicht. Ich bin auch lieb. Wirklich! Ich werde ab jetzt immer lieb sein.«

»Ruhe!«, sagt sie.

»Bitte, bitte, tu mir nicht weh!« Ich kann nicht aufhören, zu weinen, zu flehen. Versuche sie anzusehen und wende meinen Kopf, hebe ihn, so hoch ich kann. »Bitte. Wirklich, ich werde lieb sein!«

Sie schaut Andrea an, nickt kurz mit dem Kopf und zeigt auf das Kissen. Andrea zögert, doch dann nimmt sie das Kissen, drückt es auf meinen Hinterkopf und mein Gesicht in die Matratze.

Und nun holt die Pflegemutter aus und schlägt mit dem Stock auf meine Fußsohlen. Immer und immer wieder schlägt sie zu. Erst zappele ich noch, wehre mich verzweifelt, doch die Griffe der anderen sind zu stark. Ich kann nicht entrinnen. Wenn ich mit den Füßen strampele, trifft ihr Stock meine Beine, die Schienbeine, die Oberschenkel, die Unterschenkel, den Po. Sie schlägt auf die Fußsohlen ein, schlägt und schlägt und schlägt. Es brennt. Es schmerzt bis in meinen Rücken. Mein ganzer Körper zuckt – zuckt vor Entsetzen und vor Schmerzen. Ich versuche mich zu befreien, winde mich, wehre mich gegen die Hände der anderen, die mich festhalten. Aber ich kann ihnen nicht entrinnen. Ich kann mich nicht befreien. Je mehr ich mich wehre, umso fester drücken sie und halten mich fest.

Außerdem bekomme ich keine Luft … ich bekomme keine Luft … brauche Luft … ich werde schwächer, wehre mich nicht mehr … ich ringe nach Atem. Das Kissen auf meinem Kopf wiegt schwer, als wollte es mich erdrücken. Die Schmerzen sind schlimm, so etwas habe ich in meinem kurzen Leben noch nicht erlebt. Aber keine Luft zu bekommen ist schlimmer. Ich japse, keuche, ringe vergeblich nach Atem. Mir wird schwindelig und übel. Alles dreht sich, verschwimmt. Ich habe das Gefühl, auf das Bett gepresst zu werden, und gleichzeitig fliege ich. Fast. Kurz bevor ich wirklich wegfliegen kann, hört die Pflegemutter auf. Das Zischen des Stocks in der Luft, dieses pfeifende Geräusch und dann der Aufprall des Holzes auf meiner Haut, dieses eklige, widerliche, schmerzende Klatschen – es verstummt. Wie taub liege ich erst da, als Andrea das Kissen von meinem Kopf zieht, japse, ringe nach Luft. Endlich kann ich wieder atmen. Der Sauerstoff strömt in meine Lungen. Ich möchte schreien und weinen, aber ich kann es nicht. Ich bin wie versteinert vor Angst, Schrecken und Schmerz. Was hab ich getan? Womit habe ich das verdient? Ich bin ein Kind und fünf Jahre alt. In mir schreit alles vor Verzweiflung. Doch der Raum um mich ist still. Nur mein Keuchen, mein Schnappen nach Luft kann ich hören.

So leise, wie sie gekommen ist, geht die Pflegemutter wieder. Kein Wort sagt sie zu mir. Nichts.

Sie tröstet mich nicht, auch wenn ich es gehofft hätte. Die Bäuerin hat mir wenigstens gesagt: Du hast es verdient, und nun ist wieder gut … nicht einmal das kommt der Pflegemutter über die Lippen. Nichts sagt sie, sie schließt die Tür und löscht das Licht.

Die anderen Mädchen schleichen in ihre Betten, während ich keuchend weine und wimmere. Meine Fußsohlen bluten, ich spüre das warme Blut und ziehe die Beine an – alles tut weh, aber die Füße schmerzen am meisten.

»Warum?«, wispere ich in die dunkle Stille. »Warum tut ihr das?«

Keine Antwort.

Ich will weg, weit weg, einfach nur weg. Aber ich habe gehört, dass die Pflegemutter den Schlüssel wieder umgedreht hat, das Zimmer ist abgeschlossen.

»Was habe ich gemacht?«, flüstere ich in die Stille des dunklen Zimmers. »Was habe ich euch getan?«

Immer noch gibt es keine Antwort.

Die drei anderen liegen still in ihren Betten. Es gibt von ihnen keine Hilfe, kein Wort des Trostes. Sie tun, als würden sie mein verzweifeltes Wimmern gar nicht hören.

Ich krieche unter die Decke, ziehe sie über mich. Hier ist niemand, der mir Trost spendet. Bei den Bauersleuten wäre wenigstens noch Adrian da gewesen, der mir die Hand gehalten hätte, aber das ist von diesen Mädchen wohl nicht zu erwarten.

Ich schluchze, ziehe die Nase hoch, halte den Atem an. Aus einem der anderen Betten höre ich ein unterdrücktes Schluchzen. Keuchend richte ich mich auf.

»Warum tut ihr das? Warum helft ihr mir nicht?«, frage ich verzweifelt. Ich hoffe, dass wenigstens die eine, die auch weinend dort liegt, zu mir kommt und mir Trost spendet. Eine Umarmung, ein geflüstertes Wort des Verstehens, eine Geste der Zusammengehörigkeit … aber es kommt nichts.

In diesem Moment hasse ich sie alle. Sie haben sich auf eine Stufe mit der Pflegemutter gestellt, spielen ihr Spiel mit.

Noch begreife ich nicht, was für ein Spiel das ist. Aber ich weiß jetzt, glücklich werde ich hier nicht. Ich habe schon viel erlebt, aber solche Grausamkeit kannte ich bisher nicht. Das ist keine Ohrfeige für falsches Benehmen gewesen, das war pure Erniedrigung. Leise weinend und völlig erschöpft schlafe ich ein.

Am nächsten Morgen werden wir geweckt, müssen ins Bad und uns schnell herrichten. Dann gibt es Frühstück. Ich kann kaum laufen, meine Fußsohlen sind wie rohes Fleisch.

Ich komme zu spät zum Frühstück, muss mich beeilen, aber wie soll das gehen?

»Es gab Ungehorsam in Zimmer drei«, sagt die Pflegemutter eisig. »Zur Strafe wird dem Zimmer für einen Monat das Deckenlicht entzogen. Fritz, bring mir die Glühbirne.«

Alle senken den Kopf, aber die Blicke, die mir die Zimmergenossinnen zuwerfen, sind schrecklich. Ich erkenne, dass ich schuld an der Strafe bin und sie mit bestraft werden. Einerseits tut es mir leid, andererseits frage ich mich immer noch, warum sie mir nicht geholfen haben.

Es ist September, und die Tage werden kürzer. Abends kein Licht zu haben schränkt uns alle ein. Sie lassen mich spüren, dass es meine Schuld ist. Zu Hause fühle ich mich nicht. Jeden Abend krieche ich voller Angst in mein Bett.

Ich bin bei Trudi zum Hausdienst eingeteilt, aber ich kann auf meinen wunden Füßen nicht laufen oder stehen.

»Das hast du dir selbst zuzuschreiben«, bekomme ich von ihr zu hören. »Mach deine Arbeit, sonst bekommst du Ärger.«

Also krieche ich auf allen vieren leise wimmernd durch die Räume, fege, wische und putze.

»Warum?«, frage ich Trudi, die am Anfang so nett und vertrauenerweckend wirkte. »Warum hat sie das mit mir gemacht? Ich habe nichts Unrechtes getan.«

Trudi sieht mich lange nachdenklich an. Dann zuckt sie mit den Schultern. »Halt dich an die Hausordnung, dann geht es dir gut«, sagt sie nur.

Die Pflegemutter überwacht den Hausdienst. »Nur Scharlatane, Schelme, Schwächlinge, Nichtsnutze und Schwachsinnige beklagen sich. Gehörst du dazu?« Sie sieht mich mit hochgezogenen Augenbrauen spöttisch an. »Sag? Gehörst du dazu? Wenn nicht, mach einfach, was dir aufgetragen wird. Und zwar sofort.«

Ich zucke bei jedem ihrer Worte zusammen, habe große Angst vor ihr. Sie ist übermächtig – schlimmer, gemeiner und hinterhältiger, als der Bauer es mit Adrian war. Man ist nie vor ihr sicher. Sie ist wie die böse Spinne im Winkel ihres Netzes und spürt jede Schwäche von uns auf.

Sie macht mir namenlose Angst.

Ich hasse alle im Haus, alle. Keiner steht für den anderen ein, jeder kämpft für sich und gegen alle anderen.

Ich sehne mich so sehr danach, einmal gelobt zu werden. Einmal von irgendwem in die Arme genommen zu werden. Aber das geht hier nicht. Hier kämpft jeder gegen jeden. Und alle gegen alle. Zum Teufel mit ihnen. Ich hasse sie. Ich hasse sie alle. Und besonders hasse ich meine Mutter. Warum hat sie mich geboren, ohne mich zu wollen? Warum hat sie mich diesen Menschen überlassen?

Das werde ich nie verstehen.

Am Mittwoch bin ich in das private Kinderheim Niesenblick gekommen. Am Freitag ruft Anna, die Pflegemutter, mich zu sich. Gehen kann ich nicht, ich krieche in ihr Büro.

»Nun, hast du deine Lektion gelernt?«, fragt sie mich und lächelt.

Ich nicke nur. Meine Füße brennen, ich weiß nicht, wie ich mich halten soll, zieh mich hoch auf den Stuhl neben ihrem Schreibtisch.

»Schau«, sagt sie sanft, aber mit einem bösen Grinsen. Sie schiebt eine Postkarte zu mir, darauf ist ein Mensch, der auf einem Tisch festgebunden ist und brennt. Da ist Feuer und dieser festgebundene Mensch. Ich sehe es und schließe die Augen.

»Wenn du irgendwem erzählst, dass ich dich geschlagen habe«, sagt Anna langsam, deutlich und mit einem Lächeln, »gehst du. Du verlässt dieses Haus.«

Ja, denke ich. Ja, ich will hier weg, ich werde es jedem erzählen. Hoffnung keimt in mir auf. Vielleicht darf ich dann ja endlich wieder nach Gland.

»Du verlässt dieses Haus und kommst woandershin.« Sie schiebt das Bild näher an die Schreibtischkante in meinen Sichtbereich. »Und dort, wo du hinkommst, werden sie das mit dir machen.« Anna lehnt sich zurück und verschränkt die Arme vor ihrer Brust, lächelt süffisant. »Möchtest du das?«

Ich sehe das Feuer und den gefesselten Menschen, habe den Geruch von verbranntem Gummi in der Nase – meine Gabi, die von der Bäuerin verbrannt worden ist. Sie war nur eine Puppe, und sie ist im Feuer geschmolzen. Ich habe mir schon ein paar Mal die Finger an heißen Herdplatten und am Ofen verbrannt und weiß, wie weh Feuer tut. Zu verbrennen, bei lebendigem

Leib, das will ich mir nicht vorstellen. Es tut sicher noch mehr weh, als die Fußsohlen blutig geschlagen zu bekommen. Ich sinke in mich zusammen.

»Du erzählst es niemanden, verstanden? Ansonsten gebe ich dich weg und lass dich verbrennen.«

Ich schlucke, mein Hals ist eng, und mir ist schlecht vor Angst.

»Geh!«, sagt Anna. »Geh jetzt!«

Ich lasse mich zu Boden gleiten, gehen kann ich ja nicht. Auf Händen und Knien krabbele ich zur Tür und in die Küche. Dort nimmt mich Trudi in Empfang.

»Heute ist Freitag«, sagt sie und schaut in ihr schlaues Buch. »Du bist in der Gruppe der Mädchen, die freitags Badetag haben. Sieh zu, dass du nach oben kommst.«

Hier im Haus sind immer etwa dreizehn Kinder. Vier müssen über zwölf Jahre alt sein, sieben sind zwischen fünf und zwölf Jahren, so wie ich. Höchstens zwei Kinder sind drei Jahre alt oder jünger – sie bleiben nie lange, denn sie können ja im Haushalt und auf dem Hof nicht mithelfen.

Wir haben alle einen festen Badetag pro Woche. Immer drei von uns gehen gemeinsam in die Wanne, die nur gut zwei Handbreit mit lauwarmem Wasser gefüllt wird.

An diesem Freitag bin ich nun das erste Mal dabei. Anna, unsere Pflegemutter, kommt zu uns in das Bad, lässt das Wasser ein.

Bisher habe ich sie immer nur adrett gekleidet gesehen – Rock, Bluse, schöne Schuhe, das Haar ordentlich onduliert. Doch jetzt trägt sie olivgrüne Gummistiefel und eine der festen Schürzen, die ich unten im Keller gesehen habe, dort, wo geschlachtet wird, wie mir Trudi sagte. Anna hat ihre Blusenärmel hochgekrempelt. Nachdem sie das Wasser in die Wanne eingelassen hat, setzt sie sich auf einen Stuhl und beobachtet uns.

Ich weiß nicht, was ich tun soll. Wenn ich einen Fehler mache, denke ich die ganze Zeit, werde ich weggeschickt und verbrannt, wie meine Puppe Gabi. Ich zittere vor Angst.

»Ausziehen«, zischt mir Priska, eins der anderen Mädchen zu. »Schnell.«

Wir schlüpfen aus unseren Sachen, legen sie auf einen Schemel, der in der Ecke steht. Dann gehen wir zu dritt in die Wanne und waschen uns.

Meine Füße brennen. Das lauwarme Wasser brennt, das bisschen Seife, das wir bekommen, brennt, mein ganzer Körper tut weh. Tränen steigen in meine Augen, und ich schluchze leise. Die beiden anderen beachten mich gar nicht. Sie nehmen Waschlappen und Bürste, die am Wannenrand liegen, und seifen sich gründlich ein. Sie schrubben und schrubben, reiben hinter ihren Ohren und zwischen jedem Zeh.

Ich versuche, es ihnen nachzutun.

»Dreh dich um«, sagt Priska. »Los!«

»Warum?« Ich kann das Fragen nicht lassen.

»Damit ich deinen Rücken gründlich waschen kann.«

Ohne weitere Fragen drehe ich mich um, und sie schrubbt meinen Rücken, obwohl der gar nicht dreckig ist.

»Genug!«, sagt Anna plötzlich. »Aufstehen.«

Die beiden anderen stellen sich hin. Sie zittern, und das liegt nicht an der Temperatur im Raum. Sie haben wohl Angst. Aber wovor? Langsam stehe ich auf. Ich kann kaum stehen, im Wasser sind meine wunden Füße aufgequollen. Priska stützt mich.

Die Pflegemutter tritt zu uns. Jede von uns muss sich langsam umdrehen. Nacheinander. Die Pflegemutter schaut hinter die Ohren, zwischen die Zehen, prüft den Rücken. An diesem Tag, meinem ersten Badetag, hat sie an keinem von uns etwas auszusetzen.

»Trocknet euch ab und zieht euch um«, sagt sie nur. Erleichtert stöhnen die beiden anderen auf. Ich verstehe nicht, warum.

Kapitel 7

Am nächsten Tag, dem Samstag, ist die Stimmung im Haus anders als sonst, lockerer, gelassener, scheint mir. Verblüfft sehe ich Trudi in der Küche stehen und vergnügt vor sich hin summen. Meine ängstlichen Blicke suchen die Pflegemutter, doch ich kann sie nicht entdecken. Das beruhigt mich gar nicht. Was, wenn sie hinter einer Ecke nur darauf lauert, dass ich einen Fehler mache?

Wir setzen uns zum Frühstück an den Tisch.

»Anna ist heute bei Verwandten von uns«, sagt Trudi und lächelt.

Ein erleichtertes Seufzen geht durch den Raum. Alle scheinen froh zu sein. Das ein oder andere scherzhafte Wort wird gesagt, manche lachen sogar.

Verblüfft beobachte ich das veränderte Verhalten und kann es noch nicht einordnen.

Nach dem Frühstück brechen die großen Kinder zur Schule auf. Wir Jüngeren müssen, so wie immer, den Haushalt besorgen. Doch anders als Anna kontrolliert uns Trudi heute nicht. Ich nutze das schamlos aus, schrubbe die Toiletten nur von außen, nicht von innen. Da ich immer noch nicht wirklich stehen kann, spare ich mir das Abstauben und Staubsaugen, wische nur feucht durch. Ich habe genug Zeit, um nachzudenken. Erst ein paar Tage bin ich hier, aber inzwischen weiß ich, dass die Pflegemutter verheiratet ist. Sie wohnt in dem kleinen Haus nebenan, zusammen mit ihrem Mann. Dorthin geht sie jeden Abend zwischen neun und zehn, wenn im großen Haus, also bei uns, alles ruhig ist. Alle fünf Schlafzimmer werden abgeschlossen und die Lichter von außen gelöscht. Tatsächlich steht in jedem Zimmer ein Eimer, den wir für die nächtliche Notdurft benutzen müssen. Wir alle gehen noch einmal vor dem Zubettgehen auf die Toilette – trotzdem müssen wir hin und wieder den Eimer benutzen. Es stinkt fürchterlich.

Trudi verlässt abends das Haus. Sie hat ein kleines Zimmer die Straße herunter und kommt am nächsten Morgen wieder.

Wir Kinder sind nachts also immer alleine in dem großen Haus. Ein seltsamer Gedanke, bei dem ich nicht weiß, ob ich mich fürchten oder erleichtert sein soll.

Und nun kommt mein erstes Wochenende im Niesenblick, und ich weiß nicht, was noch passieren wird.

Nach der ersten Nacht, nach dieser fürchterlichen Strafe, habe ich kein Wort mehr mit meinen Zimmergenossinnen gewechselt – und sie auch nicht mit mir. Ich hasse sie. Sie haben mir nicht geholfen, stattdessen haben sie die Pflegemutter bei ihren Grausamkeiten unterstützt. Aber in den letzten Tagen habe ich die anderen Kinder beobachtet. Freundschaften, so wie zwischen Adrian und mir, scheint es hier überhaupt nicht zu geben. Jeder kämpft für sich selbst, und alle, selbst die großen Jungs, scheinen Angst vor der Pflegemutter zu haben.

Es ist etwa drei Uhr, die großen Kinder sind aus der Schule wieder da, und alle gehen, wie auch in der Woche, ihren Aufgaben nach. Der Haushalt muss gemacht, das Vieh und der Garten versorgt werden. Auch in der Küche gibt es immer etwas zu tun.

Plötzlich ruft Kurt: »Er ist da! Er ist da!«

Ich hocke auf dem Boden, wische die letzten Ecken des Gemeinschaftsraumes aus, als plötzlich ein Mann hineinkommt. Der Mann kniet vor mir auf dem Boden, sodass ich nicht zu ihm aufblicken muss, und schaut mich gründlich an.

»Hallo, Lisa«, sagt er freundlich. »Ich bin dein Ätti, dein Pflegevater.« In seinem Mund steckt ein Zigarrenstumpen, es riecht unangenehm, und ich muss husten. Er grinst nur.

»Ja, ja, die Anna mag's auch nicht, wenn ich hier rauche.« Er zuckt nur mit den Schultern.

Ich betrachte ihn genau. Er ist klein und stämmig, hat aber eine freundliche Art an sich, die ich sofort mag. Er nennt mich nicht Tschinggeli und schimpft auch nicht mit mir.

»Warum steht sie nicht auf?«, fragt er Trudi, die zu uns gekommen ist, wie auch alle Kinder. Sie umringen ihn.

»Die Lisa kam mit verletzten Füßen zu uns«, sagt Trudi leise. Sie sieht mich an, zieht die Augenbrauen mahnend hoch.

Ich denke an die Postkarte und an Annas Worte und habe sofort den Geruch von verbranntem Gummi in der Nase. Mein Blick geht zu Andrea, Franzi und Klara. Sie wenden sich ab, in ihren Augen sehe ich Scham.

Der Ätti streicht mir über den Kopf. »Das heilt sicher bald«, sagt er sanft. Dann steht er auf und begrüßt die anderen Kinder. Er kennt alle mit Namen und spricht freundlich zu ihnen. Gehört das zu dem Spiel, das hier gespielt wird? Wann wird er seine böse Seite zeigen?, denke ich verwirrt und verängstigt. Ich beschließe, Abstand zu halten.

Den ganzen Nachmittag beobachte ich ihn. Er hilft den Buben, spricht mit den Mädchen, schaut nach dem Vieh und nach Sachen im Haus. Seine Art ist bedächtig, und er hat immer ein kleines Lächeln um die Lippen. Ohne dass ich es will, beeindruckt er mich.

Beim Abendessen setzt er sich zu uns an den Tisch. Will er wirklich mit uns essen?, frage ich mich. Anna würde das nie tun, sie nimmt ihre Mahlzeiten immer in ihrem Zimmer ein, hat nur die Tür geöffnet, um uns zu kontrollieren.

Priska sitzt neben mir, und ich flüstere ihr zu: »Ist der immer so lieb, oder ist das nur heute so?«

»Der ist immer so!«, sagt Priska laut und deutlich. »Wie ein Vater eben sein soll!« Ein gewisser Stolz klingt aus ihrer Stimme.

Ätti schaut zu uns und lächelt nur. Es ist ein freundliches Lächeln, kein boshaftes wie bei Anna.

»Wie war denn die Schule, Kurt?«, fragt er. Und er fragt nicht nur Kurt, sondern die anderen auch. An den bisherigen Abenden haben wir schweigend am Tisch gesessen, doch nun werden lebhafte Gespräche geführt, die Kinder erzählen und lachen.

»Was wollen wir denn morgen unternehmen?«, fragt er in die Runde.

»Zum See, zum See!«, rufen viele der Kinder. Ich weiß nicht, was das bedeutet, bin aber neugierig.

Das Abendbrot wird weggeräumt, wir sitzen noch zusammen mit Ätti draußen, denn es ist ein schöner Tag, die Abendsonne scheint über den Berg. Er erzählt von früher, als er zur See gefahren ist. Ich kann gar nicht genug bekommen von seinen Worten, die abenteuerliche Bilder in mir wachrufen.

Doch um acht müssen wir, so wie immer, ins Bett. Trudi verschließt die Zimmer.

Dies ist die erste Nacht, in der ich ohne große Angst im Niesenblick schlafe.

Am nächsten Morgen weckt uns Trudi. Wir gehen uns fertig machen, dann gibt es Frühstück. Auch Ätti sitzt zu meiner Überraschung wieder mit am Tisch. Alle wollen seine Aufmerksamkeit, was bei zwölf Kindern nicht einfach ist.

»Wer möchte mit zum Fußball?«, fragt er.

Alle zeigen auf, aber nur vier werden ausgewählt. Ich bin nicht dabei und zutiefst betrübt. Dabei weiß ich gar nicht, was das bedeutet. Fußball kenne ich, das haben wir in Gland auf dem Hof gespielt. Aber wo Ätti jetzt mit den vier Kindern hingeht, ist mir schleierhaft.

Ich sehe die Kinder aufstehen und ihre Jacken holen, sinke am Frühstückstisch in mich zusammen.

»Sei nicht traurig, kleine Lisa«, sagt plötzlich eine tiefe und warme Stimme neben mir. Ätti legt mir die Hand auf die Schulter. »Deine Füße sollen erst einmal richtig heilen, dann nehme ich dich auch mit. Und wir sehen uns ja am Nachmittag, Kleines.« Sanft klingt er, vertrauenerweckend. Ich nicke und fühle mich sofort besser.

»Fußball ist Ättis Leidenschaft«, sagt Andrea zu mir, als sie den Tisch abräumt. Es ist das erste Mal seit der ersten, schrecklichen Nacht, dass sie wieder das Wort an mich richtet. Freundlich klingt sie nicht, aber auch nicht so feindselig wie zuvor. »Er geht fast jeden Sonntag zum Spiel seines Vereins. Vier von uns dürfen ihn meist begleiten.«

»Wovon hängt das ab?«, frage ich eifrig, denn ich möchte nichts lieber als ihn begleiten.

»Von ihm«, sagt Andrea und klingt wieder gehässig. »Er wählt aus.« Sie grinst böse. »Dafür muss man aber ordentlich laufen können.«

Ich schrumpfe wieder zusammen. Vorläufig kann ich noch nicht richtig gehen, geschweige denn laufen.

»Er sieht zu, dass jeder von uns mal mitkann«, sagt nun Priska zu mir und lächelt. Ein ehrliches Lächeln. »Auch du wirst mal dran sein.«

Das gibt mir wieder Hoffnung.

Nach dem Mittagessen gehen wir zum See. Alle zusammen und Ätti in der Mitte. Da ich nicht laufen kann, klettere ich in den kleinen Leiterwagen. Ätti zieht mich.

»Die Kleine kann ja nichts dafür«, sagt Ätti. »Wir wollen sie ja nicht zurücklassen, oder?«

Die anderen laufen nebenher, machen Scherze. Es ist ein Spaß, und irgendwie entwickeln wir an diesem Nachmittag so etwas wie Gemeinschaft, was in der Woche nicht zu spüren war.

Vielleicht, denke ich hoffnungsvoll, als ich am See sitze und in die sanften Wellen schaue, habe ich mich ja getäuscht. Vielleicht habe ich alles zu negativ und voller Angst gesehen. Ich bin ja erst ein paar Tage hier und war auch von Anfang an sehr misstrauisch. Es mag auch mein Fehler gewesen sein. Jetzt weiß ich ja, dass man ab acht Uhr, sobald die Zimmertür verschlossen ist, ruhig zu sein hat. Das habe ich aber vorher nicht gewusst, und keiner hat mich gewarnt und mir gesagt, dass eine drastische Strafe folgen würde – so eine schlimme Strafe, wie ich sie noch nie erlebt habe und auch nie wieder erleben will. Ich spüre, dass im Haus große Angst vor der Pflegemutter herrscht, und ich glaube begriffen zu haben, warum das so ist. Sie ist gnadenlos und grausam. Aber jetzt ist Ätti da. Er ist anders, er ist besser, er ist ein guter Mensch, ein Vater für uns alle. Und durch ihn werden wir eine Gemeinschaft, werden wir so etwas wie Freunde. Geschwister vielleicht sogar.

Ich schaue mich um, sehe Andrea, Franzi, Klara, Fritz, Kurt und die anderen. Vielleicht sind sie gar nicht so, wie ich in diesen wenigen Tagen angenommen habe? Ich sollte ihnen noch eine Chance geben und dabei mehr auf die Regeln achten, die ich ja noch gar nicht alle kenne.

»Kannst du Steine werfen, Lisa?«, fragt mich Ätti und hockt sich neben mich ans Ufer, nimmt einen flachen Stein auf und wiegt ihn in der Hand. »So, dass sie hüpfen?«

Ich nicke eifrig. Oft habe ich zusammen mit Adrian Steine in die Aare geworfen, doch die hat eine heftige Strömung, dort Steine zum Hüpfen zu bringen war fast unmöglich. Aber in Gland, da habe ich es gekonnt. Das ist jetzt mehr als ein Jahr her, wird mir klar. Ich suche nach dem passenden, dem perfekten Stein, nehme einen nach dem anderen in die Hand, will Ätti zeigen, was ich kann. Die anderen Kinder, die vorher noch Fangen gespielt hatte, kommen zu uns, suchen seine Aufmerksamkeit.

»Ätti, schau mal …«

»Guck, Ätti, ich kann Steine werfen.«

»Ich kann es besser, Ätti!«

Einer nach dem andern schmeißt einen Stein in das flache Wasser des Ufers. Mancher hüpft, mancher versinkt mit einem dumpfen Platschen. Jeder Wurf wird von allen kommentiert – mal wird geklatscht, mal gelacht. Nicht richtig boshaft. Dennoch traue ich mich nun nicht mehr, selbst zu werfen. Meine Hand schließt sich um den Stein, den ich ausgesucht habe. Ich schließe die Augen, wünsche mich weit weg, ich will nicht vor Ätti zum Gespött werden. Andererseits bin ich böse, weil sie mir sofort wieder seine Aufmerksamkeit entzogen haben. Ich will ihn für mich, für mich alleine, und sei es nur für fünf Minuten.

»Lisa, was ist mit dir?«, fragt er nun sanft.

Er hat mich nicht vergessen, er hat mich tatsächlich nicht vergessen. Ich reiße die Augen auf, strahle ihn an.

»Ich kann es nur versuchen«, sage ich zaghaft.

»Dann mach!« Er nickt und lächelt mir zu. »Trau dich ruhig.«

Ich wiege den Stein in der Hand, umfasse ihn, spüre seine flachen Kanten. Er hat ein gutes Gewicht, eine gute Form. Blöd ist nur, dass ich nicht wirklich aufstehen, auf den Füßen wippen kann, um den richtigen Schwung zu holen. So muss ich es aus der Schulter machen, aus der Hüfte, im Sitzen.

Ich lehne mich nach vorne, dann schwinge ich zurück, versuche tief einzuatmen und beim Werfen auszuatmen, so wie es Adrian mir gezeigt hat.

Der Stein fliegt, er landet flach auf dem Wasser. Ich kneife die Augen zusammen, beiße mir aufgeregt auf die Lippen. Er springt wieder hoch, fliegt weiter, hüpft auf das Wasser … wird er nun untergehen? Nein, der Winkel ist immer noch perfekt. Viermal schlägt er auf und springt weiter, dann erst versinkt er im See.

»Gut gemacht, Lisa!«, lobt mich Ätti sofort.

Hitze steigt in meine Wangen, sie fühlen sich an wie mit heißem Wasser überbrühte Tomaten. Ich freue mich unglaublich. Ätti hat mich gelobt! Nun legt er auch noch kurz seinen Arm um mich und drückt mich an sich. Er riecht nach Zigarre, das ist unangenehm, aber auch nach der Seife, die wir alle benutzen, und nach Leder, Staub und ihm selbst. Ich mag den Geruch.

Dann gehen wir wieder nach Hause, es wird schon dunkel. Abends schaut Ätti im Haus noch nach dem Rechten, hilft im Stall beim Vieh und repariert etwas im Gartenschuppen.

Ich bin in der Küche und bereite mit Trudi das Abendessen zu, aber immer wieder wandert mein Blick nach draußen, Ätti suchend.

Trudi stößt mich lachend an. »Also wirklich, er kommt doch am nächsten Samstag wieder, hab dich nicht so.«

Wir essen zu Abend, und wieder fragt Ätti uns alle nach Dingen, die uns die Woche über beschäftigt haben. Keiner sagt irgendetwas über unsere Pflegemutter. Keiner erwähnt sie auch nur mit einem Wort. Das finde ich seltsam, aber ich habe ja beschlossen, achtsamer zu sein. Ich will doch dazugehören.

An diesem Abend erzählt Ätti wieder von früher und pafft dabei seine stinkende Zigarre. Ich mag den Geruch immer noch nicht, aber ich mag Ätti. Ich suche seine Nähe, dränge mich an den anderen vorbei, bis ich neben ihm sitze und die Wärme seines Körpers spüre.

Abends, als Trudi uns einschließt, seufze ich. »Das war ein schöner Tag«, sage ich leise.

»Sonntage sind meistens schön«, wispert Franzi und klingt sehnsuchtsvoll.

»Aber morgen ist Montag«, sagt Andrea laut. »Und die Tretmühle beginnt von vorne. Schlaft jetzt.«

Ich wundere mich, dass sie nicht flüstert, aber dann fällt mir ein, dass die Pflegemutter nicht da ist. Trudi scheint also nicht vor der Tür zu lauschen.

Kapitel 8

Aufstehen!« Der Ruf der Pflegemutter reißt mich aus dem Schlaf. Es ist Montag, eine neue Woche beginnt. Nach dem schönen Wochenende habe ich erst Schwierigkeiten, wieder in den Alltag zu finden.

»Los!« Andrea gibt mir auf dem Weg zum Badezimmer einen heftigen Stoß in den Rücken, sodass ich hinfalle. Meine Füße heilen, aber sicher gehen kann ich immer noch nicht. Ich schaue hoch, sehe Andreas verkniffenes, böses Gesicht. »Macht!«, herrscht sie. »Wir haben schon genug Ärger wegen dir Bastard bekommen. Mach uns nicht noch mehr.« Ihre Stimme klingt kalt wie Eis, und mich schaudert es.

Schweigend sitzen wir alle am Frühstückstisch, die Schulkinder verlassen das Haus, und wir, die für den Hausdienst zuständig sind, beginnen mit der Grundreinigung.

»Wie es hier aussieht!«, schimpft Anna, die Pflegemutter. »Waren am Wochenende Schweine im Haus? Seht zu, dass ihr alles saubermacht, und zwar gründlich.«

Ich nehme das Putzzeug und gehe nach oben. Unten, im Jungenflur, muss Isabelle das Bad putzen. Sie ist etwas älter als ich und schon länger hier. Anna begleitet sie. Auch unten hat das Bad vier Waschbecken, eine Toilette, eine Wanne und zwei Duschen.

»Mach! Das! Gründlich!«, höre ich plötzlich Anna brüllen. Nach jedem Wort höre ich ein lautes Klatschen, einen Schlag, und ich zucke zusammen, als hätte sie mich getroffen. »Bist du ein Schwein? Oder faul? Wenn ich sage, dass du putzen sollst, dann tust du das. Und wenn du das nächste Mal die Toilette nicht gründlich schrubbst, wasch ich dir den Kopf darin!«

Bei den Worten wird mir schlecht. Schnell nehme ich die Bürste noch einmal, drücke sie so fest ich kann gegen das Porzellan.

Ich höre ihre Schritte, Anna steht hinter mir. Die feinen Härchen in meinem Nacken stellen sich auf, Gänsehaut ist auf meinen Armen und Beinen, ich schlottere vor Angst.

»Gut«, sagt sie, »aber vergiss die Ecken nicht.«

Ich krieche mit dem Lappen über den Boden, wische die Fliesen, traue mich nicht, mich umzusehen.

Kurze Zeit später steht sie wieder mit prüfendem Blick hinter mir. Unerwartet packt sie meine Zöpfe, die mir Andrea jeden Morgen flechtet. Sie zieht mich daran hoch und wirbelt mich hin und her. Es fühlt sich an, als ob meine Kopfhaut abgerissen wird. Und das nur, weil noch Putzwasser in einer Fuge zu sehen war. Tagelang hält das Kopfweh an. Da fällt mir auf, dass keines der Mädchen lange Haare hat! Ist es deshalb? Später bestätigt mir Angela das. »Lieber schneiden wir uns gegenseitig die Haare kurz«, meint sie. Ich hänge sehr an meinen langen Haaren, aber nach dem dritten Mal habe auch ich genug und schneide mir aus Verzweiflung die Zöpfe dicht an meiner Kopfhaut ab. Von da an zieht Anna mich an den Ohren oder klatscht mir eine, dass mir schwindelig wird. Aber zumindest tut es weniger weh, als an den Haaren gezogen zu werden.

Am frühen Abend kommt Anna in Schürze und Gummistiefeln in die Küche, wo ich mit Trudi und zwei anderen Mädchen Gemüse putze. Heute ist doch Montag – muss ich schon wieder baden?

Doch Trudi zeigt nach draußen. »Die Kinder sind im Hof, sie sind gerade mit der Arbeit fertig geworden«, sagt sie leise.

Anna stellt sich an die geöffnete Tür zum Hof und ruft: »Hygienetag Gruppe eins. Die Jungs zuerst!« Und während sie wartet, krempelt sie langsam die Ärmel ihrer Bluse auf.

Fritz, Karl und Stefan kommen mit gesenktem Kopf hinein. Fritz ist fast erwachsen, groß und kräftig. Aber vor Anna wirkt er klein und verschüchtert. Alle drei gehen, gefolgt von Anna, in das Badezimmer im Erdgeschoss. Ich höre Wasser rauschen.

»Sie bleibt auch bei den Jungs dabei?«, frage ich verblüfft. In Gland wäre so etwas nie möglich gewesen, und auch Adrian hatte sich alleine waschen dürfen.

»Immer drei«, sagt Trudi sachlich. »Immer zusammen. Immer unter ihrer Kontrolle. Und jetzt schäl die Möhren.«

Ich schäle, aber ich lausche auch. Aus dem Badezimmer hört man erst nichts, dann Geplatsche.

»Aufstehen. Umdrehen.«

Schweigen. Ich spitze die Ohren.

»Du hattest genug Zeit, dich zu waschen. Stinkst immer noch wie ein Eber und bist dreckig hinter den Ohren«, brüllt Anna. »Festhalten!«

»NEIN!« Es ist der große Fritz, der brüllt, aber dann erstickt sein Brüllen, wird zu einem Gurgeln.

Ich höre es Klatschen und Platschen, jemand schreit auf, es klingt wie eine Wasserschlacht, aber das kann doch nicht sein?

Nach einiger Zeit kommt Anna wieder. Wasser rinnt von ihrer Gummischürze auf den Boden. Ihre Haare sind nass, das Make-up verlaufen, sie sieht grimmig aus. »Jetzt die Mädchen«, sagt sie nur und tritt wieder zur Tür.

»Hygienetag Gruppe eins, Mädchen!«, ruft sie. Andrea und zwei andere Mädchen huschen an ihr vorbei nach oben. Anna folgt ihnen langsam, hinterlässt eine tropfnasse Spur.

Ich lausche wieder, Wasser wird eingelassen, wieder gibt es Geschrei, jemand fällt auf die Fliesen, ich höre das Knallen. Was passiert dort oben?

Zum Abendessen sind alle trocken und wieder angezogen. Anna ist in ihr Haus gegangen, wir haben gehört, dass sie in ihr Arbeitszimmer neben der Küche zurückgekehrt war, gesehen habe ich sie nicht.

Am Tisch schaue ich mich verstohlen um. Isabelle ist bleich, hustet immer wieder. Fritz ist nicht zum Essen gekommen. Was passiert dort im Badezimmer? Ich weiß es nicht.

Und als ich nachts leise frage, gibt mir keiner Antwort.

»Wart es nur ab, du wirst es schon noch erleben«, wispert Andrea, dreht sich um und zieht sich die Decke über den Kopf.

In der zweiten Woche lerne ich viel dazu. Ich weiß, dass ich morgens gründlich putzen muss. Ich sitze oft mit Trudi in der Küche und schneide Gemüse und Obst. Die Ernte ist im vollen Gange, und vieles wird eingekocht, eingelegt und eingeweckt.

»Ist das alles für uns?«, frage ich und schaue die Gläser an, die sich auf dem Tisch auftürmen. »Wir werden hier nie hungern müssen.«

Trudi lacht auf. »Du bist vielleicht ein Naivchen, aber hungern wirst du tatsächlich kaum. Wir haben einen Stand auf dem Wochenmarkt, wo wir unsere Ware verkaufen. Im Sommer und Herbst alles frisch vom Feld und von den Beeten und Sträuchern. Im Herbst und Winter dann die Gläser. Das kommt immer gut an und bessert die Haushaltskasse auf.«

Früchte und Gemüse mit Macken werden für uns eingekocht oder eingelegt, alles andere ist für den Verkauf bestimmt. Und natürlich für den täglichen Bedarf. Wir sind fast Selbstversorger, Trudi muss nur wenig dazukaufen.

Aber der große Haushalt – zwölf Kinder und drei Erwachsene – braucht eine Menge an Mahlzeiten. An manchen Tagen habe ich das Gefühl, dass ich Tonnen an Kartoffeln oder Möhren schäle und dass die Berge kein Ende nehmen. Die Schalen werden geteilt – was faul ist, bekommen die Tiere. Die guten Schalen und Gemüseabfälle kommen in einen großen Topf, der immer auf dem Herd zu stehen scheint. Darin wird Gemüsebrühe gekocht.

In der zweiten Woche werden zwei Hühner geschlachtet – unten in der Waschküche, in dem gefliesten Raum. Dort hängen auch die dicken Schürzen, stehen die Gummistiefel.

Ich höre das aufgeregte Gegacker im Hühnerstall, recke den Kopf, um aus dem Fenster schauen zu können. Mal wieder schäle ich Kartoffeln.

»Was ist da los?«, frage ich Trudi.

»Zwei oder drei der Hühner legen nicht mehr ordentlich, und bevor wir sie über den Winter füttern, bekommen sie jetzt den Kopf ab.« Ihr Ton ist sachlich.

Ich jedoch sehe die Hühner vor mir, die ich schon das eine oder andere Mal gefüttert habe. Sie scharren immer aufgeregt, wenn ich mit der Abfallschüssel aus der Küche komme, und gackern laut.

Dass Hühner geschlachtet werden, kenne ich vom Bauernhof in Meienried. Das gehört dazu. Dennoch zucke ich bei dem Gedanken zusammen.

Anna scheint das bemerkt zu haben, sie ist gerade in die Küche gekommen.

»Komm mit«, sagt sie zu mir.

»Wohin?« Ich kann es nicht lassen, ich muss fragen.

Anna kneift die Augen zusammen. »Du gehst mit mir!« Ihr Tonfall verheißt nichts Gutes, und so stehe ich auf. Meine Füße sind fast verheilt, ich kann wieder laufen, aber ich spüre die Wunden immer noch.

»Wohin gehen wir denn?«, frage ich wieder. Das Gackern im Hühnerhof wird lauter. Dann höre ich ein Huhn aufschreien, der Schrei verstummt. Keiner, der das noch nie gehört hat, kann sich das vorstellen, doch auch Vögel können schreien.

Anna antwortet nicht auf meine Frage, sie nimmt mich mit in die Waschküche. Dort ist der geflieste Raum hell erleuchtet. Kurt kommt hinein, in jeder Hand ein Huhn – beide flattern aufgeregt, doch er hält sie an den Hälsen.

»Mach!«, weist Anna ihn an, und nun kreist er mit den Armen und dreht damit auch die flatternden Hühner. Er dreht und dreht und dreht, bis sie bewusstlos sind.

Dann legt er sie auf den Schlachtblock. Erst jetzt bemerke ich, dass er eine der dicken grünen Plastikschürzen trägt, die Anna immer zu den Hygienestunden anhat. Auch ein Paar der hohen olivfarbenen Gummistiefel trägt Kurt.

Ich drücke mich an die Wand, obwohl ich weiß, was passieren wird. Ich habe es schon beim Bauern gesehen, aber hier macht es mir Angst. Vielleicht ist es der geflieste Raum, vielleicht aber auch nur Anna, von der immer etwas Bedrohliches auszugehen scheint.

Kurt nimmt das Beil, schlägt beiden Hühnern den Kopf ab. Sie waren nur betäubt durch das Schleudern, flattern noch einmal auf.

»Pass doch auf!«, herrscht Anna Kurt an. »Und fang das Blut auf, das kann man noch verwenden.«

Kurt zuckt zusammen und legt die Hälse der nun toten Hühner in eine Schale, die dort bereitsteht.

Anna nimmt meine Hand, lächelt kalt. »Die Hühner haben keine Eier mehr gelegt. Das passiert mit solchen, die nichts wert sind.«

Ich nicke nur und weiß, dass sie mir damit droht.

Abends liegen wir in unseren Betten. Anna hat abgeschlossen – das Licht braucht sie bei uns nicht zu löschen, wir haben im Zimmer ja im Moment keine Glühlampe. Aber es ist Vollmond, und Andrea hat die Fensterläden aufgeschoben, sodass das Mondlicht in unser Zimmer leuchtet.

»Hast du Esther heute gesehen?«, wispert Klara Andrea zu.

»Ja, sie meint, sie wäre schick, so wie sie die Haare trägt, dabei sieht es nur albern aus.«

»Sie will ihren Rock heimlich noch mehr kürzen«, gibt nun auch Franzi dazu.

Erstaunt ziehe ich die Decke zum Kinn. Sie reden miteinander. Das haben sie in den ersten Tagen nicht getan, da haben wir alle geschwiegen. Und ich schweige an diesem Abend immer noch. Am nächsten Abend aber mische ich mich auch ein, leise flüsternd. Es sind keine netten Worte, die wir teilen, wir lästern über die anderen. Ich mache mit, weil ich wenigstens dadurch ein Gefühl der Zusammengehörigkeit habe. Ich mag sie alle nicht, und sie mögen mich nicht. Wir sind Konkurrenten, jeder kämpft irgendwie für sich, aber das ist mir noch nicht ganz klar. Was ich allerdings weiß, ist, dass Anna böse ist und dass ich Angst vor ihr habe.

Die Hausarbeit ist lästig und zeitaufwendig, schwer ist sie nicht. Wir putzen morgens das Haus, dann wird das Essen zubereitet, dann gibt es den Abwasch, aufräumen, Küchenarbeit, wieder Abwasch, wieder kochen. Ein ewiger Kreislauf. Es gibt immer etwas in der Küche zu tun. Immer. Aber körperlich schwer ist es nicht. Was uns alle zermürbt, ist Annas Anwesenheit. Sie huscht von einem Raum zum nächsten, scheint uns immer im Nacken zu sitzen und sieht jeden noch so kleinen Fehler. Und sie bestraft sofort. Sie schlägt, tritt, haut. Ihre Schuhe quetschen Finger, treten in Bäuche. Gürtel, Löffel oder Stock sind Instrumente, um zu bestrafen.

Jeder von uns hat blaue Flecken, Quetschungen, Wunden, die Anna verursacht hat.

Trudi greift nicht ein, keiner steht für den anderen ein, der Ätti ist die Woche über nicht da. Die Angst sitzt uns in den Knochen, sie wabert wie Nebel durch die Flure, hockt hinter den Ecken. Die Angst ist allgegenwärtig.

Und dann kommt das nächste Wochenende, und Anna verschwindet. Sie besucht Verwandte, wird gesagt. Eine Woge der Erleichterung zieht durch den Niesenblick.

Alle, ich auch, warten gespannt am Samstag. Und endlich ruft jemand: »Er ist da!«

Er, das ist der Ätti, Annas Mann, unser Pflegevater. Es ist mein zweites Wochenende auf dem Hof, und noch traue ich dem Braten nicht ganz. Vielleicht war das letzte Wochenende ja auch ein böses Spiel, um mich in Sicherheit zu wiegen? Vielleicht ist er diesmal ganz anders?

»Hallo, Lisa«, begrüßt er mich lächelnd, pafft an seiner Zigarre und lacht laut heraus, als ich huste. »Was machen deine Füße, schon besser, oder?« Er klopft mir sacht und freundlich auf die Schulter, während ich ihn mit offenem Mund anstarre. Er weiß sogar noch meinen Namen, weiß, dass ich wunde Füße hatte. Er kennt mich, denke ich voller Ehrfurcht. Glück durchflutet mich.

Wieder beschäftigt er sich mit uns und schafft es, dass jeder von uns das Gefühl hat, im Mittelpunkt seiner Aufmerksamkeit zu stehen, wenn auch nur für kurze Zeit. Er isst gemeinsam mit uns, erzählt uns Geschichten, hilft bei den Arbeiten, die noch anstehen. Am nächsten Morgen, am Sonntag, nimmt er wieder vier Kinder mit zum Fußball. Auch diesmal bin ich nicht dabei, aber ich weiß, irgendwann wird er mich mitnehmen. Beim nächsten Mal oder eben beim übernächsten Mal. Ätti gibt mir Hoffnung, und ich vertraue ihm blind. Am Sonntagnachmittag ist gutes Wetter, und diesmal brauche ich den Leiterwagen nicht, ich kann neben ihm zum See laufen.

Wir spielen Plumpsack, Fangen und Blinde Kuh. Wieder fühle ich den Gemeinschaftsgeist, das Gefühl, dass wir zusammengehören. Es gilt aber immer nur von Samstagmittag bis Sonntagabend, davor und danach ist jeder auf sich gestellt.

Das verunsichert mich – und sicher auch die anderen. Es gibt keinen stabilen emotionalen Überbau, der uns zusammenhält, wir sind wie Puppen in einem großen Puppenspiel, und Anna zieht die Fäden.

Wie sehr sie die Fäden zieht, erfahre ich am nächsten Freitag, meinem *Hygienetag*.

Zusammen mit Priska und Klara gehe ich in das Badezimmer. Die beiden anderen kneifen die Lippen zusammen, wirken verängstigt. Ich weiß, dass manchmal, fast immer, etwas im Bad passiert. Ich habe Anna triefend nass aus dem Badezimmer kommen sehen, habe die Schreie, das Gurgeln und das Klatschen gehört, aber keiner hat mir meine leisen Fragen dazu beantwortet. »Du wirst es irgendwann erleben«, haben die anderen nur gesagt.

An diesem Freitag, meinem dritten Badetag, ziehe ich mich aus, lege meine Sachen auf den Schemel, so wie die beiden anderen Mädchen. Anna hat das Wasser schon in die Wanne eingelassen. Vorher war sie unten im Jungenbad. Ihre Haare sind feucht, von der Gummischürze tropft es. Ihr Gesichtsausdruck ist grimmig.

»Los!«, sagt sie nur und zeigt auf die Wanne.

Wir waschen uns. Priska und Klara zittern, obwohl es gar nicht kalt ist. Immer wieder nehmen sie den Lappen, waschen die Zwischenräume zwischen ihren Zehen, reiben den Lappen heftig hinter den Ohren. Ich wasche mich wie sonst auch. Priska schrubbt meinen Rücken mit der Bürste.

»Au!«, rufe ich empört. »Nicht so doll. Kannst ja noch Haut dran lassen.«

Anna steht auf, kommt zu uns. Ihre Augen sind klein, zusammengekniffen. »Aufstehen«, sagt sie knapp.

Wir stellen uns hin. Zuerst inspiziert sie Priska, dann Klara, dann mich. Sie streicht meine Haare zur Seite, schaut hinter meine Ohren, befiehlt mir, die Füße zu heben.

»Kannst du dich noch nicht mal waschen, du Nichtsnutz?«, brüllt sie mir ins Gesicht. Sie nimmt den Handfeger, der beim Putzzeug liegt, bürstet damit meinen Rücken und den Hals, reibt ihn mit aller Kraft über meine Ohren.

Ich wende mich ab, es tut weh.

»Du bist dreckig!«, schreit sie. »Und du wagst es, dich zu wehren?«

Anna nimmt die Brause, stellt sie an, das Wasser ist kalt. Sie nickt Klara und Priska zu, die beiden nehmen jeweils einen meiner Arme, halten ihn fest und wenden ihre Gesichter ab.

Was passiert hier, denke ich entsetzt und sinke fast in die Knie – das geht nur nicht, weil die beiden anderen mich wie in Schraubzwingen festhalten.

»Bitte, tu mir nichts!«, schreie ich verzweifelt, obwohl ich gar nicht weiß, was kommen wird. Ich habe das letzte Wort noch nicht herausgeschrien, da habe ich schon den Strahl der Brause im Gesicht. Ich bin so perplex, dass ich nichts tun kann. Das Wasser dringt in meine Nase, meinen Mund, in meinen Hals. Ich schüttele den Kopf, würge, huste, wehre mich nach Leibeskräften, aber ich komme nicht gegen die anderen und den harten, kalten Wasserstrahl an.

Anna tritt noch näher heran. In der einen Hand hat sie die Brause, die sie unerbittlich auf mein Gesicht gerichtet hält, die andere Hand fasst in mein Gesicht, in meine Mundwinkel. Der Daumen in die eine Seite, der Zeigefinger in die andere – so zwingt sie mich, meinen Mund zu öffnen. Ich spucke und spucke, doch der Wasserstrahl ist stärker. Ich schlucke Wasser, will husten, aber noch mehr Wasser dringt nach, füllt meinen Mund, meinen Hals.

Mir wird übel, ich habe das Gefühl, mich übergeben zu müssen, aber nichts kommt heraus, nichts kommt gegen den Wasserstrahl an. Ich würge, versuche zu husten, ringe verzweifelt nach Luft und atme nur Wasser ein. Ich ersticke, ich ertrinke.

Dann, kurz bevor ich das Bewusstsein verliere, lässt Anna den Brausekopf sinken und stellt das Wasser ab. Die beiden anderen stöhnen erleichtert auf, lassen mich los. Ich falle in die Wanne, würge, ringe verzweifelt nach Luft, japse, übergebe mich. Priska bleibt noch einen Moment stehen, als wollte sie sichergehen, dass ich es überlebe. Als ich den Kopf hebe und sie vorwurfsvoll anschaue, verlässt sie den Raum. Anna und Klara sind schon längst nicht mehr da.

Irgendwann schaffe ich es, aus der Wanne zu steigen. Ich zittere vor Kälte und Angst. Schnell reibe ich mich trocken, ziehe mich an. Ich gehe in mein Zimmer – nach Essen ist mir heute nicht zumute. Immer noch habe ich das Gefühl zu ertrinken, immer noch huste ich Wasser aus.

In dieser Nacht frage ich mich wieder einmal, warum ich leben muss. Warum hat meine Mutter mich bekommen und diesen schrecklichen Menschen überlassen?

Kapitel 9

Herbst 1971

Meine Füße sind endlich verheilt, ich kann wieder richtig gehen. In mir aber wächst die Angst. Der Hygienetag, für mich ist das der Freitag, macht mich schon im Voraus panisch. Fast jedes Mal findet Anna einen Grund, mir die Brause ins Gesicht zu halten, mich fast zu ertränken.

Anna scheint immer überall zu sein, beobachtet mich, sieht jeden noch so kleinen Fehler. Ich werde immer ängstlicher und nässe nachts wieder ein. Als Anna das entdeckt, rollt sie die nassen Laken zusammen und schlägt mich damit. Es ist ein widerliches Gefühl und sehr erniedrigend. Außerdem tut es weh.

Nur in der Küche, wenn ich unter Trudis Aufsicht mit den anderen Gemüse putze oder Obst verlese, fühle ich mich einigermaßen sicher. Ist Anna wirklich nicht in der Nähe, lachen und schwätzen wir. Brot wird gebacken, Obst und Gemüse gedörrt, es wird eingekocht. Viele der Sachen werden am Samstag auf dem Wochenmarkt verkauft.

Auch in der Waschküche sind wir meistens vor Anna sicher. Ich staune, als ein großer Koffer mit Kindersachen gebracht wird. Das sind Spenden von Verwandten, Bekannten oder gar ganz Fremden, die an uns Kinder geschickt werden. Viele Leute, bei denen die Kinder aus den Kleidern herausgewachsen sind, spenden die Kleidung Anna, erfahre ich. Der ganze Dachboden ist voll mit Kartons und Koffern.

Wir nehmen die Sachen heraus, schauen sie an. Manches ist nur noch als Putzlappen zu gebrauchen – löcherig und fadenscheinig –, aber die meisten Kleidungsstücke sind gut. Ganz hochwertige Kleidung wird aussortiert, gewaschen, getrocknet, gebügelt, gefaltet und verschwindet wieder. So etwas bekommen wir nicht zum Anziehen.

Zweimal in der Woche wird unter Trudis Aufsicht die Wäsche gewaschen. Wir hängen sie im Dachboden auf, holen sie zwei Tage später wieder nach unten. Abends müssen auch die Schulkinder beim Falten und Bügeln helfen. Ansonsten sind wir für die Wäsche zuständig.

»Deinen Füßen geht es wieder gut?«, fragt mich Anna Anfang Oktober. Ihr Lächeln ist scheinheilig. Es ist Nachmittag, und sie hat ihren Hut aufgesetzt – ich weiß inzwischen, dass sie dann das Haus verlassen wird.

»Nimm deinen Mantel und komm«, sagt sie zu mir. »Wir machen einen Besuch in der Nachbarschaft.«

Eilig hole ich meinen Mantel. Was für eine schöne Abwechslung in der Tristesse!

Sie schellt bei einer älteren Nachbarin, die uns wohl schon erwartet hat. Die Frau bittet uns freudig herein, mustert mich. Dann geht sie, holt den Staubsauger und drückt ihn mir in die Hand.

Verständnislos schaue ich Anna an, die ihren Hut abnimmt.

Was soll ich mit dem Staubsauger machen?, frage ich mich.

»Los, du kleiner Nichtsnutz«, sagt Anna und zeigt um sich. »Du weißt doch, wie man staubsaugt. Mach voran!« Sie folgt der Frau ins Wohnzimmer, von wo es nach frischem Kaffee und leckerem Kuchen duftet. Ich bekomme keinen Kaffee und auch keinen Kuchen, ich muss putzen. Es ist eine große Dreieinhalb-Zimmer-Wohnung. Irgendwann stelle ich den Staubsauger ab, setze mich erschöpft hin.

Die ältere Dame kommt, um nach mir zu schauen. »Hast du ihn kaputt gemacht?«, fragt sie ärgerlich und zeigt auf den Staubsauger.

Ich schüttele verängstigt den Kopf.

»Dann mach weiter, dazu bist du ja schließlich da.«

Endlich habe ich alles gesaugt. Zufrieden setzt Anna ihren Hut auf. »Lisa kommt ab jetzt einmal in der Woche«, sagt sie. »Ist das so recht?«

Die ältere Dame kontrolliert jedes Zimmer, nickt dann. »Gerne immer mittwochs.«

»Natürlich.« Anna nimmt meine Hand. Normalerweise bekommen wir nachmittags immer einen kleinen Imbiss von Trudi zubereitet, süßes Brot oder Obst, aber das habe ich nun verpasst. Vielleicht, denke ich voller Hoffnung, hat mir Trudi etwas aufgehoben. Doch die Seifenblase der Hoffnung zerplatzt schnell – wir gehen noch weiter, zu einer anderen Dame. Dort wiederholt sich das Prozedere. Anna trinkt Kaffee, unterhält sich und bekommt Kuchen angeboten, während ich putzen muss.

»Das hast du ganz ordentlich gemacht«, sagt Anna, aber das Lob klingt falsch. »Von nun an wirst du jeden Nachmittag deine Dienste anbieten. Ich habe verschiedene Frauen und auch Familien, zu denen du gehen wirst.«

»Jeden Nachmittag?«, frage ich entsetzt.

Anna nickt. »Ja. Wir wollen ja nicht, dass du auf dumme Gedanken kommst.«

Und so kommt es dann auch – ich gehe jeden Nachmittag, nachdem die gröbste Hausarbeit verrichtet ist, woandershin und putze.

Nicht jede Stelle ist schlecht. Bei einer Familie werde ich zum Einkaufen geschickt und bekomme anschließend fünf oder zehn Rappen vom Wechselgeld. Das Geld nehme ich und kaufe mir Kaugummis.

Bei einer anderen Familie soll ich mich um die Tiere kümmern – die Katzen versorgen und mit den Hunden Gassi gehen. Alle zahlen Anna Geld dafür, dass sie meine Dienste vermittelt, aber bei dieser Familie bekomme ich auch noch etwas Geld. Ich bin so naiv und dumm, dass ich im Niesenblick stolz davon erzähle. Das hätte ich nicht machen sollen, denn plötzlich darf ich nicht mehr zu dieser netten Familie und ihren Tieren.

Aber ich bin lernfähig und verschweige jede Annehmlichkeit von nun an. Die eine ältere Dame gibt mir immer einen Lutscher, den ich auf dem Heimweg genüsslich schlecke.

Für zwei Familien gehe ich einkaufen. Durch die Bäuerin habe ich das Handeln gelernt und bekomme so manches Mal einen Nachlass. Das so verdiente Geld verstecke ich sorgfältig. Eine alte Blechdose, in die ich das Geld stecke, vergrabe ich im Garten, aber dann wird es zu kalt, und der Boden gefriert, also verstecke ich die Dose im Kaninchenstall. Doch Anna beobachtet mein Tun und erwischt mich. Sie zwingt mich dazu, einen Teil des Geldes der Familie zurückzugeben und mich zu entschuldigen, den anderen Teil streicht sie ein.

Natürlich bin ich nicht die Einzige, die nachmittags Dienstleistungen verrichten muss – jeder von uns hat den einen oder anderen Job außerhalb des Hofes. Aber die Hofarbeit muss zuerst erledigt werden. Langsam stelle ich fest, dass die Entscheidung, im Haushalt mitzuarbeiten, ein Fehler gewesen ist. Anna ist vor allem im Haus und überprüft dort unsere Arbeit. Sie kontrolliert auch die Garten- und Feldarbeit und schaut ebenso in den Ställen nach, aber weitaus weniger.

Inzwischen habe ich auch bemerkt, dass es Unterschiede zwischen uns gibt – manche Kinder sind nur vorübergehend im privaten Kinderheim Niesenblick –, sie haben ihre Eltern noch, aber die sind gerade arbeitslos oder krank oder … Jedenfalls hat der Staat einen Vormund bereitgestellt, und dieser hat das Kind hierhergeschickt. Grundsätzlich aber haben diese Kinder eine Chance, wieder nach Hause, zurück zu ihren Eltern, zu kommen. Manche dürfen auch am Wochenende heim.

Ich darf das nicht. Für mich gibt es keine Eltern, kein Zuhause. Meine Mutter hat mich sofort nach der Geburt abgegeben. Es ist fast so, als wäre sie tot. Der Gedanke, dass sie tatsächlich tot sein könnte, tröstet mich beinahe. Denn zu überlegen, dass sie irgendwo wohnt, dass es ihr gut geht und sie sich nicht um mich schert, tut viel mehr weh. Deshalb verdränge ich diesen Gedanken mehr und mehr und rede mir ein, dass sie tot ist, tot sein muss. Keine Mutter tut so etwas ihrem Kind an, denke ich.

Es wird November, und inzwischen habe ich den Tagesablauf verinnerlicht. Morgens wird geputzt und gereinigt, Essen vorbereitet, der Tisch gedeckt, mittags Essen serviert, abgeräumt, gespült und weiteres Essen vorbereitet. Dann geht es zu den Putzstellen. Ich komme kurz vor dem Abendessen nach Hause, helfe noch in der Küche und beim Tischdecken, dann essen wir, und danach wird abgeräumt und abgespült. Damit ist die Arbeit aber noch nicht zu Ende, denn nun wird die trockene Wäsche von der Leine geholt und gebügelt – alle müssen mit anfassen. Gegen halb acht gehe ich ins Bad. Ich versuche immer auf das Klo zu gehen, damit ich nachts nicht einnässe, aber oft klappt das nicht. Um acht müssen wir im Bett liegen. Inzwischen haben wir zum Glück die Glühbirne wieder, der Strafmonat ist abgelaufen. Ohne die Lampe mussten wir im Dunkeln zu Bett gehen.

Erschöpft schlafe ich ein, aber ich schlafe nie tief und fest, auch wenn ich weiß, dass Anna im kleinen Haus nebenan ist. Meine Angst vor ihr ist groß. Und Anna ist allgegenwärtig. Wenn ich wach liege, überlege ich mir, dass es viel besser wäre, wenn ich zum Stalldienst eingeteilt würde.

Zaghaft frage ich bei Trudi nach, doch sie schüttelt den Kopf. »Was denn?«, sagt sie. »Du bist fleißig, machst die Arbeit doch gut.«

»Ich liebe Tiere«, sage ich. Das stimmt sogar; sooft es geht, bin ich im Stall bei den Hasen und Ziegen. Ich mag sie, habe einen Rammler, der immer schon kommt, wenn ich den Stall betrete. Er lässt sich auf den Schoß nehmen und streicheln. Er ist warm und weich, und seine braunen Augen schauen mich immer so treu an. Ich liebe ihn.

»Wir haben genug Kinder für den Stall«, winkt Trudi ab.

Doch dann, im November, darf Roland, einer der Jungen, der den Stalldienst verrichtet, plötzlich wieder zu seinen Eltern. Ich fasse mir ein Herz und bitte Anna, mich zum Stalldienst einzuteilen.

Sie überlegt erst, stimmt dann aber zu. Zusammen mit Reto und Kurt bin ich nun für die Tiere zuständig. Was für eine Erleichterung, denn in den Stall kommt Anna so gut wie nie. Fleißig erledige ich meine Arbeiten, aber ich kann den Tieren auch stundenlang zuschauen – sie machen mich glücklich. Natürlich muss ich neben der Stallarbeit immer noch Haushaltsdienste bei anderen Familien leisten und auch weiterhin hier und dort in der Küche helfen. Aber Anna sitzt mir nicht mehr so im Nacken.

Wir, die für den Stall zuständig sind, müssen auch schlachten. Schon nach wenigen Tagen ruft mich Anna. »Wenn du im Stall arbeitest, bist du auch fürs Schlachten verantwortlich.« Sie öffnet die Tür zum Stall. Der eine Hase, den ich besonders lieb gewonnen habe, kommt sofort auf mich zugehoppelt. »Ihn«, sagt Anna und grinst böse. »Und den dort und den schwarzen dahinten.«

Ich fange die Tiere ein, nur meinen Lieblingshasen versuche ich heimlich zu verscheuchen. Anna wirft mir einen strengen Blick zu. »Den will ich auch«, sagt sie durchdringend.

Also fange ich alle ein, bringe sie in die Waschküche.

Als ich meinem Lieblingshasen die Kehle mit einem schnellen Schnitt durchtrenne, wird mir schlecht. Ich lasse ihn ausbluten, ziehe ihm das Fell ab und nehme ihn aus – aber essen kann ich ihn am Sonntag, als Trudi ihn serviert, nicht.

Ich versuche die anderen Kinder zu überreden, gar kein Fleisch mehr zu essen, appelliere an ihr Herz. Ich erzähle von den braunen, treuen Augen, von den süßen Zicklein, den kuscheligen Hasen, aber sie lachen mich aus.

Und bald nehme ich mir auch wieder Fleisch, so viel wie

möglich, denn es macht satt, und Fleisch bekommen wir nur am Sonntag.

Reto und Kurt, mit denen ich den Stalldienst verrichte, sind einige Jahre älter als ich. Zuerst lachen sie mich aus, hänseln mich. Sie stecken die Köpfe zusammen, planen Streiche, lassen mich aber außen vor. Manchmal machen sie sogar Dinge, für die ich dann bestraft werde. Oft werde ich am Hygienetag für etwas zur Rechenschaft gezogen, was ich gar nicht angestellt habe – aber mir bleibt keine Zeit, mich zu rechtfertigen, schon ist der Wasserstrahl in meinem Mund und das Wasser in meinem Hals. Und dann geht es nur noch darum, zu überleben.

Aber an manchen Tagen läuft die Arbeit auch gut mit den beiden Jungs, wir lachen viel, haben so manchen Spaß mit den Tieren, die wir alle drei ins Herz geschlossen haben.

Ich erkämpfe mir auch einiges an Respekt, weil ich fleißig und achtsam bin.

Im Herbst wird viel geschlachtet und gewurstet. Blut-, Leber- und Bratwurst stellen wir her. Aus Ziegenfleisch werden besonders schmackhafte Bratwürste gemacht, die wir allerdings kaum zu essen bekommen; sie sind für den Marktstand bestimmt und haben einen reißenden Absatz. Nur manchmal, wenn die Würste platzen oder die Haut aus der Form geht, wenn sie nicht perfekt sind, bekommen wir sie sonntags auf den Tisch. Dann lecken wir uns immer über die Lippen, schon aus Vorfreude. Wenn die Ziegen geschlachtet, aus dem Fell geschlagen und ausgenommen sind, sind sie nur noch Fleisch für mich, ein Produkt. Wir drehen das Fleisch durch den Wolf, Trudi würzt es, verfeinert es, durch die Wursttülle wird die Füllung in die Wurstdärme gestopft und verschlossen.

Ich beobachte die Tiere im Stall genau, sehe, wie sie sich verhalten. Die Ziegen sind geschickt und können bewundernswert gut klettern. Sie stoßen mich sacht mit ihren Hörnern an, wenn ich mit dem Futter komme. Sie lecken mit ihren warmen, rauen

Zungen über meine Hand, knabbern mit ihren weichen Lippen an meinen Fingern.

Manchmal komme ich voller Wut und Ärger in den Stall, weil Anna mich wieder bestraft hat oder auch nur, weil etwas schiefgegangen ist. Zum Beispiel habe ich einen Teller fallen lassen. Noch bin ich nicht bestraft worden, aber das wird kommen. Ich weiß nicht, wann Anna mich bestrafen wird, und ich weiß auch noch nicht, wie sie es macht – aber die Strafe ist unabwendbar. Anna verzeiht nichts, nicht den kleinsten Fehler.

Ich bin also wütend auf mich und habe gleichzeitig furchtbare Angst vor Anna. Meine Gefühle lasse ich an den Ziegen aus, schreie sie an, haue sie und trete nach ihnen. Verblüfft schauen sie mich an, aber nur kurz, dann wehren sie sich. Sie beißen, schlagen mit den Hufen, rempeln mich an und um, trampeln über mich. Auch bei den sanften und weichen Kaninchen, die ich so liebe, ist es nicht anders. Es sind Burgunderkaninchen, eine zauberhafte Rasse mit einer gelbroten Decke, weißem oder cremefarbenem Unterbauch und Blume. Die Tiere sind sanft, aber wenn ich sie voller Wut auf mich und Anna kneife, einfach, weil ich nicht weiß, wohin ich mit meinen Gefühlen will und soll, dann kratzen und beißen sie mich.

Schnell lerne ich, dass ich den unschuldigen Tieren nichts tun darf. Sie können ja nichts für mein Elend.

Heute Mittag habe ich aus Versehen meinen Putzeimer mit dem Dreckwasser umgestoßen. Das Wasser läuft die Treppe hinunter, denn ich war gerade am Ende des Flurs angekommen. Anna steht unten, und ihre Füße und Strümpfe werden von dem Dreckwasser beschmutzt.

Ich höre den Eimer fallen und scheppernd die Treppenstufen herunterkullern, sehe das Wasser spritzen und schaue in Annas Gesicht, das sich sofort zu einer Fratze verzieht.

»Du kleines Biest!«, schreit sie mit schriller Stimme. »Dir werde ich es zeigen!«

Ich springe entsetzt auf, laufe in unser Schlafzimmer und

schlüpfe, so schnell ich kann, unter das Bett. Ich drücke mich an die Wand, rolle mich zusammen. »Bitte, mach, dass sie mich nicht findet«, flehe ich stumm. Wen ich anflehe, weiß ich nicht, denn ich bete ja nicht mehr zu Gott.

Erst höre ich nichts. Sollte sie direkt nach nebenan gegangen sein, um sich umzuziehen? Dann hätte sie Zeit, dann würde ihre Wut vermutlich abkühlen. Ihr Zorn nicht – eine Strafe werde ich erhalten, das steht fest. Manchmal ist es besser, wenn sie sofort zuschlägt, haut, tritt, spuckt oder an den Haaren zieht. Die anderen Strafen, diejenigen, über die sie länger nachdenkt, tun vielleicht körperlich nicht so weh, aber sie sind auf eine andere Art und Weise viel verletzender.

Ich hätte nicht weglaufen, mich nicht verstecken sollen, denke ich nun, während ich zitternd unter dem Bett liege. Ich sollte herauskriechen, aufstehen, mich bei ihr entschuldigen. Aber ich kann es nicht, die Angst fesselt mich.

Priska wehrt sich manchmal. Sie gibt Widerworte, schreit Anna an, zeigt ihr die Ungerechtigkeiten auf. Priska wird hart bestraft, wieder und wieder, aber immer wieder steht sie gegen Anna auf. Ich bewundere Priska dafür, aber ich kann das nicht, ich trau mich das nicht.

Nun höre ich Schritte auf der Treppe. Das inzwischen vertraute Klack-Klack-Klack von Annas Absätzen. Dazu höre ich noch ein anderes Klacken, dumpfer, tiefer im Ton. Es ist ein Stock, den sie trägt, den sie auf den Boden stampft, wie einen Spazierstock. Ich habe diesen Stock schon gesehen, aber bisher nie gespürt. Es ist ein Besenstiel, an dessen Ende sie ein Brettchen mit Nägeln befestigt hat.

Entsetzt schließe ich die Augen, drücke mich noch enger an die Wand, möchte in ihr verschwinden. »Nein, nein, nein«, wispere ich leise, fast unhörbar. Tränen schießen in meine Augen. Es ist das Warten auf die Strafe, das alles so unerträglich macht. Ich weiß, was kommen wird, und kann ihm nicht entrinnen.

»Du Miststück!«, brüllt Anna. »Komm heraus! Sofort!«

Ein Teil meines Körpers will gehorchen, aber der Rest ist wie gelähmt und taub. Ich kann mich nicht bewegen.

Anna geht in die Knie, bückt sich. Dann stößt sie mit dem Stock nach mir, fest, hart. Die Nägel zerreißen meine Kleider, dringen in meine Haut. Wieder und wieder stößt sie zu.

»Ich weiß, dass du da bist. Komm raus!«, brüllt sie.

Ich blute, schreie auf, alles tut weh, aber schlimmer ist die Angst, die mir in den Knochen sitzt. Dennoch krieche ich zitternd unter dem Bett hervor. Mit dem Stock prügelt sie auf mich ein. »Kannst du nicht aufpassen, du Nichtsnutz? Du Bastard? Du kleine Missgeburt! Mit deiner Mutter zusammen solltest du verrecken. Sie ist ein Stück Dreck, und du bist es auch!«

Ich krümme mich wimmernd und schreiend unter den Schlägen, bis sie aufgibt. »Putz den Flur noch mal. Und die Treppe. Und die Diele unten. Und dann sieh zu, dass du zu deinen Putzstellen kommst. Das Essen fällt heute für dich aus.«

Sie geht, und ich falle erschöpft nach hinten. Mein Rücken fühlt sich an, als hätte sie ihn durchgebrochen, meine Beine und mein Po bluten dort, wo mich die Nägel durchstoßen haben. Ich ziehe die durchlöcherte Strumpfhose aus, schmeiße sie in die Ecke, gehe ins Bad und wasche die Wunden mit kaltem Wasser aus, drücke den Waschlappen so lange darauf, bis das Bluten aufhört. Dann gehe ich in den Flur, hole den Eimer, fülle ihn mit Wasser und putze noch einmal. Der Flur ist ja sauber, ich muss nur über den Boden wischen, sodass er noch einmal feucht ist. Anna wird das kontrollieren. Auf der Treppe nehme ich das schmutzige Wasser auf und auch in der Diele unten, dann wische ich nach.

Erschöpft gieße ich das Schmutzwasser in den Ausguss, stelle die Putzsachen weg. Alle anderen haben jetzt gegessen, und mein Magen knurrt. Ich schaue in die Küche, aber Anna bespricht etwas mit Trudi, und ich habe keine Chance auf einen Happen. Also gehe ich nach oben, ziehe mir saubere Sachen an und mache mich auf zu meinen Putzstellen. Heute ist Mittwoch, denke ich, also muss ich zu zwei Damen – einmal um zu putzen, für eine muss ich auch immer einkaufen. Das ist an diesem Tag meine Rettung, denn diese Dame schickt mich mal wieder in die Bäckerei. Dort steht Frau Bröti. Sie ist eine zierliche Frau, die seit dem Tod ihres Mannes nur noch Schwarz trägt, selbst hinter der Theke. Nur der Halsausschnitt ihrer Bluse ist mit weißer Spitze besetzt, und eine Biedermeierbrosche ziert das letzte Knopfloch. Die Wangen der alten Frau sehen eingefallen aus, aber ihre Augen strahlen – sie verbreitet auf unglaubliche Art Güte und auch Kraft.

Wenn ich den Laden betrete, schlägt sie die Hände über dem Kopf zusammen.

»Da ist ja die Lisa, die kleine Lisa. So ein Herzenskind«, ruft sie aus und geht zu mir, egal wie voll der Laden ist. »Wie geht es dir, mein Kind?« Sie gibt mir ein Stück Kuchen, und diesmal verschlinge ich ihn hungriger als sonst. »Ja, sag mal, hast du nicht genug zu essen bekommen?«, fragt sie besorgt und gibt mir ein weiteres Stück Kuchen. Dann wendet sie sich zu der anderen Kundschaft. »Die armen Waisenkinder. Dreizehn hat die Anna mal wieder im Niesenblick. Dabei auch große Burschen, die sicher immer hungrig sind. Kein Wunder, dass die kleine Lisa da manchmal den Kürzeren zieht. Dabei ist sie so fleißig.« Dann lässt sie mich in Ruhe essen und bedient die Kundschaft. Aber kaum haben die Leute den Laden verlassen, hat sie wieder Zeit für mich.

»Wie geht es dir, Lisa? Ich hoffe, gut?«

Es brennt mir auf der Zunge, ihr zu erzählen, was heute geschehen ist und warum ich mich nicht hinsetze, nicht setzen kann – mein Po brennt und die Oberschenkel auch, überall dort, wo mich die Nägel getroffen haben. Doch ich weiß, ich darf nichts sagen. Zu niemandem ein Wort. Zum einen würde es keiner glauben. Anna, unsere Pflegemutter, hat einen hervorragenden Ruf in der Stadt, kümmert sie sich doch ganz selbstlos um uns arme Seelen. Zum anderen habe ich es schon zaghaft versucht – erst habe ich Trudi gefragt, warum Anna so grausam zu uns ist, dann eine der Frauen, für die ich putze. Die Antworten, die ich bekam, hatten immer den gleichen Ton: »Pass bloß auf, was du sagst. Verbreite keine Lügen über deine Pflegemutter, sonst kommst du ins Gefängnis. Und du weißt doch, was dort mit dir geschieht?«

Ich weiß es nicht, aber so wie sie es sagen, kann es nur noch schlimmer sein als im Niesenblick, und das will ich nicht riskieren.

»Mir geht es gut«, lüge ich.

Frau Bröti nickt und gibt mir ein weiteres Stück Kuchen – Aprikosenkuchen, den besten, den ich je gegessen habe.

Sie ahnt, dass es mir nicht gut geht, und sie hat ein Herz für uns. Vielleicht liegt es daran, dass sie kinderlos ist und mit ihrem Mann vor Jahren einen Jungen adoptiert hat. Aber auch sie glaubt nicht, dass Anna wirklich böse zu uns ist. Das tut niemand. Noch nicht einmal Ätti.

Kapitel 10

Ich fiebere dem Samstag entgegen, so wie alle anderen. Samstags ist Anna nicht da, und am Nachmittag kommt Ätti. Wenn er kommt, ist alles gut. Nicht nur ich, viele andere auch halten nur seinetwegen durch. Er gibt uns Halt und Kraft.

Endlich darf ich einmal mit zum Fußballspiel. Ich kann mich nicht setzen, weil mein Hintern noch zu wund ist und es wehtut. Ätti schaut mich prüfend an, dann sieht er weg. Weiß er, was Anna mit uns macht? Ich glaube nicht.

»Sie kommen immer mit Ihren Pflegekindern«, spricht ihn ein mir fremder Mann an.

»Ja«, sagt Ätti nur.

»Manche sehen echt geplagt aus.«

»Das sind schwierige Kinder, oder? Sie kommen aus schlimmen Verhältnissen, oder?« Ätti bleibt ruhig, aber er runzelt die Stirn. »Die Eltern sind geschieden, sind mittellos oder suchtkrank. Können Sie sich vorstellen, wie es da zugegangen ist?«

Der Mann senkt beschämt den Kopf, antwortet nicht.

»Wir geben ihnen ein Zuhause, aber wir können nicht alle ihre Probleme ausradieren.« Er holt tief Luft. »Haben Sie Geschwister?«

»Zwei. Eine Schwester und einen Bruder«, sagt der Mann kleinlaut.

»Macht insgesamt drei. Haben Sie sich als Kinder gestritten?«

»Oh ja.«

»Wir haben aktuell dreizehn Kinder auf dem Hof.« Ätti sieht

den Mann an, nickt kurz und wendet seine Aufmerksamkeit wieder dem Spielfeld zu. Es ist alles gesagt.

Ich glaube, dass Ätti das so sehen will. Ich habe gehört, wie er Anna gefragt hat, warum der oder die schon wieder blaue Flecke oder Wunden haben.

»Sie prügeln sich«, hat Anna sanfter Stimme gesagt. »Sie streiten und prügeln sich.«

»Geh dagegen vor«, hat Ätti verlangt.

»Das tue ich«, hat sie behauptet, »aber ich kann nicht überall sein. Es sind dreizehn, nicht zwei oder drei.«

Ätti hat genickt, und beim Essen ermahnt er uns, nett zueinander zu sein.

Er weiß nicht, was in der Woche hier passiert, und er würde es nicht glauben, wenn man es ihm sagte.

Im Dezember kommen besonders viele Pakete bei uns an. Weihnachten naht, auch wenn mir das gar nichts sagt. Es sind Kleiderpakete, manchmal auch Spielsachen. Die Spielsachen werden sofort weggetan, die Kleidung sortiert.

Wir waschen die Sachen, hängen sie auf den Dachboden. Draußen ist es bitterkalt, und es hat geschneit. Als ich die Wäsche zwei Tage später wieder runterhole, ist sie gefroren. Ich lege die Sachen in den Korb, bringe sie nach unten, wo wir sie falten und zusammenlegen.

»Das sind Sachen, die ihr geschenkt bekommen habt«, sagt Anna, die am Türrahmen lehnt und uns beobachtet. »Seid sorgfältig damit. Nachher schreibt ihr noch die Dankesbriefe.«

Ich schaue zu Priska, die mir gegenübersteht. Sie verdreht genervt die Augen. Immer wieder müssen wir Dankesbriefe schreiben, jetzt vor Weihnachten umso mehr. Da ich noch nicht schreiben kann, male ich immer Bilder und gebe mir besondere Mühe damit. Dabei werde ich kaum etwas von den gespendeten Kleidungsstücken tragen.

Ich nehme einen Wollpullover aus dem Korb; er ist steifgefroren wie ein Brett. Mühsam versuche ich ihn zu falten, es ist ein teurer Pullover, das sehe ich, deshalb will ich es besonders gut machen. Mit einem lauten Knacken und Krachen bricht der Pullover in zwei Hälften. Ich hebe beide hoch, schaue sie an und kichere, auch Priska und die beiden anderen Mädchen, die mit mir am Küchentisch stehen und Wäsche falten, lachen laut los. Es sieht einfach zu komisch aus, wie der Pullover zerbrochen ist. Wir haben so viele Spenden bekommen, da wird es auf diesen einen Pullover ja nicht ankommen.

Anna tritt zu uns.

»Was ist hier so lustig?«, fragt sie.

»Ich wollte ihn falten«, sage ich voller Unschuld und immer noch lachend, »da ist er glatt in der Mitte durchgebrochen. Wie ein Brett.«

»Wie ein Brett also?« Annas Stimme ist kalt und flach.

Ich zucke zusammen. Gerade habe ich noch gelacht, habe nichts Böses geahnt. Ich habe das Kleidungsstück ja nicht absichtlich zerstört. Doch nun zucke ich zusammen, mache mich ganz klein. Es nützt nichts, Anna packt meinen Arm, hält ihn fest. Sie zieht mich mit sich zur Putzkammer. Das ist ein kleiner Raum unter der Treppe. Ich weiß, in diesem Raum gibt es ein Waschbecken und eine Toilette. Hier können die Wischeimer gefüllt und entleert werden. Der Raum ist winzig, das kleine Fenster mit Brettern vernagelt, es ist dunkel. Anna stellt mich in die Kammer, als wäre ich ein Besen, schließt die Tür. Sofort ist es stockdunkel um mich herum. Ich verharre für einen Moment wie in einer Schockstarre. Es ist Winter, es ist kalt, es ist auch draußen dunkel. Und ich kann nicht auf Licht hoffen.

Wie lange wird sie mich hier einsperren? Ich habe den Pullover doch nicht absichtlich zerbrochen!

Vorsichtig taste ich den Raum ab. Waschbecken. Klo. Immerhin habe ich ein Klo, muss nicht in die Ecke machen. Ich taste weiter. Das Regal und darauf unzählige Putzlappen. Die meisten aus alten Kleidungsstücken. Ich nehme die Lappen aus dem Regal, bereite mir einen Sitz. Mit Lappen im Rücken und unter den Beinen kann ich gut sitzen. Ausstrecken kann ich mich nicht, aber zusammenrollen.

Wie lange werde ich wohl hierbleiben müssen? Ich weiß es nicht. Alles hängt von der Gunst und der Laune der Pflegemutter ab, wie immer. Ich habe gesehen, dass sie jemanden nur für eine halbe Stunde hier eingesperrt hat, aber einmal war auch ein Junge über Tage hier drin.

Die Dunkelheit schreckt mich nicht. Meine Augen sind nicht so gut, aber tasten kann ich hervorragend. Ich habe mir eine gemütliche Liegestatt bereitet, aber ich lausche den Schritten draußen voller Sorge. Klick-Klick-Klick machen die Absätze ihrer Schuhe, wenn sie vorbeigeht. Oder Klack-Klack-Klack, wenn sie die Treppe hochgeht.

Ich höre die Schritte und schrecke zusammen. Trudi trägt keine Schuhe mit Absatz, sie trägt bequeme Schuhe. Nur Anna hat Schuhe, die so klicken … und das Geräusch lässt mich innerlich gefrieren.

Ich lausche … sie geht vorbei. Erleichtert sinke ich zurück auf mein Lager. Durst habe ich nicht, es ist ja Wasser vorhanden, und mit dem Hunger kann ich umgehen. Die Angst aber macht mich mürbe. Was wird sie tun? Was macht sie als Nächstes mit mir?

Ich habe schon einige ihrer Foltermethoden gesehen, manche am eigenen Leib erfahren. Wie sie in diesem Raum bestraft, außer durch Licht- und Essensentzug, weiß ich nicht. Was ich aber weiß, ist, dass es noch mehr Strafen gibt. Die verkniffenen Gesichter der anderen haben es mir gezeigt. Keiner spricht über das, was sie ihm antut, jeder hat Angst. Und jede Angst ist anders, wird mir klar. Ich habe Angst davor, verbrannt zu werden, so zu schmelzen wie meine Puppe Gabi. Priska hat sicher ganz andere Ängste. Ich kenne sie nicht, aber Anna hat sie bestimmt ausfindig gemacht und setzt sie ein. Bei

Priska, Reto, Kurt, Franzi und all den anderen. Jeder hat seine Schublade mit eigenen Ängsten. Und Anna kennt sie und nutzt sie aus.

Doch das Wissen darum hilft mir nicht. Ich schlottere, als sich die Schritte wieder nähern und mir klar wird, dass Anna zur Kammer kommt. Hastig verstaue ich die Lappen im Regal, stelle mich hin. Instinktiv halte ich die Arme vors Gesicht. Das grelle Licht aus dem Flur fällt in die Kammer, blendet mich. Etliche Stunden war ich in der Dunkelheit, wie lange, weiß ich nicht, aber zumindest über Nacht. Ich habe die anderen Kinder hochgehen und morgens wieder runterkommen gehört. Jetzt muss es Vormittag sein, schätze ich. Lässt Anna mich nun gehen?

Sie sagt kein Wort. Für einen Moment scheint sie mich zu betrachten, vielleicht inspiziert sie aber auch nur den Zustand der Kammer. Dann höre ich ein Platschen, ein Klirren, spüre, dass sie etwas über mich ausschüttet, weiß aber nicht, was. Die Tür schließt sich. Wieder ist Dunkelheit um mich herum.

Was war das? Was hat sie gemacht? Es war Anna, auch wenn ich sie nicht sehen, nicht erkennen konnte, es war ihr Atem, ihr Geruch, der Klang ihrer Schuhe auf den Fliesen.

Ich habe kurzzeitig die Orientierung verloren, taste mit meinen Zehen, die nur in Socken stecken, nach rechts und nach links. Scharfe, spitze Stiche spüre ich und sinke langsam in die Hocke. Reißnägel, sie hat Reißnägel über mich ausgeschüttet. Blind taste ich vorsichtig durch den Raum, versuche die Reißnägel einzusammeln. Ich schüttle sie aus meinen Haaren, von meinen Schultern und von meiner Kleidung. Dann taste ich über den Boden, vorsichtig, sorgfältig, sammele die Reißzwecken ein. Ich bin so müde, und die dumpfe Tätigkeit macht mich noch müder. Ich fege den Boden mit der flachen Hand, setze mich. Doch immer wieder, bei jeder kleinen Bewegung, sticht und quält mich ein Reißnagel. Ich habe die Putzlappen wieder aus dem Regal geholt und versuche, mir ein einigermaßen erträgliches Lager zu machen. Immer wieder suche ich mit meinen

Händen den Boden ab, und immer wieder finde ich einen weiteren Reißnagel.

Die Müdigkeit nimmt zu. Ich bin vollkommen erschöpft. Schließlich versuche ich, mich möglichst klein zu machen, und schlafe ein. Jede Bewegung wird mit einem feinen und unangenehmen Stich bestraft.

Plötzlich öffnet sich die Tür. Ich schrecke hoch. Grelles Licht blendet mich, und ich hebe die Arme schützend vors Gesicht. Die Putzlappen, fällt mir ein, sie liegen noch als Lager am Boden. Wenn das nicht Ärger gibt?

Aber Anna sagt nichts.

»Uuuuuuuhhhh«, schreie ich entsetzt auf. Ich kann durch das grelle Licht nichts sehen, noch nicht einmal sie. Doch sie hat einen Eimer mit kaltem Wasser und Eiswürfeln über mich ausgeschüttet. Die Tür schließt sich, es ist wieder dunkel.

Klatschnass und schlotternd stehe ich da. Die Lappen, die mir als Bettstatt dienen, triefen vom Eiswasser. Schnell hocke ich mich hin, versuche die Eiswürfel aufzusammeln, nehme das kalte Wasser auf und wringe die Lappen wieder und wieder über dem Klo aus. Meine dünnen Finger fassen immer wieder in Reißnägel, die in der Dunkelheit lauern. Ich wimmere leise, bin von Kopf bis Fuß nass, friere erbärmlich. Die Lappen sind nass, sie können kaum Feuchtigkeit aufnehmen, geschweige denn weiterhin als Lager dienen. Der geflieste Boden ist selbst im Sommer kühl, jetzt ist er eiskalt.

Blind wische ich auf, weine, zittere. Wut, kalte und böse Wut steigt in mir hoch. Warum tut sie mir das an? Warum muss ich so ein Leben ertragen? Was habe ich denn getan? Ein Pullover ist wegen der Kälte zerbrochen, das war nicht meine Schuld. Und überhaupt lagern auf dem Boden so viele Koffer mit Kleidung, auf den einen Pullover wird es doch wohl nicht ankommen.

Rasend vor Wut, stehe ich auf, schlage gegen die Tür, hämmere dagegen. Ich drehe mich um, werfe zu Boden, was mir in die Quere kommt – Eimer, Putzzeug, Regalbretter.

Ich tobe und schreie, aber um mich herum bleibt es still. Schließlich sinke ich schluchzend zusammen. Mir ist eiskalt, ich habe Hunger, ich bin nass, und ich habe keine Stätte mehr, auf die ich mich betten kann.

Wenn Anna jetzt die Tür öffnet, wird sie das Chaos sehen, das ich angerichtet habe, und mich dafür doppelt bestrafen. Das wird mir schmerzhaft bewusst.

Die Ernüchterung ist grässlich – so kann es hier nicht bleiben. Vorsichtig taste ich mich durch den kleinen Raum, den ich inzwischen hunderte Male abgetastet habe. Ich räume vorsichtig auf, versuche alles wieder an seinen Platz zu bringen, so gut mir das mit den von Reißzwecken zerstochenen Fingern, die vor Kälte fast starr sind, gelingen mag.

Ich bin so müde, friere so sehr. Eigentlich möchte ich mich jetzt nur noch an einem warmen, trockenen Ort zusammenrollen, möchte weg aus dieser bedrohlichen Finsternis.

Ich weine, jammere leise, klopfe an die Tür. »Ich will raus«, rufe ich. »Bitte, lass mich raus. Ich werde auch lieb sein. Bitte. Bitte. Bitte.« Erschöpft gleite ich auf den kalten Boden.

Dann öffnet sich die Tür wieder, ich habe gar keine Schritte gehört.

»Ich bin lieb! Wirklich!«, rufe ich. »Ab jetzt bin ich immer lieb.«

Sehen kann ich nichts, die Tage in der Dunkelheit der Kammer haben mich fast blind gemacht, das Licht der Flurlampe blendet mich.

»Wer ist da?«, frage ich ängstlich. »Was machst du?« Schützend lege ich die Arme über mein Gesicht. Was kommt als Nächstes? Was kann noch schlimmer sein als Reißnägel und Eiswasser? Anna hat aber bestimmt noch einiges auf Lager.

Keine Antwort. Ich halte mir die Hände vor die Augen, bin geblendet und schlottere vor Angst und Kälte. Ich höre nur ein kratzendes Geräusch auf dem Boden. Es klingt unheimlich, ich kann es nicht einordnen. Dann schließt sich die Tür wieder.

»Wer ist da?«, flehe ich. »Wo bist du? Hallo?« Tränen der Verzweiflung schießen mir in die Augen. »Ich bin doch brav. Wirklich. Ab jetzt bin ich immer brav. Bitte, lass mich raus. Bitte.«

Doch Stille und Dunkelheit hüllen mich ein. Zwei Tage bin ich nun schon hier – ich weiß es, weil ich die anderen morgens die Treppe über mir hinuntergehen höre und abends wieder nach oben. Sonst höre ich fast nichts, und sehen kann ich auch nichts. Diese Dunkelheit ist schlimm, aber das Schlimmste ist das Warten. Das Warten auf das, was kommen könnte. Ich male mir immer schlimmere Dinge aus, die sie mit mir tun wird. Die schlimmsten haben mit Feuer zu tun.

Sie wird mich verbrennen, irgendwann wird sie mich aus Hass und Wut verbrennen, und es wird ein scheußlicher Tod sein – schmerzhaft und schrecklich.

Ich bin gerade sechs Jahre alt und denke über Foltermethoden nach, die an mir angewendet werden könnten.

Die Tür ist zu, und sosehr ich auch drücke – sie bleibt zu.

»Komm zurück«, rufe ich. »Bitte komm zurück. Was ist das, was du auf den Boden geschoben hast? Was hast du gemacht?«, frage ich weinend.

Ich sitze starr da, wage nicht, mich zu bewegen. Doch dann taste ich blind den Boden ab. Die Ungewissheit, was dort liegt, macht mich verrückt. Ich taste sacht, vorsichtig, habe Angst vor dem, was dort liegen mag. Dann erfassen meine Fingerspitzen etwas Rundes, Glattes. Keine Rattenfalle, einen Teller. Ich sacke erleichtert in mich zusammen. So eine Angst hatte ich vor dem, was dort liegen könnte, aber es ist nur ein Teller. Ich taste weiter, finde einen Kanten Brot, etwas Käse und einen Apfel. Hungrig stopfe ich alles in mich hinein. Ich habe seit zwei Tagen nichts mehr gegessen. Mein Magen ist plötzlich schwer wie ein Stein, so vollgestopft. Und ich werde wieder so müde, schlafe ein. Meine Kleider trocknen an meinem Körper, und ich zittere, aber die Müdigkeit ist stärker. Immer wieder reiße ich die Augen auf, habe Angst, dass sich die Tür zu einer erneuten Quälerei öffnet, aber alles bleibt still. Schließlich gleite ich in einen gnädigen Schlaf.

Ich schrecke hoch, als sich die Tür wieder öffnet.

»Ich bin lieb, ich bin lieb, ich bin lieb«, wimmere ich und versuche mich zu schützen. Kommt wieder Eiswasser? Oder Reißnägel? Oder gar etwas Schlimmeres? Werde ich jetzt sterben?

»Lisa«, sagt eine sanfte Stimme und nimmt meine Hand, die ich vor das Gesicht gepresst habe. »Schhh, schhh, alles ist gut, es ist vorbei«, sagt die Stimme und zieht mich hoch.

Erst verkrampfe ich mich, will meine Hand wegziehen, aber dann erkenne ich die Stimme – es ist Trudi.

»Komm, kleine Lisa«, sagt sie leise. »Komm mit.«

Das Licht draußen ist so hell, obwohl es im Winter eher trüb ist – aber nach Tagen ohne Licht ist alles grell. Ich schließe die Augen, lasse mich in die Küche führen.

Sehen kann ich die ersten zwanzig Minuten nichts, aber ich blinzele immer wieder, will sehen. Dunkelheit und alles, was sie verbirgt, ist unheimlich und erschreckend. Wo ist Anna? Steht sie vielleicht neben mir? Mit einem Messer in der Hand? Oder einer Kerze?

Trudi setzt mich an den Tisch, langsam kommt meine Sehkraft wieder, aber immer noch sind da diese weißen Punkte. Vor mir steht ein Suppenteller mit Haferbrei und Zwetschgenkompott und daneben der Streuer mit der Zucker-Zimt-Mischung. Das ist eins meiner Leibgerichte, und Trudi weiß es. Sie nickt mir lächelnd zu.

»Iss, Kind.«

Ich schaue mich suchend um.

»Anna ist nicht da«, sagt Trudi sachlich und leise.

»Warum hat sie das getan?«, frage ich.

»Frag nicht, sondern verrichte deine Arbeiten sorgsam und mit Fleiß. Dann hat sie keinen Grund zu klagen.«

Ich esse, darf mich umziehen und muss dann in den Stall, die Tiere versorgen.

In den nächsten Tagen läuft alles so, als wäre nie etwas gewesen. Anna spricht den Vorfall nicht mehr an. Doch jetzt bin ich noch mehr auf der Hut vor ihr. Ich weiß, sie ist unberechenbar und bestraft, wann es ihr gefällt. Und wir wissen nie, wann das sein wird.

Ich gehe wieder zu meinen Putzstellen. Sie fragen mich alle voller Mitleid, ob es mir besser geht. Zuerst weiß ich nicht, was ich antworten soll, aber ich bin inzwischen eine Meisterin darin, Zwischenantworten zu geben, ohne wirkliche Aussage.

»Anna hat uns gesagt, dass du krank warst«, sagt eine der Damen.

Ach, so ist das, denke ich nur.

»Geht es dir denn wieder besser?«

Ich lächle und nicke. Was soll ich sonst tun? Wenn ich ihnen erzählen würde, was mir in den letzten Tagen widerfahren ist, würde es doch eh keiner glauben. Wir sind die Pechkinder, die Niemandskinder. Wir sind ganz in Annas Hand.

Kapitel 11

November bis Dezember 1971

Das war das erste, aber bei Weitem nicht das letzte Mal, dass ich in die Kammer musste. Fast jeder von uns verbringt dort die eine oder andere Strafzeit. In der Dunkelheit verliert man jedes Zeitgefühl. Ein wenig einordnen kann ich es, wenn ich die anderen herunterkommen höre – morgens – oder wenn sie hinaufgehen – abends. Dennoch weiß man irgendwann nicht mehr, ob es morgens oder abends ist und wie oft man nun schon die Schritte auf der Treppe in die eine oder andere Richtung gehört hat.

Immer, wenn ich wieder freigelassen werde, frage ich die anderen, wie lange ich denn nun in der Kammer gewesen bin. Mein Rekord ist durchgängig von Montag bis Freitag. Und nicht nur einmal. Aber auch andere haben solche Zeiten, damit bin ich nicht allein.

Allein war und ist nur jeder von uns in der Kammer.

Wir alle werden gepeinigt, tyrannisiert und gemaßregelt. Anna schafft es auch, uns gegeneinander aufzuhetzen. Im Winter 1971 bin ich gerade sechs Jahre alt und durchschaue ihre Machenschaften noch nicht.

Nicht nur einmal oder zweimal in der Woche werde ich bestraft, sondern ständig. Und ich weiß, dass die anderen petzen, Dinge verraten oder einfach erzählen. Anna überprüft nicht, wer schuld ist und ob es überhaupt stimmt, sie schlägt, sie kneift, sie sperrt uns weg.

Ich bin kein Engel, auch ich fange an zu petzen.

Und es ist das Warten, das Warten auf die nächste Strafe, das alles so hart macht, so unerträglich. Das Warten auf das, was morgen kommt.

Es ist die Ungewissheit, die Unsicherheit, der Blick, den man immer im Nacken spürt, selbst wenn Anna gar nicht da ist.

Die Angst ist allgegenwärtig, sie erdrückt mich, macht mich klein und hilflos.

Sobald irgendwer meinen Namen ruft, zucke ich zusammen – auch bei den Putzstellen oder wenn ich zum Einkaufen geschickt werde. Ich lebe nur noch mit der wahnsinnigen Angst, dass mein Name gerufen werden könnte, dass es die nächste Strafe gibt.

Jeder Nerv, jede meiner Muskelfasern zieht sich zusammen, wenn sich mir ein Erwachsener nähert. Ich misstraue allem und jedem. Angst und Unsicherheit sind meine ständigen Begleiter. Ich kaue auf den Fingernägeln, bis nur noch blutige Reste zu sehen sind – was Anna wieder dazu bringt, mich zu bestrafen.

Und ich nässe mehr und mehr ein. Dabei habe ich es so satt. Ich trinke abends weniger, gehe immer vor dem Lichtlöschen noch mal zur Toilette, aber nachts, wenn ich endlich schlafe, ist die Angst immer noch da.

Die Wochenenden sind jedes Mal eine Erlösung. An fast jedem Wochenende ist Anna fort – entweder zu Verwandten oder Bekannten zu Besuch. Deshalb muss auch keiner von uns länger als bis zum Freitag in der Kammer bleiben. Falls Anna doch einmal übers Wochenende bleibt, ist sie anders – nicht freundlicher, aber milder. Sie schimpft, es gibt auch schon mal etwas auf die Finger, sie kneift, aber sie schlägt nicht so wie sonst, und keiner wird weggesperrt. Das liegt an Ätti.

Er ist an jedem Wochenende da und kümmert sich um uns. Der Ablauf ist fast immer gleich, aber das stört uns nicht, im Gegenteil, es gibt uns Sicherheit.

Auch wenn Anna da ist, isst sie nicht zusammen mit uns, Ätti aber schon.

Ätti kann ich alles fragen, er stößt mich nie zurück, aber

manche Fragen beantwortet er nicht. Dennoch traue ich mich bei ihm viel mehr zu fragen als bei Trudi oder gar bei Anna.

Ein paar Mal habe ich Anna, naiv, wie ich bin, Fragen gestellt, die nicht zu meinen Tätigkeiten gehörten.

»Warum ist der Roland wieder bei seinen Eltern?«, frage ich, als er abgeholt wird. »Und warum war er überhaupt hier, wenn er noch Eltern hat?«

»Du hast doch auch eine Mutter«, sagt Anna und lächelt böse. »Aber sie ist eine schlechte Frau, eine Schlampe und eine Hure.«

Ich schlucke. »Aber warum darf Roland wieder zurück? Ist seine Mutter keine Schlampe und Hure?«

»Kind, nimm die Seife und wasch dir den Mund aus und benutze diese Wörter nicht mehr.«

»Aber du hast das doch auch …« Ihr eisiger Blick lässt mich den Satz abbrechen. Dennoch beschäftigt mich das Thema, und ich lasse nicht locker.

»Warum war er denn hier?«

»Weil er es war. Und nun hör auf zu fragen.« Sie klingt unwirsch.

»Miriam und Richard werden manchmal am Wochenende abgeholt. Wer holt sie ab?«

»Ihre Eltern.«

»Aber … warum dürfen sie am Wochenende nach Hause?«

»Lisa!« Anna sieht mich streng an. »Das ist alles unwichtig. Wichtig sind Ordnung, Sauberkeit, Fleiß, Anstand und bedingungsloser Gehorsam. Das musst du lernen. Sonst wird dich später nie ein Mann heiraten. Vergiss alles andere! Es passt nicht in dein Köpfchen rein!«

»Aber ich will ja gar nicht heiraten …«

Zack, schon habe ich eine Ohrfeige kassiert.

»Halt den Mund und mach deine Arbeit!«, schreit sie mich an.

Am Wochenende ist sie weg, und ich frage Ätti.

»Warum durfte Roland gehen?«

Ätti sitzt neben mir im Stall bei den Ziegen. Er hat mir geholfen, einen Ballen Stroh zu verteilen.

»Seine Eltern hatten Probleme, aber die haben sie gelöst. Und nun kann er wieder bei ihnen leben. Dafür sind wir hier da – damit Kinder eine Weile eine Heimat haben, wenn es in ihren Familien turbulent zugeht.«

»Meine Mutter ist eine Hure«, sage ich traurig. »Ich werde nie zu ihr zurückkehren, denn sie will mich nicht. Ich wünschte, sie wäre wirklich tot. Dann wäre ich ein richtiges Waisenkind.«

Ätti schweigt. Es ist ein schweres Schweigen. Ich kann seinen Atem hören.

»Wer sagt das?«, presst er schließlich heraus. »Wer sagt, dass deine Mutter so etwas ist?«

»Alle, auch Anna«, gebe ich freimütig zu. Ich kenne es nicht anders, immer schon haben alle meine Mutter als Hure, als Schlampe bezeichnet. Es wird wohl wahr sein.

»Deine Mutter ist nicht mit deinem Vater verheiratet«, erklärt Ätti mit leiser Stimme. »Ihre Familie war dagegen, dass sie dich behält.«

Ich muss schlucken. Was sagt er da? Das würde ja bedeuten, dass meine Mutter mich nicht hatte abgeben wollen. Das kann aber doch nicht sein.

»Meine Mutter ist eine schlechte, eine böse Frau!«, sage ich so laut, dass die Ziegen aufschrecken und durch den Stall springen.

»Lisa, du bist noch klein. Manchmal passieren Dinge im Leben, die man nicht will. Ich kenne deine Mutter nicht, ich weiß aber, dass sie keine schlechte Frau ist, sondern nur in schlechte Umstände geraten ist.«

»Das kann nicht sein!«, rufe ich erbost und springe auf. »Alle sagen, dass sie eine böse Frau ist, eine Hure, eine Schlampe, und dass sie Kinder hasst. Du sagst das nur, um mich zu trösten!« Ich renne aus dem Stall, die Augen blind von Tränen.

Ättis Worte haben mich berührt, und ich spüre, dass darin ein Stück Wahrheit steckt. Aber ich will und kann das nicht wahrhaben. Wenn das so wäre, dann müsste mich meine Mutter hier herausholen. Sie müsste alles dafür geben, damit ich nicht hier leben muss. Das tut sie aber nicht. Und deshalb muss sie wirklich eine schlechte Person sein.

Ich kann Ätti das natürlich nicht erklären. Er sieht uns alle nur von Samstagnachmittag bis Sonntagabend, und dann sind wir anders – wie ausgewechselt. Wir gehen anders miteinander um, sind viel lockerer. Es liegt daran, dass Anna nicht da ist, und wenn doch, dass sie uns niemals so bestrafen würde, wie sie es die Woche über tut – denn Ätti weiß davon nichts.

Wir schweigen eisern, erwähnen die Bestrafungen nie. Ätti würde es nicht glauben, und wir wollen, dass er uns glaubt, dass er uns vertraut, dass er uns seine Zuneigung schenkt.

Ätti wundert sich schon über unsere blauen Flecke und Wunden. Anna erklärt ihm, dass wir uns gegenseitig prügeln und verhauen, dass es immerzu Streit gibt. Seufzend sagt sie ihm das und legt ihm sogar Fotos auf den Tisch.

Ja, wir streiten, und wir prügeln uns. Wir werden von Anna dazu gedrillt, uns gegenseitig aufzuhetzen, sie spielt uns gegeneinander aus. Wir sind Kinder und nicht klug genug, ihre Machtspielchen zu durchschauen.

»Warum fotografierst du das?«, fragt Ätti erstaunt. »Warum greifst du nicht ein?«

»Ich kann nicht überall sein«, erwidert sie, und Ätti nimmt es hin.

In meinem Herzen hat er Fragen geweckt, Widerstand gesät. Eine zarte Saat, die noch lange braucht, bis sie keimt. Zu übermächtig ist zurzeit noch Anna.

Ich bin froh, dass ich im Stall arbeiten darf, die Tiere werden mir immer wichtiger. Anfangs, als ich mit schlechter Laune in den Stall gekommen bin, habe ich ein Ventil für meine Wut und auch meine Angst gesucht und es an den Tieren ausgelassen. Ich habe sie geschlagen oder gekniffen – doch sie wehren sich. Wenn ich nett zu ihnen bin, tun sie das nicht. Ich begreife, dass Tiere viel ehrlicher sind als Menschen. Sie reagieren sofort und sind nicht hinterlistig. Geht man gut mit ihnen um, danken sie es einem.

Es gibt auch immer wieder Momente, die lustig sind. Wir haben natürlich keine Schlitten, aber wir binden Stricke an Plastiksäcke und ziehen uns damit gegenseitig über den Schnee. Wenn der Lachen, ein künstlicher See, der für die Boote angelegt wurde, zugefroren ist, schlittern wir dort über das Eis, spielen Fangen und machen allerlei Blödsinn. Das ist uns natürlich verboten, aber wir sind Kinder und scheren uns nicht darum.

Dann kommt Weihnachten. Mir sagt das nichts, denn auch im letzten Jahr bei den Bauern wurde das Fest nicht gefeiert – die Arbeit auf dem Hof ging ganz normal weiter, und auch einen Tannenbaum hatten wir nicht.

Dieses Jahr sehe ich einen geschmückten Baum auf dem Marktplatz in Thun und bewundere ihn. Auch manche Fenster sind geschmückt. Das finde ich schön, auch wenn mir der Sinn nicht klar ist. Wir gehen ja nicht in die Kirche; christliche Werte werden uns nicht vermittelt.

Dennoch sind die Weihnachtstage für uns auch Festtage. Viele der Kinder werden von ihren Familien abgeholt, ob nur für zwei Tage oder für eine ganze Woche. Nur wir Waisenkinder, die keine Familie haben, bleiben im Niesenblick zurück. Auch Anna und Ätti fahren für zwei Tage weg – sie besuchen Verwandte. Trudi allerdings bleibt bei uns und kocht für uns. Ansonsten lässt sie es locker angehen. Auch ihr sitzt Anna an diesen Tagen nicht im Nacken.

Doch in der Zeit zwischen den Jahren, als Anna und Ätti wieder da sind, passiert etwas Seltsames. Ätti geht natürlich wieder zur Arbeit, und Anna ist den ganzen Tag in ihrem Büro und sortiert dort Unterlagen. Darüber vergisst sie sogar, uns zu kontrollieren. Trudi ist für uns verantwortlich, während Anna in ihrem Büro sitzt. Die Tür ist ausnahmsweise nicht angelehnt, sondern abgeschlossen. Wir hören leise Musik aus dem Radio, das sie in ihrem Büro hat, und manchmal das Klappern der Schreibmaschine und Rascheln von Papieren.

In diesen Tagen müssen wir nicht zu unseren Putzstellen und die Schulkinder auch nicht zur Schule. Wir flicken, stopfen und stricken, kümmern uns um die Tiere, es geht überraschend entspannt zu. Noch überraschter bin ich, als die Jungen hinter dem Haus eine Feuerstelle aufbauen.

»Wozu ist das?«, frage ich.

»Das machen wir jedes Jahr«, erklärt mir Kurt. Er ist gestern von seinen Eltern zurückgekommen und wirkt sehr schweigsam.

»Wie war es denn?«, will ich neugierig wissen. Kurt weiß, dass ich die Feiertage bei seinen Eltern meine.

»Schön.«

»Schön? Na komm, erzähl doch mal.«

Wir sind beide im Stall, schütten Stroh auf. Ich setze mich auf einen Ballen und schaue ihn an. Erst weicht er meinem Blick aus. Dann seufzt er und setzt sich neben mich.

»Es war sehr schön. Wir hatten einen geschmückten Tannenbaum im Wohnzimmer, mit Lametta und echten Kerzen. Ich habe zwei neue Pullover und eine neue Hose bekommen. Ich habe überlegt, ob ich sie überhaupt mitnehmen soll … aber meine Mutter hat darauf bestanden.«

»Ach du Schande«, sage ich leise, weil ich weiß, dass Anna ihm die Sachen vermutlich wegnehmen oder er sie so lange tragen wird, bis sie kaputt sind. Bei der Stallarbeit ziehen wir die ältesten Sachen an.

Kurt nickt. »Mutti hatte ganz lecker für uns alle gekocht, und es war einfach wunderbar.«

»Vielleicht darfst du ja bald zurück und dableiben, so wie Roland.« Ich lege ihm zaghaft eine Hand auf die Schulter, will ihm irgendwie nahe sein und ihn trösten. Doch er schüttelt mich unwirsch ab. »Was weißt du denn schon, du Bettnässer? Du weißt doch gar nichts, hast ja keine Eltern.«

Seine Stimme klingt wütend, und er nimmt die Mistgabel, sticht damit in den Ballen. Ich fliehe aus dem Stall, obwohl ich weiß, dass er gar nicht mich meint.

Draußen bauen die Jungs immer noch den Holzhaufen auf und haben Spaß dabei.

»Morgen werden wir ein großes Feuer entfachen«, sagt Fritz zu mir, und seine Augen leuchten.

»Warum?«, frage ich.

»Weil wir das immer machen.« Er zuckt mit den Schultern. »Wohl, weil ein neues Jahr beginnt.«

Am nächsten Tag tragen zwei der Jungen auf Annas Anordnung hin Berge an Papier aus ihrem Büro in den Hof. Es ist kalt und klar, so kalt, dass die Luft zu flirren scheint.

Der Holzstapel hinter dem Haus wurde von Fritz schon entzündet, und das Feuer lodert hoch. Die beiden Jungen stapeln die Papiere neben dem Feuer, und Anna wirft einen Stapel nach dem anderen in das Feuer.

Der Anblick ist so schön. Manchmal wird ein Blatt Papier von der Luft erfasst, fliegt durch die Luft, verbrennt und lässt einen Funkenregen auf und nieder gehen. Wir springen und jauchzen, als wäre es ein wahres Fest.

Ich bekomme den einen oder anderen Papierfetzen in die Finger – da sind Fotos von Kindern, die ich noch nie gesehen habe.

»Die waren früher hier«, flüstert Priska mir zu. Wir alle werfen die Papierfetzen, die wir erhaschen können, in das Feuer, aber Priska grinst wütend. »Sie vernichtet jedes Jahr Beweise«, sagt sie so leise, dass nur ich es hören kann. Doch ich verstehe nicht, was sie meint, ich weiß nicht, was es bedeutet.

Für mich bedeuten Weihnachten und Silvester jahrelang ein Feuer im Hof. Und für mich ist es immer eine lustige Angelegenheit.

Kapitel 12

Januar bis April 1972

Das neue Jahr beginnt. Ich bin sechs Jahre alt und werde im Frühjahr in die Schule kommen, das habe ich aus den Gesprächen herausgehört. Meine Angst vor Anna wird immer größer, dabei habe ich durch den Stalldienst weniger mit ihr zu tun.

Es sind nicht die Strafen, die Schläge, die Kniffe und Ohrfeigen, die mir Angst machen – das sind Schmerzen, die vergehen und die ich vergesse. Es sind ihre Worte, die mich treffen und die mich auch nachts wach halten. Ihre Worte vergesse ich nicht.

Sie nennt mich Nichtsnutz, Tschingg, Bastard, Hurentochter, Diebin – und sie sagt mir wieder und wieder, dass ich es nicht wert bin zu leben.

An den wenigen Feiertagen, als wir nicht so hart arbeiten und ich nicht zu meinen Putzstellen muss, habe ich Zeit nachzudenken. Warum bin ich hier? Warum muss ich überhaupt am Leben sein? Meine Mutter will mich nicht. Andere Kinder dürfen zu ihren Eltern, gehen auch dahin. Wieder andere haben keine Eltern, sie sind richtige Waisen. Aber meine Mutter lebt, doch sie wollte mich wohl nie. Niemand will mich, ich bin eine Plage, wenn man Annas Worten Glauben schenkt.

Und auch im neuen Jahr überschüttet sie mich weiterhin mit Beschimpfungen. Nichts kann ich ihr recht machen. Zuerst prallen die Worte an mir ab, ich weiß ja bei einigen gar nicht genau, was sie bedeuten, doch dann zeigt Anna mir, wie sie es meint.

Eines Tages nimmt sie ein Kaninchen und schneidet ihm die

Kehle durch. Es war ein schöner, großer Bock mit weichem Fell und ganz sanften Augen. Die Augen gucken mich noch an, er zuckt noch, als Anna ihm das Fell vom Körper zieht.

»Das sollte man mit dir machen, du Nichtsnutz«, sagt sie.

Der Hase schreit im Todeskampf, und ich zucke getroffen zusammen. Ja, wir schlachten Tiere, verarbeiten sie, aber kann sie ihn nicht erst sterben lassen, bevor sie ihm das Fell abzieht? Er leidet doch, denke ich entsetzt. Und wie würde es sich anfühlen, wenn sie mir die Haut vom Leib zieht? Das möchte ich mir gar nicht ausmalen.

Doch abends, im Bett, steht mir die Situation wieder vor Augen. Sie hat es nur meinetwegen getan, um mir zu zeigen, wie wenig ich wert bin.

Das macht sie immer wieder.

»Du elender Tschingg, bist nicht mehr wert als deine Hurenmutter«, schreit Anna und nimmt am nächsten Tag den Kehricht, zerreißt ihn und schmeißt alles in die Abfalltonne. »Das sollte man auch mit dir machen.«

Ich bin Abfall, Müll, ich bin nichts wert, das gibt sie mir immer wieder zu verstehen. Und ich nehme ihre Worte auf, sie bleiben in meinem Kopf und arbeiten dort. Diese Worte tun mehr weh als die Schläge. Schläge vergehen und Wunden heilen, aber die Worte bleiben im Kopf. Diese Art der Verletzungen ist tiefer und schwerer als jeder Schlag mit dem Stock.

Annas Worte hallen jede Nacht in meinem Kopf. »Warum lebe ich? Warum muss ich hier sein? Warum muss ich leben? Ich bin nichts wert. Keiner liebt mich. Keiner will mich haben.« Das frage ich mich oft. Ich möchte manchmal nur sterben, nicht mehr da sein. Aber ich lebe.

Im Frühjahr wirft eines der Kaninchenweibchen zwei Junge. Es ist zu früh, und die beiden Jungen sind sehr klein.

»Lumpenpack wie dich«, sagte Anna, »sollte man verbrennen.« Verbrennen ist ein Wort, das ich nicht gerne höre, ich muss immer an meine Gabi, meine Puppe denken.

»Komm mit in den Stall.« Anna duldet keinen Widerspruch und nimmt mich mit. Wir gehen zu den Kaninchenboxen.

»Siehst du diese beiden Kleinen? Sie sind zu klein, zu schwach und somit Nichtsnutze, so wie du.« Anna nimmt sie aus dem Käfig und geht mit mir zum Feuer. Die beiden Kaninchenbabys haben die Augen noch geschlossen. Sie zappeln wild in Annas Hand, aber Anna schmeißt sie in das Feuer. Ich will weglaufen, aber Anna hält mich fest, zwingt mich, in das Feuer zu sehen. Die Kaninchenbabys schreien, dass mir die Tränen kommen, sie strecken und dann biegen sie sich … verkrümmen sich und verbrennen. Die Schreie gellen mir in den Ohren, auch wenn ich meine Hände darauf presse.

»Das sollte man auch mit dir machen, so sollte man dich verbrennen«, sagt mir Anna, und die Genugtuung in ihrer Stimme ist nicht zu überhören. Sie lacht kurz auf, als sie meine Tränen sieht, und dann geht sie. Zum Glück, denn ich muss mich übergeben. Ich spucke und spucke und spucke, bis nur noch Galle kommt. Annas Worte spielen Reigen in meinem Kopf.

»Du Bastard, Nichtsnutz, du Hurenkind, du Diebin, du Tschingg.«

Es sind die Worte, die ein Stück nach dem anderen meine Seele töten. Es sind die Worte, die mich und alle anderen kaputtmachen und kleinhalten. Es sind ihre Worte, die mich vergiften.

In den nächsten Wochen verweigere ich jedes Stück Fleisch. Ich will die Tiere, die wir aufziehen, nicht mehr essen. Doch irgendwann siegen auch diesmal der Hunger und mein Appetit, und ich nehme von dem Fleisch, das uns Trudi am Sonntag serviert. Ich schäme mich einerseits, andererseits schlinge ich es in mich hinein.

Dann kommt dieser Tag im Frühjahr, es ist wohl Anfang März, draußen liegt noch Schnee. Anna heißt mich, in die Wanne zu gehen und auch meine Haare gründlich zu waschen – dabei ist gar nicht mein Hygienetag. Doch wenn sie etwas anordnet, dann gehorche ich. Ich hinterfrage ihre Worte nicht, aber es wundert mich schon.

Meine Zimmergenossinnen, die ich nachts im Dunkeln befrage, wissen auch nicht, was das bedeutet. Oder vielleicht wissen sie es doch und wollen es mir nur nicht sagen? Es gibt wenig, was ich mehr hasse als Ungewissheit.

Am nächsten Morgen werden wir geweckt. Anna befiehlt mir, mein Gesicht gründlich zu waschen und auch die Zähne ordentlich zu putzen. Was soll das? Aber ich führe ihre Anordnungen aus. Nach dem Frühstück darf ich nicht in den Stall, um die Tiere zu versorgen. Ich werde immer unruhiger, immer nervöser, aber keiner sagt mir, was vor sich geht, was passieren wird. Ich soll im Speisesaal sitzen bleiben und warten. Mit schaukelnden Füßen sitze ich auf dem Stuhl, knete meine Hände. Was hat das alles zu bedeuten?

»Geh nach oben, zieh deine Sonntagskleidung an«, sagt Anna, die plötzlich wieder im Zimmer ist, zu mir.

»Sonntagskleidung?« Sonntags ziehen wir das an, was wir immer tragen. Nur die Kinder, die mit Ätti zum Fußball dürfen, suchen sich gute Sachen heraus.

»Du hast doch diesen Mantel mitgebracht, den mit dem roten Gürtel. Und einen passenden Schal hast du auch«, sagt Anna.

»Ja, den Schal habe ich selbst gestrickt.« Der Stolz in meiner Stimme erstickt, als ich ihren Blick sehe. Schnell stehe ich auf und laufe nach oben. Ich nehme die Sachen, die mir die Bäuerin gekauft hat, aus dem Schrank. Sie sind mir immer noch etwas zu groß, sie sollen ja mehrere Winter halten, die neuen Kleider.

Anna wartet unten schon ungeduldig auf mich.

»Wohin gehen wir?«, frage ich.

»Frag nicht, komm mit.«

»Ist es weit?«

Anna antwortet nicht. Sie nimmt meine Hand, marschiert los zum Stadtzentrum. Wir kommen an der Bushaltestelle vorbei, aber Anna geht weiter. »Laufen hat noch keinem geschadet«, meint sie nur.

Unser Weg führt uns durch das Villenviertel. Staunend schaue ich die Häuser an, bleibe immer mal wieder stehen.

»Was ist das dort im Garten?«, frage ich Anna.

»Ein Swimmingpool, aber das braucht dich nicht zu scheren, du Tschingg. Schick dich«, sagt sie unwirsch, »wir sind spät dran.«

»Was ist denn ein Swimmingpool?«, frage ich weiter und schaue fasziniert in den gepflegten Garten, in dem gar keine Obststräucher stehen und ich auch keine Gemüsebeete entdecken kann.

»Darin schwimmen die reichen Leute im Sommer, wenn es heiß ist. Aber das braucht dich nicht kümmern. Komm jetzt.«

Sie geht so schnell, dass ich fast springen muss, um mit ihr mithalten zu können.

»Wohin gehen wir denn?«, frage ich, aber ich bekomme wieder keine Antwort.

Schließlich stehen wir vor einer Arztpraxis, und Anna geht hinein. »Komm«, sagt sie.

Was soll ich dort? Ich bin doch gar nicht krank! Aber natürlich füge ich mich.

Wir haben einen Termin, müssen nicht lange warten. Der Arzt ist nett. »Du bist Lisa?«, fragt er freundlich und weist mich an, auf einem Stuhl Platz zu nehmen. Dann leuchtet er mir mit einer Lampe in die Augen. Ich soll nach oben, unten, rechts und links schauen.

Er seufzt. »Kannst du schon lesen? Kennst du die Buchstaben und Zahlen?«

»Nein«, sage ich.

»Gut, dann machen wir das anders. Schau«, sagt er und drückt mir eine Plastikfigur in die Hand. Es ist ein großes E.

»Ich zeige dir jetzt da vorne auf der Tafel Zeichen, die so aussehen wie dieses Ding. Und du drehst es so, wie es auf der Tafel ist – mal mit dem Rücken nach oben, mal nach unten, mal zur Seite. Hast du das verstanden?« Er sieht mich durchdringend an.

Ich nicke und schiebe das Kinn vor. Er spricht mit mir, als wäre ich blöd und vielleicht auch taub, aber das bin ich nicht.

Erst zeigt er mit einem Stock auf eine Tafel, die an der Wand hängt, und ich halte das Plastik-E so, wie ich es dort erkenne. Manchmal erkenne ich aber nichts, oder es ist zu verschwommen.

Dann nickt er wieder, setzt mir eine Brille auf und setzt dort Scheiben ein. Mal rechts, mal links, mal auf beiden Augen. Immer wieder notiert er etwas auf seinem Block und spricht leise mit Anna. Für mich ist das sehr verwirrend, denn keiner erklärt mir, was hier passiert.

Schließlich muss ich zu einem Apparat und mein Kinn auf eine Halterung legen. Ich soll grüne Punkte oder rote Dreiecke erkennen und gebe mir viel Mühe.

»Schön, Lisa«, sagt der Arzt schließlich. »Geh ins Wartezimmer, ich muss noch mit deiner Mutter reden.« Er lächelt, und ich bin mir sicher, dass ich meine Sache gut gemacht habe.

Ich setze mich ins Wartezimmer, Anna kommt bald, und wir gehen schweigend nach Hause.

Dann geht sie wieder weg, hat noch einen Termin. Das ist für uns alle immer gut, weil wir dann beim Abendessen reden können. Das machen wir nicht, wenn sie nebenan sitzt. Keiner weiß, was sie gegen einen verwendet. Aber wenn sie nicht da ist, schwatzen wir wie die Spatzen auf den Dächern.

Heute habe ich ganz viel zu erzählen, berichte von meinem Besuch beim Arzt.

Daniela, die mich immer neckt, lacht laut auf. »Ich habe es schon immer gesagt«, sagt sie und kichert. »Du blindes Huhn brauchst eine Brille.«

Alle lachen, und ich schaue zweifelnd in die Runde.

»Nasenfahrrad, Nasenfahrrad, Brillenschlange, Brillenschlange!«, rufen nun fast alle, als ob sie es abgesprochen hätten.

Ihre Worte, die ich noch nicht so recht verstehe, verletzen mich, vor allem, weil sie mit einem so hämischen Tonfall gesprochen werden.

Ein paar Tage später kommt Anna wieder zu mir, ich muss meinen Koffer packen. Gehe ich weg? Werde ich woandershin geschickt? Ich frage sie.

»Lisa, es geht um deine Augen«, sagt sie nur. »Wir gehen wieder zum Arzt.«

Keiner erklärt mir, was passieren wird. Aber ich packe das ein, was Anna mir sagt, schicke mich. Ich habe ja keine Wahl.

Warum brauche ich beim Arzt einen Koffer? Ich werde doch nicht dort einziehen?

Voller Fragen gehe ich nach unten zum Frühstück.

»Heute darfst du nichts essen«, sagt Trudi. Mein Platz ist auch nicht eingedeckt. Erschrocken sehe ich mich um. Warum darf ich nichts essen?

Doch dann kommt schon Anna mit meinem Koffer. Zusammen gehen wir wieder in die Stadt. Auf meine Fragen erhalte ich keine Antworten, aber statt zum Arzt gehen wir zum Spital. Das ist aufregend – die breiten Gänge, die vielen Menschen und die Schwestern in ihren Trachten. Ich kann gar nicht genug schauen, bin neugierig, aber auch ängstlich.

Anna meldet uns an, und wir werden auf eine Station geführt und dort in ein Zimmer gebracht. In dem Zimmer gibt es sechs Betten, auf vieren sitzen oder liegen andere Kinder. Ist dies auch eine Art Kinderheim?, frage ich mich insgeheim verängstigt. Oder was passiert hier?

»Dies ist dein Bett, Lisa«, sagt die Krankenschwester, die uns begleitet hat, und zeigt auf das Bett neben dem Waschtisch. Dann nickt sie Anna zu und geht wieder.

»Zieh deinen Schlafanzug an und geh ins Bett«, befiehlt mir Anna. Ich kann kaum glauben, was sie sagt, mache es aber.

»Warum soll ich am frühen Morgen ins Bett?«, frage ich, als ich mich hinlege. Ist das eine ihrer seltsamen Strafen? Und was soll ich hier?

Sie packt meinen Oberarm, drückt ihn so fest, dass ich aufquietsche. Dann beugt sie sich zu mir und flüstert mir ins Ohr: »Wenn ich nur eine Beschwerde über dich höre, wirst du dein blaues Wunder erleben.«

Ihr Tonfall lässt mich schaudern, und ich weiß, dass sie es ernst meint. Stocksteif liege ich im Bett, wage nicht, mich zu rühren.

Zum Glück kommt die Schwester wieder. »Ist alles gut mit dir, Lisa?«, fragt sie freundlich. Ich sehe Annas drohenden Blick und nicke nur.

Die Schwester gibt mir eine Tablette, die ich schlucke, dann wird mir eine Haube über den Kopf gestülpt und plötzlich bin ich ganz müde, sehe alles nur noch verschwommen und kann die Augen kaum aufbehalten.

Ich werde mitsamt dem Bett weggeschoben und schlafe ein.

Als ich wieder wach werde, tut mir mein schwerer Kopf weh, und alles um mich herum ist dunkel. Bin ich wieder in der Abstellkammer? Langsam taste ich zur Seite – nein, ich liege in einem Bett.

Ich kann nichts sehen, gar nichts. Vorsichtig gleiten meine Hände über mein Gesicht – über meinen Augen ist ein Verband. Ich schrecke zusammen.

»Man sollte dir deine schielenden Augen ausstechen«, hatte Anna mir neulich entgegengeschleudert. Hat sie das jetzt gemacht? Bin ich deshalb hier, hat sie mir tatsächlich die Augen ausgestochen? Panik erfasst mich.

Manchmal spielt Ätti mit uns »Blinde Kuh« und einem von uns werden die Augen verbunden. Trotz der Binde um den Kopf kann man aber immer noch etwas Licht an den Rändern erahnen, aber bei mir ist jetzt alles dunkel. Schwarz.

Ich bin blind, durchfährt es mich, und ich will entsetzt den Verband vom Kopf reißen.

»Nein«, sagt eine sanfte Stimme plötzlich neben mir. »Das darfst du nicht machen. Die Pflaster müssen dranbleiben.«

»Bin ich jetzt blind?«, frage ich verzagt.

»Aber nein«, sagt die Stimme ganz ruhig. »Zehn Tage bleiben die Pflaster dran.«

»Spielen wir ›Blinde Kuh‹?«

»Was?« Sie lacht leise, und ich merke, dass sie nicht weiß, was ich meine. Ich weiß aber auch nicht, was mit mir passiert ist.

Die Schwester gibt mir etwas in die Hand – es ist rund, und oben ist ein Knopf. »Wenn du Schmerzen hast oder auf die Toilette musst, dann drück den Knopf, dann kommt jemand und hilft dir.«

Ich höre, dass sie geht. Wo bin ich? Ich lausche angestrengt, kann mich aber nicht orientieren.

Plötzlich höre ich eine Jungenstimme, die ich nicht kenne. »Bist du blind?«, fragt er. Aus dem privaten Kinderheim Niesenblick ist er nicht, sonst würde ich ihn erkennen.

»Ich … ich weiß es nicht«, antworte ich unsicher.

Abends kommt eine Schwester, um den Verband zu wechseln. Sie sagt nicht, was sie macht und weshalb sie es tut. Sie ist einfach plötzlich da. Es tut weh, als sie das Pflaster abzieht, und sie erklärt mir weder, was passiert ist, noch, was sie gerade macht. Nicht zu wissen, was mit einem getan wird, es nicht gesagt zu bekommen ist furchtbar. Zum Glück gibt es auch andere Schwestern. Solche, die jeden Schritt, den sie machen, erklären und ankündigen: »Jetzt werde ich das Pflaster auf der linken Seite abnehmen. Jetzt streiche ich Salbe auf deine Augen.«

Jeden Tag kommt Anna. Sie schleicht sich herein, auf leisen

Sohlen, wie eine Schlange. Dann packt sie meinen Arm, und ich schreie auf, vor Angst, nicht vor Schmerz.

»Sei still«, herrscht sie mich an. »Benimm dich.«

Zitternd und stocksteif liege ich da. Ich, die ich doch so gerne rede und quatsche, traue mich kaum, etwas zu sagen. Am zweiten Tag nämlich kommt die Schwester in das Zimmer und begrüßt Anna freundlich. Ich habe gar nicht mitbekommen, dass sie da ist.

»Wie lange bist du schon da?«, frage ich nervös.

»Oh, schon seit einer Stunde«, sagt sie und klingt hämisch. Von da an rede ich fast nicht mehr mit den anderen, aus Angst, dass Anna es hört und mich später im Niesenblick dafür bestraft.

Die anderen Kinder in meinem Spitalzimmer sind auch operiert worden, aber alle nur an einem Auge – mit dem anderen können sie sehen. So können sie auch miteinander spielen und lachen viel. Ich weiß nicht, worüber sie lachen, und das verunsichert mich noch mehr.

Eine Schwesternschülerin hilft mir beim Essen, aber sie sagt mir nicht, was es ist. Es schmeckt auch nicht so gut wie die Dinge, die Trudi zubereitet.

»Was ist das?«, frage ich verwundert, als mir etwas zu trinken gegeben wird.

»Wasser mit Zitrone«, sagt die Schwester sanft.

»Wer ist denn noch hier im Zimmer?«, will ich wissen.

»Da ist der Toni, die Annet, der Jasper und die Silke«, erklärt die Schwester geduldig. »Sie sind auch alle an den Augen operiert worden.«

»Wie lange muss ich bleiben?«

»Zehn Tage. Und du musst dich gut ausruhen. Also versuch jetzt zu schlafen.«

Ich kann nicht Tag und Nacht schlafen, bekomme nicht wirklich mit, was um mich herum passiert, kann aber auch nichts machen, außer im Bett zu liegen. Es ist nervig. Die Schwestern kommen und bringen mich zur Toilette, helfen mir beim Waschen, beim An- und Ausziehen und beim Essen, aber ansonsten haben sie keine Zeit. Ich weiß nie so genau, wer noch im Zimmer ist und mich beobachtet, und das finde ich schrecklich.

Morgens und abends werden die Pflaster auf meinen Augen gewechselt, aber ich kann nur das für mich jetzt grelle Licht und Menschenschatten erkennen, dann wird eine Salbe in die Augen gestrichen, und neue Pflaster werden aufgeklebt.

Auf dem Hof gibt es keine Minute Ruhe, außer, wenn ich im Stall bin oder mich auf der Toilette verziehe. Oft habe ich mir gewünscht, einmal nichts tun zu müssen, aber dieses blinde Nichtstun ist auch nicht schön.

Nach zehn Tagen kommt Anna, um mich abzuholen.

Auch der Arzt kommt in das Zimmer.

»Sie müssen noch eine Woche lang morgens und abends die Pflaster wechseln und die Salbe vorsichtig auftragen. Die Kleine muss sich noch sehr schonen«, sagt er.

Die Schwestern haben mich morgens angezogen, und an Annas Hand stolpere ich zum Parkplatz – immer noch die Pflaster auf den Augen. Anna achtet nicht auf mich, also stoße ich hier und da an. Wir steigen in ein Auto. Ein Mann, den Anna duzt, dessen Stimme ich aber nicht kenne, fährt uns nach Hause.

Kaum sind wir in meinem Zimmer, reißt Anna die Pflaster ab – mit einem heftigen Ruck, nicht so sanft, wie es die Schwestern im Krankenhaus getan haben. Ich schreie laut und entsetzt auf. Das Licht blendet mich, mir wird schwindelig.

»Stell dich nicht so an«, meint Anna kalt. »Du hast genug gefaulenzt, jetzt kannst du wieder arbeiten.«

Sie gibt mir einen Eimer mit Seifenlauge und eine alte Zahnbürste; damit soll ich die Zwischenräume der Dielenbretter reinigen. Ich sehe nur Schatten, muss tasten und habe bald schon den ersten Splitter im Finger. Langsam bewege ich mich über dem Boden fort. Mein Kopf ist schwer, und ich fühle mich schwach. Zehn Tage habe ich fast nur im Bett verbracht, es ist zu viel für mich.

Nach dem Abendessen streicht Trudi mir die Salbe in die Augen und klebt vorsichtig Pflaster darüber. Aber am nächsten Morgen reißt Anna sie wieder ab.

Ich will hier weg, denke ich nur, ich will hier nicht mehr leben. Der einzige Ort, an den ich mich erinnern kann, an dem ich glücklich gewesen bin, ist das Weingut in Gland. Dort will ich wieder hin.

Plötzlich erinnere ich mich an Adrians Worte, als wir im Winter am Fluss standen und beide sehnsüchtig zur anderen Seite schauten: »Dies ist nicht die Zeit zur Flucht. Es ist zu kalt, wir müssen bis zum Frühjahr oder Sommer warten.«

Die Ziegen und Kaninchen werfen, die Gänse brüten ihre Eier aus, und die der Hennen sind im Brutkasten, es ist Frühjahr. Vielleicht sollte ich einfach weglaufen? Der Gedanke frisst sich in mir fest.

Ich bin mit dem Auto hierhergekommen, das ist nun über ein halbes Jahr her, und so viel ist seitdem passiert. Eine Heimat oder ein Zuhause habe ich hier nicht gefunden. Ich werde gequält und schikaniert, werde missachtet und schlecht behandelt. Immer wieder schleicht sich der Gedanke in meinen Kopf, dass ich es ja auch nicht besser verdient habe – meine Mutter ist eine schlechte Frau, vermutlich bin ich ein schlechtes Kind. So wie die faulen Äpfel, die vor der Ernte schon vom Baum fallen.

Dennoch ist in mir der Drang zu leben, der Wunsch, glücklich zu sein, frei, unbefangen.

Mit dem Zug verließ ich Gland, und so denke ich kindlich naiv, dass ich mich einfach in den Zug setze und wieder wegfahre. Wo der Bahnhof in Thun ist, weiß ich schließlich.

An einem Morgen, wenige Wochen nach der Operation, inzwischen kann ich wieder sehen und schiele nicht mehr, versorge ich die Tiere und gehe dann in die Stadt. Der Abschied von den Ziegen und vor allem von den flauschigen Hasen fällt mir schwer. Sie scheinen mich mit ihren treuen braunen Augen anzuflehen, bei ihnen zu bleiben. Aber mich hält nichts mehr. In den letzten Wochen habe ich neben meiner Stallarbeit zu viele Dielenfugen mit der Zahnbürste geschrubbt, habe mir etliche weitere Abreibungen eingefangen und wurde sogar in den Keller gesperrt. Dort gibt es Spinnen und Kellerasseln, scheußliches Getier, und ich ekele mich davor. Auch dort ist es dunkel. Das alles kann ich nicht mehr ertragen.

In Gland war ich glücklich. Dort habe ich gelacht, mich des Lebens gefreut. Dort hat mir niemand meine schreckliche Mutter vorgeworfen. Hier ist alles anders, hier will mich keiner, außer, ich schufte ordentlich.

Entschlossen stapfe ich zum Bahnhof, steige in den nächstbesten Zug. Ich setze mich an einen Platz an das Fenster und seufze erleichtert auf, als der Zug sich in Bewegung setzt. Endlich komme ich fort.

»Na, Kleine«, schreckt der Schaffner mich auf. »Wo ist denn deine Familie?«

»Ich will nach Gland«, sage ich.

Er lacht. »Da sitzt du im falschen Zug, wir fahren in die andere Richtung. Zeig mir mal deinen Fahrschein.«

Ein Fahrschein? Was ist das? Ich schaue ihn überrascht an, und seine Miene verändert sich. »Hast du etwa keinen Fahrschein?«

»Was ist das?«, frage ich zögernd.

»Wenn man mit der Bahn fährt, muss man zahlen. Das weißt du nicht, oder?« Er lächelt grimmig.

»Zahlen? Geld?« Ich krame in meiner Tasche, wo ich das wenige Geld, was ich besitze, hineingesteckt habe. Und dann halte ich es ihm entgegen. »Reicht das bis nach Gland?«

»Wie heißt du?«

»Lisa … Lisa vom Niesenblick in Thun«.

»Wissen deine Eltern, wo du bist?«, fragt der Schaffner.

Ich schüttele den Kopf. Ich habe doch gar keine Eltern. Meine Mutter will mich nicht, und Anna … Anna will mich auch nicht. Beiden kann es egal sein, wo ich bin, denke ich.

»So geht das aber nicht, Fräulein«, sagt der Schaffner und packt mich am Arm. »Komm mit.«

Ich wehre mich. Warum darf er mich anfassen? Mitnehmen? Aber schließlich füge ich mich doch. Ich werde in ein kleines Abteil im Postwagen gesperrt. Wieder einmal weggesperrt. Keiner liebt und will mich, aber weg darf ich auch nicht. Das Leben ist nicht fair. Ich kauere mich zusammen. Sie werden Anna anrufen, und die Strafe wird schrecklich sein.

Am nächsten Bahnhof kommt die Bahnpolizei und nimmt mich mit. Sie bringt mich zurück nach Thun. Anna nimmt mich mit einem Lächeln in Empfang.

»Die kleine Lisa. Manchmal ist sie so verwirrt. Danke für Ihre Hilfe«, sagt sie und kneift mich in den Arm.

Weglaufen war keine gute Idee, gar keine gute Idee.

Trotzdem weiß ich, ich werde es wieder tun. Und beim nächsten Mal stelle ich es besser an, nehme ich mir vor.

Kapitel 13

April bis Juni 1972

Kurz nach meiner Flucht beginnt das Schuljahr – ein Ereignis, auf das ich mich unglaublich freue. Vorläufig, das ist mir nun klar, werde ich Anna nicht entfliehen können. Mein Schulbesuch wird für mich ein Neuanfang sein, das glaube ich ganz fest. Ich werde den Vormittag und zwei Nachmittage mit anderen Kindern zusammen in der Schule verbringen und muss in der Zeit nicht arbeiten, kann mich endlich von den Arbeiten auf dem Hof erholen.

In der Schule kennt mich niemand, ich kann ganz von vorne anfangen, ohne dass jemand böse über mich redet. Und ich werde Freunde finden, ganz bestimmt. Es wird eine wundervolle Zeit werden.

An diesem schönen, aber frischen Aprilmorgen bin ich schon beim Aufstehen voller Glücksgefühle. Natürlich muss ich, so wie jeden Morgen, in den Stall und die Tiere versorgen. Danach geht es zum Frühstück, aber vor lauter Aufregung bringe ich keinen Bissen hinunter. Ich muss mich noch umziehen und stürme schnell nach oben. Dort wartet Anna schon auf mich. Sie legt die Kleidung auf mein Bett, die ich am ersten Schultag anziehen soll. Eine rote Jacke, einen weißen Pullover, einen rosaroten Rock und eine weiße Strumpfhose. Rot-Weiß, die Farben der Schweiz. Ich versuche die Tränen in den Augen wegzuzwinkern und ziehe die Sachen an. Es sind alles Sachen, die wir Kinder haben stricken müssen, die Wolle kratzt und juckt. Ich sehe furchtbar aus, dabei hatte ich so darauf gehofft, etwas Schönes anziehen zu dürfen.

Anna kneift die Augen zusammen. »Ich möchte keinen Ton von dir hören«, zischt sie. »Du warst böse, und das ist die Strafe.«

Mein Hintern ist auch immer noch grün und blau – sie hat ihn ordentlich mit dem Teppichklopfer bearbeitet, nachdem die Polizei weg war.

»Ich begleite dich nicht zur Schule«, sagt Anna. »Das macht eine Frau vom Amt.« Dann reicht sie mir eine abgewetzte Ledertasche, die schon einige andere der Kinder vor mir in Gebrauch gehabt haben.

Seufzend nehme ich die Tasche und gehe nach unten. Ein Auto wartet schon im Hof. Die elegante Frau mit der Sonnenbrille, die aus dem Auto steigt, will noch ein Erinnerungsfoto. Anna macht es, dann geht sie zurück ins Haus. Schließlich sind noch etliche Kinder da, die nicht zur Schule gehen und die sie beaufsichtigen muss.

Es ist mir egal, ich will Anna sowieso nicht dabeihaben.

Mit dem Auto fahren wir vor der Schule vor, und das finde ich großartig. Welcher Schüler wird schon zur Schule gefahren? Doch dann sehe ich die anderen, und mir wird mulmig. Viele Erstklässler warten schon auf dem Schulhof. Alle haben neue Kleidungstücke an, sind fein herausgeputzt. Ich mit meinen selbstgestrickten Sachen komme mir gleich lächerlich vor, und auch die Blicke der Schüler und ihrer Eltern zeigen mir, dass ich negativ heraussteche. So habe ich mir den Neuanfang nicht vorgestellt. Ich schäme mich.

Endlich läutet es, und wir betreten das Schulzimmer. Drei Reihen mit Zweierpulten sind aufgestellt – vier Bänke pro Reihe. Mir wird der Platz vorne rechts neben dem Fenster und unter dem direkten Blick der Lehrerin zugewiesen. Die Begleitpersonen der anderen Kinder stellen sich am Rand auf, dann sagt die Lehrerin ihren Namen und ruft uns – dem Alphabet nach – auf. Wir sollen uns und unsere Begleitung vorstellen. Die anderen Kinder haben ihre Mütter dabei. Ich senke den Kopf.

»Marlise«, ruft die Lehrerin. Keiner meldet sich. Dann sagt sie noch mal: »Marlise.«

Wieder meldet sich niemand.

»Es sind vierundzwanzig Schüler anwesend und genauso viele stehen auf der Liste. Also muss auch eine Marlise da sein«, sagt sie nun lauter.

»Sie ist hier«, sagt meine Begleiterin, die Frau mit der Sonnenbrille und zeigt auf mich. Ich drehe mich um, sehe sie erstaunt an, doch sie nickt.

»Ich heiße Lisa«, sage ich leise, kaum hörbar.

»Du Dummchen«, sagt meine Begleiterin herablassend. »Marlise ist dein Name.« Dann schaut sie in die Runde. »Sie müssen wissen, Marlise ist ein Adoptivkind und erst seit Kurzem hier. Die Mutter, die sich ihrer annimmt, kann heute leider nicht hier sein. Sicher haben Sie schon vom privaten Kinderheim Niesenblick gehört?«

Ich sitze nur halb auf meinem Stuhl, da mein grün und blau geprügelter Hintern schmerzt, und so kann ich die Gesichter einiger Mütter sehen. Als meine Begleiterin den Niesenblick erwähnt, verändern sich ihre Gesichter. Sie schauen mich entsetzt an.

»Die kleine Marlise hat viel Glück«, sagt die Frau mit der Sonnenbrille nun, stellt sich hinter mich und packt meine Schultern, »denn ihre leibliche Mutter will sie nicht, sie ist eine schlechte Frau, eine Ehebrecherin und auch ohne Arbeit.«

Die Worte treffen mich und tun weh, wie Pfeilspitzen.

»Was ist ein Adoptivkind?«, fragt eins der Mädchen.

»Das ist ein Kind, das bei einer fremden Familie aufwächst, die es annimmt wie ein eigenes Kind.«

Anna hat mich vor einigen Wochen adoptiert. Was genau das bedeutet, weiß ich nicht. Ich weiß nur, dass ich nun ihren Nachnamen trage. Anna sagte mir, dass ich niemals ihresgleichen sein werde, sie sei nur auf dem Papier meine Mutter. Ich sei viel zu dumm, um jemals ihren Standard zu erreichen.

Manchmal, wenn eines der anderen Kinder wieder zu seinen Eltern durfte, habe ich im Bett gelegen und mir vorgestellt, dass auch meine wirkliche Mutter kommen und mich abholen würde. Sie würde mir sagen, dass alles ein großes Missverständnis sei und dass sie mich immer geliebt hätte. Unter Tränen würden wir uns umarmen, und dann würde sie mich mitnehmen in ein wunderschönes Haus mit Swimmingpool. Und ich würde nie wieder putzen müssen – weder bei ihr noch bei anderen Familien. Es ist ein wunderschöner Traum, aber es wird immer ein Traum bleiben. Jetzt, da mich Anna adoptiert hat, gibt es keine andere Mutter mehr für mich. Und meine leibliche Mutter wird mich nie abholen, weil sie mich hasst und mich sowieso nicht gewollt hat. Wäre es anders, wäre sie schon längst gekommen und hätte mich gerettet.

»Marlise kann sich also sehr glücklich schätzen«, sagt meine Begleiterin noch einmal durchdringend. Ihre Hände lasten schwer auf meinen Schultern.

»Lisa«, sage ich. »Nicht Marlise. Ich heiße Lisa.«

»Die ist so dumm, die weiß noch nicht mal ihren Namen«, spottet einer der Schüler hinter mir. Ich höre Gelächter und das Tuscheln der Mütter.

Die Schule, das wird mir klar, ist kein Neuanfang. Es wird ein schrecklicher Albtraum werden. Alles, was ich mir erhofft habe, ist wie eine Seifenblase zerplatzt. Tränen steigen mir in die Augen. Warum sprechen alle so schlecht über mich und meine Mutter, die ich gar nicht kenne? Warum muss ich immer ausgelacht und verspottet werden? Ich wollte mir so viel Mühe geben, doch vergebens. Ich hasse sie alle, und vor allem hasse ich meine Mutter, die mich weggegeben hat.

»Heulsuse«, flüstert jemand hinter mir. Ein anderer nimmt es lauter auf, und wieder höre ich das hässliche Lachen der anderen. Nun schluchze ich auf, schniefe.

»Nehmen Sie das Kind und gehen Sie mit ihm in den Flur, damit es sich beruhigen kann«, weist die Lehrerin meine Begleitung an.

Im Flur lasse ich mich auf die Bank sinken und weine hemmungslos. Die Dame mit der Sonnenbrille sieht mich mit zusammengekniffenen Augen an. »Jetzt ist aber gut!«, faucht sie. »Du blamierst mich ja!« Dann rauscht sie ab nach draußen, um eine Zigarette zu rauchen.

So wird mein erster Schultag, den ich mir in leuchtenden Farben ausgemalt hatte, zu einer Katastrophe. Und auch später wird es nicht besser.

Oft sitze ich nur auf meinem Platz, starre nach draußen. Nebenan ist ein umzäunter Platz, auf dem kleine Kinder spielen. Dort gibt es einen Sandkasten, eine Schaukel und ein Klettergerüst.

»Wann gehen wir dort spielen?«, frage ich die Lehrerin.

»Gar nicht mehr«, sagt sie. »Ihr seid jetzt in der Schule, nicht mehr im Kindergarten.«

»Was ist ein Kindergarten?«, frage ich verblüfft, denn ich höre das Wort zum ersten Mal.

»Warst du nicht dort?«, will sie wissen. »Das kann nicht sein, alle Kinder müssen mindestens ein Jahr in den Kindergarten, das ist Pflicht.«

Pflicht für die Kinder von Anna ist es, sich um Haus, Hof und Tiere zu kümmern, zum Spielen ist da keine Zeit. Anna meldet die jüngeren Kinder meist erst in der Gemeinde an, wenn sie schulpflichtig werden, damit sie nicht ihre Zeit im Kindergarten »verschwenden«, denn Anna braucht sie ja für die Arbeit.

In den ersten Wochen sollen wir viel zeichnen, aber auch das fällt mir schwer – ich soll meine Familie zeichnen oder meinen Stammbaum, aber das kann ich ja nicht. Ich soll meinen Berufswunsch angeben, doch was sage ich da? Mir wird von allen Seiten immer wieder eingetrichtert, dass ich dumm bin, dass aus mir nichts werden kann.

Mein größter Wunsch ist es, weit, weit wegzugehen, dorthin, wo alles besser ist. Auch darüber lachen die anderen. Ich werde »Nasävelo« (Nasenfahrrad)und »Hosäseichär« (Hosenscheißer)gerufen und natürlich immer wieder »Dummkopf« und »Tschinggemorre«. Schnell ist mir klar, dass ich anders bin als die anderen. Auch die Lehrerin hilft mir nicht, im Gegenteil – immer wieder stellt sie mich vor der Klasse bloß. Manchmal renne ich einfach aus dem Klassenzimmer, verkrieche mich auf der Toilette, wo ich weine oder wütend gegen die Wände trete.

»Ich will nicht mehr zur Schule. Bitte, bitte mach, dass ich nicht mehr zur Schule gehen muss«, flehe ich Ätti an. Die Wochenenden mit ihm sind der einzige Lichtblick in meinem Leben.

»Lisa, Kleines«, sagt er sanft und nimmt mich in den Arm. »Die Schule ist wichtig. Was gefällt dir nicht an der Schule?«

Beschämt erzähle ich ihm, dass alle mich hänseln.

»Warum nennen sie dich Hosenscheißer?«, will er verblüfft wissen. Ich senke den Kopf – das kann ich ihm nicht sagen, so sehr schäme ich mich.

Unter der Woche nässe ich nachts oft ein. Der Geruch setzt sich in meiner Haut fest. Morgens ist nur kurz Zeit zum Waschen, deshalb rieche ich wohl nach Urin. Freitags ist mein Badetag, und am Wochenende, wenn Ätti da ist, passiert mir fast nie ein Malheur. Er weiß nicht, dass ich einnässe, und er soll es auch nicht erfahren, also zucke ich nur mit den Schultern.

»Nasenfahrrad«, Ätti lächelt. »Da musst du drüber stehen. Du weißt, durch die Brille kannst du viel besser sehen.«

Ich nicke. Ich weiß, dass er recht hat, aber ich hasse die Brille trotzdem. Und noch mehr hasse ich es, immerzu gehänselt zu werden.

Es gibt nur einen Lichtblick – die Sommerferien. Schon einige Wochen vorher erfahre ich, dass alle Kinder vom Niesenblick in den Sommerferien wegfahren. Einige wenige dürfen zu ihren Eltern oder zu Verwandten, die anderen werden verteilt. Ich male mir tolle Ferien aus. Spielen und schwimmen werde ich, vielleicht gibt es auch andere Kinder, Kinder, die nett sind und mit denen ich mich anfreunden kann? In der Schule finde ich keinen Anschluss, niemand will etwas mit mir zu tun haben.

Die zwanzig Minuten Schulweg, die ich jeden Tag zu gehen habe, ziehen sich hin wie verbrannter Sirup – lang, zäh und bitter. Der Rückweg scheint schneller zu gehen, auch wenn ich weiß, dass zu Hause nur Arbeit und weitere Strafen auf mich warten. Aber dort habe ich meinen Platz, in der Schule nicht.

Endlich sind Sommerferien. Wir packen alle unsere Sachen, das große Haus wird geputzt und dann verschlossen. Ich werde mit einigen anderen Kindern in die Bahn gesetzt. Erst in ein paar Wochen sollen wir nach Thun zurückkommen. Erleichtert lasse ich mich in den Sitz sinken. Diesmal habe ich eine gültige Fahrkarte, Anna hat sie besorgt. Ich fahre ins Emmental, dort steige ich in das Postauto. Die Bäuerin vom Bruchmatthof, bei deren Familie ich die nächsten Wochen verbringen werde, holt mich vom Postauto ab. Sie und ihr Mann sind etwa um die sechzig Jahre alt. Sie haben eine erwachsene Tochter und einen erwachsenen Sohn, die in der Nähe wohnen. Gleich von Anfang an wird mir klargemacht, dass ich zu gehorchen habe.

Und wieder zerplatzt eine Seifenblase der Hoffnung. Nein, es wird keine Sommerferien geben, ich bin hier, um zu arbeiten. Es gibt keine anderen Kinder, nur zwei Knechte, die unter der Woche kommen. Am Sonntag sind sie nicht da.

Erst bin ich sehr enttäuscht, ich hätte so gerne mit anderen gespielt, aber dann füge ich mich. Es ist immerhin keiner da, der mich hänselt, der hinter meinem Rücken lacht oder der mir Streiche spielt – so wie in der Schule, oder auf dem Hof in Thun.

Dennoch ist die Atmosphäre angespannt. Das Bauernpaar geizt nicht mit Beschimpfungen. Auch hier werde ich als dumm, faul und ungesittet beschimpft. Auch hier wird meine Mutter herangezogen – die Hure, die mich in die Welt gesetzt hat. Ich weiß, dass »Hure« ein Schimpfwort ist, aber was es wirklich bedeutet, weiß ich mit meinen sechseinhalb Jahren nicht.

Worte können mehr verletzen als Schläge. Worte treffen die Seele, Schläge machen nur blaue Flecken, die wieder verblassen. Aber die Seele vernarbt bei jeder weiteren Beschimpfung, und manche Wunden heilen nie.

»Du bist wie deine Mutter!« Seit Jahren höre ich das immer wieder. Wie kann ich wie jemand sein, den ich nicht kenne, an den ich mich nicht erinnere, der sich nie um mich gekümmert hat? Wie kann ich wie meine Mutter sein, wenn ich noch nicht einmal weiß, wer und wie sie ist?

Ich nehme die Beschimpfungen hin, denn ich habe Angst vor dem Bauern und seiner Frau. Hin und wieder kassiere ich eine Ohrfeige – aber es gibt keine Bestrafungen wie von Anna. Dennoch habe ich Angst vor ihnen, ohne wirklich sagen zu können, weshalb.

Es gibt auch schöne Momente, wenn ich mich um die Kälbchen kümmern oder mit den Kätzchen spielen kann.

Meist aber helfe ich der Bäuerin in Haus und Hof, Arbeit, die mir vertraut ist. Manchmal muss ich auch mit auf die Felder zum Heuen. Wenn ich die Zeit finde, schleiche ich mich hinter das Haus zum Bach, bade dort meine Füße im kalten, erfrischenden Wasser und hänge meinen Gedanken nach.

Sechs Wochen bin ich nun hier im Emmental, und ich soll noch bleiben, höre ich sie sagen. Die Heuernte ist noch nicht beendet. Sonntags ist die Bäuerin oft bei ihrer Tochter zum Mittagessen. Der Bauer und ich kommen meistens zu Kaffee und Kuchen nach. Die Knechte haben an diesem Tag immer frei, und das Vieh erledigt der Bauer mit seinem Sohn – ich helfe.

Normalerweise badet das Bauernpaar am Sonntagmorgen – erst sie, dann er, und zum Schluss darf ich in das nun fast kalte Wasser steigen. Mich stört es nicht, dass das Wasser fast kalt und schon etwas dreckig ist – ich habe die Wanne für mich alleine und darf ausgelassen darin toben. Im Niesenblick ist das immer ganz anders. Dort wacht Anna über uns, und meist wird eine von uns in der Wanne bestraft – und allzu oft bin ich es. Hier darf ich aber spielen und mich in aller Ruhe waschen. Zwei Seifenstücke sind meine Schiffe, die ich um mich herumschwimmen lasse. Ich spiele Kapitän auf dem Thunersee, habe die Erzählungen von Ätti im Kopf.

An diesem Sonntag ist aber alles anders. Die Bäuerin ist schon früh zu ihrer Tochter gegangen, der Bauer lässt das Wasser in die Wanne ein, und ich darf als Erste baden. Wie wunderbar – ganz sauberes und heißes Wasser. Ich ziehe mich aus, gehe entzückt in die Wanne und spiele. Der Bauer sieht mir zu.

»Beil dich!«, sagt er, bevor er die Tür zuzieht. »Ich will auch noch warmes Wasser haben.«

Es ist herrlich. Ich plansche, wasche mich, lasse die Seifenstücke schwimmen und vergesse die Zeit.

»Bist du noch nicht fertig?« Drohend steht der Bauer plötzlich wieder im Bad, steckt seine große Hand, eine Pranke, in das Wasser. Er ist kräftig und muskulös, auch wenn er nicht groß ist. »Das Wasser ist ja fast kalt«, knurrt er wütend.

Zitternd entschuldige ich mich, springe aus der Wanne. Er sieht mich nachdenklich an, nimmt das Handtuch und rubbelt mich trocken. Dass ein Erwachsener im Bad ist und mich nackt sieht, ist für mich normal – Anna ist immer bei uns, wenn wir baden oder duschen. Aber ich mag nicht, wie er mich abtrocknet – es ist ruppig, hart, und ich bekomme Angst. Er ist sicherlich wütend, weil ich zu lange in der Wanne war. Schnell greife ich meine Sachen und das Handtuch, laufe nach oben in meine Kammer. Dort trockne ich mir die nassen Haare, als sich die Tür öffnet. Der Bauer Hans steht vor mir, nur mit seinem Arbeitshemd bekleidet. Er schaut mich an und ich ihn. Noch nie habe ich einen nackten Mann gesehen, und ich schaue verwundert auf sein aufgerichtetes, pulsierendes Geschlecht.

Er hat sich verletzt, denke ich naiv und erschrocken.

Der Bauer sagt nichts, packt mich nur und wirft mich auf

das Bett. Er will mich verhauen, denke ich entsetzt. Was habe ich getan? Ist er so wütend, weil das Wasser kalt geworden ist? Ich kann es nicht verstehen, bin wie gelähmt.

Plötzlich geht alles so schnell, dass ich gar nicht begreife, was passiert. Der Bauer wirft sich über mich auf das Bett, zieht sein Hemd hoch. Er liegt plötzlich auf mir, und ich reiche ihm nur vom Schritt bis zur Brust. Meine Beine zwängt er auseinander.

Er keucht. Sein Hemd, das mir ins Gesicht fällt, riecht nach frischem Heu.

Ich bekomme keine Luft, er ist so schwer. Ich versuche den Kopf zu drehen, es gelingt mir nicht. Wieder und wieder drückt er seinen Unterleib an meinen. Es tut weh, es brennt, es schmerzt unglaublich – schlimmer als Schläge. Was tut er da und warum?

Mein Bauch tut weh, er zerreißt ihn, da muss ein Messer sein, das er wieder und wieder in mich treibt. Was habe ich getan? Warum tut er das? Was macht er da? Meine Gedanken fliegen.

Auf seiner Brust sammeln sich Schweißtropfen, klatschen mir salzig und brennend in die weit aufgerissenen Augen. Sie vermischen sich mit dem Tabakgeruch seines Körpers, tropfen auf meine Lippen. Ich kann nicht weinen, nicht schreien, mich nicht bewegen, ich bin wie erstarrt.

Ich bringe keinen Laut über die Lippen, und auch er sagt keinen Ton, stöhnt nur einmal laut auf und wälzt sich dann von mir, steht auf und geht.

Endlich. Er geht.

Ich bleibe auf dem Bett liegen. Mein Bauch tut so unfassbar weh, ich kann mich nicht bewegen und begreife nicht, was passiert ist.

Ich will aufstehen, aber es geht nicht. Ich will mich vor Schmerzen krümmen, aber auch das kann ich nicht. Meine Beine spüre ich nicht mehr, ich habe furchtbare Bauchkrämpfe.

Was habe ich getan? Wieso ist er so wütend auf mich? Warum hat er nicht geflucht wie sonst, wenn er wütend ist?, frage ich mich.

Irgendwann ziehe ich meine Beine an, liege zitternd und schmerzgepeinigt im Bett. Die Zeit verrinnt. Schließlich schaffe ich es, mich unter Keuchen und Wimmern anzuziehen. Gekrümmt verlasse ich den Raum. Mir geht es so schlecht, alles tut so weh. Immer wieder muss ich in die Knie gehen, auf dem Boden kauern. Warum hat er das getan? Ich will wissen, was ich Schlimmes angestellt habe. Doch ich erfahre es nicht.

Die Bäuerin kommt zurück und sieht mich.

»Sie hat geklaut«, behauptet der Bauer. »Da habe ich sie bestraft. Sie hat Familienschmuck geklaut.«

Die Bäuerin funkelt mich an. »Hast wohl verdient, was du bekommen hast.«

Ich habe keinen Schmuck gestohlen. Doch keiner glaubt mir, keiner will es hören, es interessiert sie gar nicht.

Nun muss ich mich jedes Mal ausziehen, wenn die Bäuerin den Hof verlässt, und jedes Mal folgt dieselbe Prozedur. Jedes Mal heißt es, ich hätte etwas gestohlen, was anschließend, wie durch Zauberhand, in der Hosentasche des Bauers auftaucht.

Es ist die Hölle. Eine andere Hölle als der Niesenblick.

Kapitel 14

1972 bis 1976

Endlich darf ich meine Sachen packen. Die Bäuerin ist schweigsam, sie bringt mich aber zum Postauto.

»Bis zum nächsten Sommer«, sagt sie, als ich einsteige. Ich werde jede Sommerferien hier auf der Bruchmatte verbringen, das habe ich verstanden.

Nun aber fahre ich erst einmal zurück zum Niesenblick. Zwölf lange Wochen war ich nicht da, inzwischen ist es Ende September. Ich werde wieder zur Schule gehen müssen, etwas, was mich gar nicht froh macht.

In Thun holt mich Trudi ab, bringt mich nach Hause. Meinen Koffer soll ich gleich in die Waschküche bringen, es soll alles gewaschen werden, auch wenn es schon sauber ist.

Langsam gehe ich durch das Haus nach oben in mein Zimmer. Die anderen sind schon da, bis auf Priska. Sie soll erst übermorgen kommen, erfahre ich von Andrea. Die Atmosphäre ist seltsam, irgendwie angespannt. Wir alle haben uns über Wochen nicht gesehen. Wie werden wir miteinander umgehen?

Ich flüchte in den Stall, schaue nach den Ziegen, Gänsen, Hühnern und meinen geliebten Hasen.

Am nächsten Tag ruft mich Anna zu sich.

»Pack deinen Koffer«, sagt sie streng.

»Wieso?«

»Weil ich es sage.«

Wie immer bekomme ich keine Antwort. Ich fahre mit ihr

nach Bern. Dort komme ich in ein Kinderheim, so scheint es mir.

Anna verabschiedet sich von mir und geht. Ich sehe ihr staunend nach, ein wenig ängstlich. Was passiert jetzt? Was muss ich nun tun, welche Arbeiten sind hier für mich vorgesehen? Aber anders als erwartet finde ich mich im Himmel wieder statt in einer neuen Hölle.

Jeden Tag darf ich spielen, viele Ratespiele mache ich mit den Schwestern, die überall sind, sogar mitkommen, wenn ich zur Toilette gehe. Ihre Anwesenheit stört mich nicht, ich kenne es nicht anders. Nur sind die Schwestern viel milder, viel freundlicher als Anna oder der Bauer und seine Frau.

Bis Mitte November bin ich hier, und ich liebe es. Es ist wunderbar in diesem Heim. Ich bekomme Schulunterricht, der ganz anders ist als in der Klasse in Thun. Ich darf spielen, manchmal toben, und vor allem muss ich nicht arbeiten – nicht putzen, nicht melken, keine Ställe ausmisten, kein Gemüse schneiden. Manchmal kann ich es gar nicht fassen, wie gut es mir plötzlich geht.

Doch dann, Mitte November heißt es wieder Koffer packen, und ich muss mich verabschieden. Wohin geht es nun?, frage ich mich. Ich mag dieses Kinderheim. Dass es eine Psychiatrie ist, erfahre ich erst sehr viel später.

Anna holt mich ab, es geht zurück nach Thun, in den Niesenblick. Als ich sie im Flur sehe, ziehen sich meine Eingeweide zusammen, und ich habe das Gefühl, innerlich zu schrumpfen. Ich möchte viel lieber hierbleiben. Hier ist man nett zu mir, hier kann ich Kind sein. In Thun bin ich nur eine Arbeitskraft.

Anna lächelt grimmig. Sie muss nichts sagen, demütig nehme ich meinen Koffer und gehe mit ihr.

Jetzt war ich etliche Monate – seit dem Beginn der Sommerferien – nicht mehr im Niesenblick, bis auf den einen Tag im September.

Die Stimmung dort ist anders, und ich weiß erst nicht, warum das so ist. Doch dann stößt mich Priska an: »Hast du Bruno schon gesehen?«

Wer ist Bruno?, frage ich mich.

»Das ist ein toller Typ, wir alle mögen ihn.« Priska grinst.

»Das stimmt«, sagt auch Klara und verdreht verzückt die Augen. »Sogar Anna findet ihn toll.« Sie schaut mich an. »Er ist übrigens im Stall eingeteilt.«

Der Satz durchfährt mich wie ein Messer. Der Stall ist mein Rückzugsort, meine Heimat. Wenn ich nicht mehr im Stall arbeiten darf, dann will ich nicht mehr leben. Keinen Tag würde ich unter Annas Aufsicht im Haus überstehen. Schnell renne ich zu Trudi.

»Wo bin ich eingeteilt?«, frage ich sie atemlos.

»Na ja«, sagt sie langsam. »Immer noch im Stall. Wir schauen mal, wie das geht mit euch.«

Vor Erleichterung möchte ich ihr um den Hals fallen, aber das würde sie nicht wollen.

Am Nachmittag sehe ich Bruno das erste Mal. Ich war heute noch nicht in der Schule, soll erst morgen wieder gehen. Davor habe ich Angst. Aber noch mehr habe ich Furcht vor der Begegnung mit dem tollen Bruno. Ich stehe bei den Ziegen, kraule dem Bock den Hals, als Bruno in den Stall kommt. Eine Weile sehen wir uns an.

»Du bist also die kleine Lisa?«, sagt er und lächelt.

Ich nicke reserviert und stelle mich breitbeinig neben den Bock, so als wollte ich meine Position stärken.

Bruno grinst. »Sollen wir zusammen ausmisten?«

Ich nicke nur.

Von da an sind wir Freunde. Es ist seltsam: Bruno ist neun Jahre älter als ich, aber er ist mein Seelenverwandter.

Ich habe Glück – Anna lässt mich im Stall und bei den Tieren. Und bei Bruno. Bruno wird mein bester Freund, der engste Vertraute, den ich je haben werde, dabei erzählen wir uns nicht alles. Ich weiß nicht viel über ihn, und er gibt auch im Laufe der Jahre nicht alles preis.

Seine Mutter ist vor ein paar Jahren verstorben, und seinen Vater kennt er nicht – das erzählt er mir. Er erzählt mir auch, dass er vorher schon in einigen Kinderheimen war.

Er ist anders als wir, nicht nur wegen seines umwerfenden Charmes und seiner freundlichen Art. Er ist gebildet, hat vorher die Sekundarschule besucht. Jetzt muss er, wie wir alle anderen auch, zur normalen Schule gehen. Darüber macht er seinen Unmut laut. Überhaupt hält er sich mit Kritik nicht zurück.

Doch obwohl Anna oft seinem Charme erliegt, will sie ihn brechen – so wie uns alle. Am meisten ärgert sie, dass er nicht bei ihren Intrigen mitmacht, andere nicht verpetzt oder uns gegeneinander ausbootet. Er weigert sich, gemein zu sein.

Das traut sich fast niemand. Priska widerspricht Anna öfter mal, aber offen wie Bruno ist noch niemand gegen Anna vorgegangen.

Anna legt immer Wert darauf, dass einige große Jungs bei uns auf dem Hof sind. Sie müssen die harte und schwere Arbeit verrichten und uns Kleine unterstützen. Auf Bildung legt sie keinen Wert: Zeit, die man für das Lernen oder Hausaufgaben braucht, sollte man ihrer Meinung nach viel besser mit Hofarbeit verbringen. Auch Bruno muss das erfahren, seine Beschwerden stoßen bei ihr auf taube Ohren. Aber er wehrt sich weiter.

Als Anna das erste Mal mit der Weidenrute auf ihn losgeht, nimmt er ihr die Rute aus der Hand und zerknickt sie, wirft ihr die Rute vor die Füße. Das nächste Mal nimmt sie den Besenstiel und versucht, Bruno zu schlagen. Er nimmt Anna den Besenstiel ab und zerbricht ihn, als wäre er ein Baguette. Dann lässt er die kaputten Teile fallen und tritt vor Anna, so nahe, dass sich ihre Nasen fast berühren.

»Nie wieder langst du mich an«, sagt er ruhig, aber nachdrücklich. »Nie wieder. Ich warne dich!«

Anna zuckt zurück. Und tatsächlich versucht sie nicht mehr,

ihn zu schlagen. Bestraft wird er dennoch – das nächste Mal, als er nicht so handelt, wie sie es will, sperrt sie ihn im Gewölbekeller ein. Zwei Tage lang bekommt er weder etwas zu essen noch einen Schluck Wasser.

Wie lange hält man das aus, frage ich mich unruhig. Ich lungere im Haus herum, warte darauf, dass Anna Bruno wieder freilässt. Endlich ist es so weit. Wir alle drücken uns im Flur herum, sehen ihn von unten hochkommen – in sein Gesicht haben Hunger und Durst deutliche Zeichen geschrieben. Trudi steht in der Küche, sie hat für ihn Haferbrei mit Aprikosenkompott zubereitet, serviert es ihm sofort. Hastig schlingt Bruno den Brei herunter, trinkt ein Glas Wasser nach dem anderen.

Robert und ich setzen uns zu ihm in die Küche, sehen ihm zu.

»Bruno, wie ist das, zwei Tage ohne Essen?«, fragt Robert schüchtern.

»Halb so schlimm«, sagt Bruno und grinst matt. »Musst dich nur hinlegen und meditieren.«

»Was ist *meditieren*?«, will ich wissen.

»Ich zeig dir das später«, erwidert Bruno.

Tatsächlich versucht er, mir das Meditieren beizubringen. Er hat es von einer Nonne in einem der Kinderheime gelernt, in dem er war. Ich kann damit nichts anfangen, Stillsitzen ist nichts für mich. Immerzu muss ich mich bewegen, schaukele auf allen Stühlen, baumle mit meinen Beinen. Doch mich beeindruckt die Ruhe, die Bruno ausstrahlt.

Auch eine weitere Änderung gibt es in diesem Herbst – ich gehe wieder zur Schule, doch es ist eine andere als bisher. Am Morgen des ersten Tages, an dem ich wieder zur Schule gehe, legt mir Anna andere Kleidung hin. Keine gestrickten Sachen, sondern Kleider aus den Spendensendungen, modern und zeitgemäß. So falle ich zumindest optisch nicht mehr aus dem Rahmen.

Nervös gehe ich in die Klasse – wir sind nur zwölf Kinder,

und die junge Lehrerin ist sehr freundlich. Mein Interesse an der Schule wächst wieder. Alle haben ein wenig Schwierigkeiten mit dem Lehrstoff. Ich habe aber viel an Unterricht verpasst und kann auch in der kleinen Klasse nicht mithalten. Weder das Alphabet kann ich in Schrift und Aufzählung, noch verstehe ich die einfachen Rechenübungen. Ich mache zwar schnell große Fortschritte, aber mit der Klasse mithalten, das kann ich nicht.

Die anderen meiden mich – was an meinem Geruch liegen mag, denn ich nässe wieder ein. Aber sie hänseln mich nicht so wie die Kinder in der alten Schule.

Am Ende des Schuljahrs steht jedoch fest, dass ich die Klasse nicht geschafft habe und sie wiederholen muss. Für mich bricht abermals eine Welt zusammen, denn ich werde die geliebte Lehrerin verlieren. Doch die Fügung meint es gut – auch die nächste Lehrerin ist nett.

Dann kommen die Sommerferien. Wir alle packen unsere Sachen. Ich träume davon, dass Bruno mit mir ins Emmental kommt, aber der Traum erfüllt sich nicht. Wieder holt mich die Bäuerin vom Postauto ab, begrüßt mich.

»Da bist du ja endlich. Wir haben schon auf dich gewartet«, sagt sie kalt. »Deine Aufgaben warten auf dich.«

Was sie wirklich meint, wird mir klar, als der Bauer mir grinsend zuzwinkert. Bei der ersten Gelegenheit weist er mich an, mich auszuziehen und ihm gefällig zu sein. Es tut immer noch sehr weh, aber ich nehme es hin. Es ist eine Art von Bestrafung, die für mich keinen Sinn ergibt, aber die einfach so ist, wie sie ist.

Auch diesmal verpasse ich wieder sechs Wochen Schulunterricht, muss zwölf Wochen – bis zum Ende der Heuernte – auf dem Hof bleiben, dabei dauern die Sommerferien im Kanton Bern nur fünf Wochen. Vielen Kindern geht es so wie mir. Gerade auf den Bauernhöfen werden keine Maschinen eingesetzt, da sind wir kleinen Helfer sehr gefragt.

Diesmal jedoch sehne ich mich in den Niesenblick zurück, und das liegt an Bruno. Ich vermisse ihn schmerzlich.

An meiner Tätigkeit im Stall halte ich, auch wegen Bruno, eisern fest. Durch ihn habe ich eine andere Stellung unter den Kindern gewonnen. Alle lieben Bruno, und ich – als sein Schützling – habe Sonderrechte.

Er nimmt mich mit in den Wald, wenn wir unsere Aufgaben im Stall erledigt haben. Und zusammen gehen uns die Arbeiten viel schneller von der Hand. Im Wald zeigt er mir Tierspuren. Gerade wenn es geregnet hat, sind sie viel besser zu erkennen. Bruno lehrt mich, sie zu lesen. Er zeigt mir Pflanzen, die essbar sind, Kräuter, die hilfreich sind. Viele Kräuter bauen wir im Garten an – Lavendel, Oregano, Salbei und auch Thymian. Er heißt mich mit den Händen Staude um Staude zu streicheln und dann an meinen Fingern zu riechen. Nach jeder Staude muss ich mir die Hände waschen und dann erst die nächste berühren – so lerne ich, die Düfte zu erkennen. Die Duftstoffe, erklärt mir Bruno, halten Schädlinge fern – Salbei hilft gegen Raupen, Schnecken und auch gegen Kopfläuse. Lavendel hält Mücken fern, und Oregano wirkt entzündungshemmend und schmerzlindernd. Er erklärt mir viel, und ich sauge die Informationen auf. Er zeigt mir, wie man Feuer macht und im Wald schützende Hütten baut.

Manchmal sitzen wir auf der Mauer vom Schloss Schadau, das nur fünf Minuten Fußweg vom Hof entfernt liegt. Dort lassen wir die Beine baumeln und schauen auf die Berge – Eiger, Mönch und Jungfrau, die auch im Sommer schneebedeckt sind. Dann wettert Bruno über die Umweltverschmutzung, die uns eines Tages umbringen wird. Er redet über Menschenrechte und über Politik – viele Dinge verstehe ich nicht, aber ich lausche ihm gespannt und wünsche mir, dass ich so klug wäre wie er.

Im Frühjahr schickt Bruno mich mit einem Zettel zur Apotheke. Ich kann noch nicht lesen und gebe der Apothekerin das

Blatt Papier. Sie geht nach hinten und kommt kurz darauf mit einem weiteren Zettel zurück.

»Richte zu Hause aus, dass wir mehr Informationen zum Heilmittel ›Dubisdum‹ benötigen. Etwa die Herstellerfirma oder ob es aus dem Ausland kommt.« Sie grinst breit.

Ich mache mich auf den Heimweg, finde aber Bruno nirgendwo. Also gehe ich in die Küche zu Trudi, reiche ihr den Zettel und überbringe ihr die Botschaft.

Trudi lacht schallend, sie krümmt sich sogar vor Lachen – und ich verstehe die Welt nicht mehr.

»Heute ist der erste April«, erklärt sie mir schließlich japsend. »Bruno hat dir einen Aprilscherz gespielt. Aber den werde ich nun ergänzen.« Sie setzt sich an den Tisch und schreibt auch etwas auf das Blatt Papier und schickt mich damit zurück zur Apotheke. Dort gebe ich den Zettel wieder ab. Auch die Apothekerin lacht jetzt laut und schenkt mir ein paar Bonbons. Ich will aber endlich wissen, worum es geht und welchen Streich Bruno mir gespielt hat.

Die Apothekerin liest mir vor, was Trudi geschrieben hat: »Liebe Apothekerin, entschuldigen Sie den Kinderstreich unserer Pflegekinder. Das Medikament ›Du-bisT-dumM‹ wird im Niemandsland von Doktor Aprilscherz hergestellt.«

Von nun an schickt mich Bruno jedes Jahr in den April – er macht es immer sehr geschickt, und jedes Mal lachen wir herzlich darüber.

Mit Bruno verändert sich die Atmosphäre im Haus und unter uns Kindern. Plötzlich spielen wir miteinander, sobald die Pflegemutter das Haus verlassen hat. Spielsachen haben wir natürlich nicht, aber Bruno und zwei andere sind sehr kreativ, was das angeht. Wir sammeln runde Steine, die wir als Murmelersatz einsetzen, und versuchen, sie zur Hauswand rollen zu lassen, ohne diese zu berühren. Aus Astgabeln basteln wir Bumerangs – manche funktionieren sogar. Auch Steinschleudern bauen wir uns und benutzen die Gummis der Einweckgläser dazu. Wir üben, auf bestimmte Ziele zu schießen, und haben dabei jede Menge Spaß.

Im Winter veranstalten wir Schlittenrennen. Als Schlitten nehmen wir Plastiksäcke, an die wir Seile binden – ein Kind sitzt auf dem Sack, ein anderes zieht. Der Gewinner bekommt ein Kaugummi – für uns eine wunderbare Süßigkeit, die wir nur selten kosten können.

Manchmal sind es nur wenige Minuten, die wir haben, bevor wir wieder zur Arbeit zurückkehren, aber in diesen Minuten sind wir Kinder und keine Feinde. Das Spielen bereichert unseren Alltag und gibt uns Energie, alles andere zu ertragen.

Ein anderes Mal spielen wir Hochzeit. Rollenspiele liebt Bruno, und ihm fällt immer etwas Neues ein. Die Kostüme finden wir auf dem Dachboden. Die größeren Kinder statten uns kleinere mit den Requisiten aus, und wir spielen Theaterstücke wie »Rotkäppchen und der Wolf«, »Romeo und Julia«, »Hänsel und Gretel« oder auch »Heidi«.

Trudi findet Gefallen an unseren kleinen Stücken und Vorführungen, die Pflegemutter jedoch nicht. Wenn sie kommt, endet das Spiel sofort.

Als wir Hochzeit spielen, darf ich die Braut sein. Auf dem Dachboden hängt die Gardine des Speisesaals zum Trocknen. Sie erscheint mir perfekt, um als Schleier zu dienen. Ein passendes Stück schneide ich mir aus der Mitte heraus. Ein mit Rüschen und Volants besetztes Kleid schneide ich mir ebenfalls zurecht, denn es ist mir zu groß. Was für eine wunderschöne Braut ich bin – das finden alle.

Doch die Pflegemutter sieht das anders. Sie kocht vor Wut, als sie die zerschnittene Gardine sieht. Zur Strafe muss ich mich an die Nähmaschine setzen und alles wieder zusammennähen.

Anna bleibt neben mir stehen, und als die Nähmaschine in Fahrt gekommen ist, nimmt Anna meine linke Hand mit festem Griff und schiebt sie unter die Nadel. Mehrmals sticht die

Nadel in meine Hand, bis sie den Knochen trifft und schließlich abbricht.

Ich schreie vor Schmerzen. Endlich kommt Trudi gelaufen und hält Anna davon ab weiterzumachen. Niemand sonst ist mir zu Hilfe geeilt – die Angst, dass es ihnen ebenso ergehen könnte wie mir, sitzt allen im Nacken. Und Bruno sitzt wieder mal zur Strafe im Gewölbekeller.

Dennoch nutzen einige von uns jede Chance, um ein wenig Kind sein zu können, und folgen Brunos Ideen mit großer Begeisterung. Andere spielen nicht mit, sie verpetzen Bruno sogar an die Pflegemutter. Ihr Zorn auf ihn ist gewaltig, doch brechen kann sie ihn nicht.

Einmal im Monat kommt sonntags ein Mann und nimmt Bruno mit. Wer er ist und in welcher Beziehung er zu Bruno steht, weiß ich nicht. Aber ich lasse nicht locker und quetsche meinen Freund wieder und wieder aus. Schließlich erzählt er mir, dass er von dem Mann zum Grab seiner Mutter gefahren wird. Das verwundert mich. Was macht er dort auf dem Friedhof? Ich verstehe es nicht. Brunos Mutter ist an einer Krankheit gestorben, das weiß ich wohl.

Einmal darf ich mitkommen, und darüber freue ich mich sehr. Der Begleiter, der uns fährt, scheint recht vertraut mit Bruno zu sein. Ein wenig macht mich das eifersüchtig. Doch der Mann ist auch sehr rücksichtsvoll und wartet beim Auto, während ich Bruno über den Friedhof folge. Wir legen Blumen auf das Grab. Mein großer Freund, mein Seelenverwandter senkt den Kopf, Tränen fließen ihm über die Wangen. Fassungslos, aber auch verstohlen sehe ich ihn an und weiß nicht, wie ich damit umgehen soll. Er ist doch sonst immer so ruhig, meist heiter und gefasst. Regungslos stehe ich da, wage kaum zu atmen. Ich sehe mich um. Der Himmel ist leicht bewölkt, die Vögel zwitschern. Aus den Augenwinkeln sehe ich eine Frau, die Wasser in eine Gießkanne füllt. Es ist friedlich hier, eine feierliche Stille liegt über dem Ort. Und ich spüre sehr deutlich, dass ich nicht hierhergehöre. Unbehagen macht sich in mir breit. Was weiß ich denn schon von Trauer? Als ich Gland und die Freundinnen dort verlassen musste, da habe ich getrauert. Ich hatte sie verloren, aber sie leben ja noch. Als Adrian und ich getrennt wurden, hat es mir fast das Herz gebrochen – doch Adrian wird es heute hoffentlich besser gehen als damals. Einige der Pflegekinder durften wieder zu ihren Eltern zurück – auch das hat mich traurig und vielleicht ein wenig neidisch gemacht.

Mit dem Tod bin ich aber noch nicht konfrontiert worden. Es gibt sicher einen Unterschied zwischen Wegziehen und Sterben, aber ich habe noch nie darüber nachgedacht. Die Endgültigkeit des Todes ist für mich schwer zu begreifen.

Bruno kniet am Grab. Nun holt er etwas aus seiner Jackentasche. Meine Neugier ist geweckt, und vorsichtig, fast lautlos, trete ich einen Schritt vor, sodass ich nun neben ihm stehe und ihn beobachten kann.

Es ist ein Brief, den er aus der Tasche zieht. Er hebt den Herzstein, der auf dem Grab liegt, an und legt den Brief darunter. Dort liegen, das sehe ich ganz deutlich, schon andere Briefe – vergilbt und verwittert, durch Regen und Gießwasser aufgequollen.

Was mag in den Briefen stehen? Ich will es wissen, merke aber, dass jetzt nicht der richtige Zeitpunkt für Fragen ist.

Endlich steht Bruno auf, und wir gehen zurück zum Auto. Ich bin erleichtert, während sich Bruno die Tränen vom Gesicht wischt. Und endlich traue ich mich auch wieder zu reden. Ich plappere wie gewohnt vor mich hin, stelle Fragen, will wissen, was in den Briefen steht und ob sie alle von ihm sind. Bruno lächelt nur, nickt ab und zu. Ich lasse natürlich nicht locker.

»Kleines«, sagt Bruno und lacht leise. »Die Briefe sind alle von mir. Ich schreibe meiner Mutter jeden Monat einen Brief, erzähle ihr von meinem Leben. Eigentlich ist es eine Art Tagebuch, verstehst du?«

Ich nicke, aber ich verstehe gar nichts – warum schreibt man einer Toten? Das macht doch keinen Sinn. Ich würde meiner Mutter nicht schreiben, obwohl sie wohl noch am Leben ist, denke ich.

Bruno verändert mein Leben. Nicht nur die Atmosphäre auf dem Hof verbessert sich durch ihn, er öffnet mir auch die Augen für viele Probleme dieser Welt. Sein größtes Interesse gilt der Umwelt – sie zu erhalten und zu verbessern. Er hat sich einer Gruppe Jugendlicher in Thun angeschlossen, die sich »Punks« nennen. Sie fallen durch ihre Kleidung und ihre Frisuren auf. Oft tragen sie Irokesenschnitte – die Haare mit Eiern und Zuckerwasser zu einer Art Hahnenkamm auf dem Scheitel drapiert und gefestigt. Nieten und Leder gehören zu ihrer Kleidung und natürlich die Musik, die sie hören.

Bruno nimmt mich mit zu den Treffen, die in einem alten, verlassenen Haus in Thun stattfinden. Ich mag seine Freunde, auch wenn ihr Anblick erst einmal ungewöhnlich ist. Doch es sind kluge Menschen, die sich mit Politik und Gesellschaft befassen und die Gewalt, so wie Bruno und ich sie im privaten Kinderheim Niesenblick erleben, ablehnen.

Bei den Treffen wird getrunken, und auch ich nippe mal an einem Bier. Bruno rastet fast aus und hält mir später einen langen Vortrag über Gifte und Abhängigkeit. Er möchte, dass ich offen bin für Gesellschaftskritik, und ich soll Umweltbewusstsein entwickeln. Aber Drogen soll ich nicht nehmen.

Überhaupt ermahnt er mich immer wieder, zur Schule zu gehen und zu lernen. »Nur Bildung bringt uns weiter«, sagt er mir. Ich liebe ihn – als Bruder, als Mensch, als Seelenverwandten. Und natürlich bin ich in ihn auch verliebt, aber das bemerkt er gar nicht.

Im Sommer 1976 verändert sich mein ganzes Leben. Ganz stolz kommt der Mann, der den nun zwanzigjährigen Bruno immer zum Friedhof fährt, zu uns ins Kinderheim. Endlich hat er eine Bleibe für Bruno gefunden – ein kleines, möbliertes Apartment in der Innenstadt von Thun.

Was? Bruno zieht aus? Ich kann es nicht glauben. Meine Welt bricht zusammen. Wie soll es ohne Bruno weitergehen? Ich komme doch nur zurück, überstehe das Leben hier nur, weil es Bruno gibt.

Aber er freut sich, und ich freue mich natürlich mit ihm, für ihn.

»Kleines«, sagt er sanft und streicht mir über die Wange. »Das ist doch kein Abschied für immer. Im Gegenteil. Jetzt kannst du zu mir kommen, mich besuchen, und wir können in meiner Wohnung Zeit miteinander verbringen, ohne Angst vor Anna zu haben.« Er lächelt, und ich blinzele die Tränen weg, lächele auch. So gesehen hat er natürlich recht.

Er gibt mir einen Schlüssel für sein Apartment und somit die Freiheit, dem Trott zu entfliehen. Den Schlüssel verstecke ich gut, damit Anna ihn nicht finden und mir wegnehmen kann.

Fliehen ist ein großes Thema. Schon mit sechs Jahren bin ich das erste Mal vor Annas Gewalt weggelaufen, habe versucht, mit der Bahn nach Gland zu kommen. Als ich noch klein war, war Gland für mich der Gral, die Zuflucht schlechthin, der Ort der Hoffnung. Ich habe es nie dorthin geschafft. Später bin ich einfach weggelaufen, um frei zu sein.

Das Kinderheim war für mich nie eine Heimstatt – es war der Ort des Grauens, dem ich entfliehen wollte. Unzählige Male bestieg ich die Bahn. Vorher hatte ich gespart – mal kamen zehn, mal zwanzig Franken zusammen. Meistens scheiterte ich schon am Bahnschalter, wo mir die Billettverkäuferinnen eine Fahrt ohne Begleitung nicht verkauften. Manchmal bestieg ich dann den Zug ohne Fahrschein – so lange, bis mich der Kontrolleur dem Bahnpersonal am nächsten Halt übergab. Dort kam dann die Polizei und brachte mich zurück zu Anna und zu meiner persönlichen Hölle.

Manchmal gelang mir aber auch die Flucht, dann waren es mal zwei Tage, aber auch schon zwei Wochen, in denen ich meine Selbstbestimmung genoss. Irgendwann erwischte man mich dann doch, als ich aus Vorratskammern der Bauernhäuser Essen holte oder schlafend in einem Auto oder Zug lag. Oder man hielt mich fest und führte mich in den Niesenblick zurück, weil ich nach einer Arbeitsstelle in einer Fabrik gefragt hatte.

Natürlich versuchte ich immer wieder zu erklären, warum ich weglaufe, aber das interessierte niemanden. Ich zeigte blaue Flecke, Striemen und sogar eine frisch genähte Kopfwunde – alle wandten sich ab. Ich war und blieb ein Niemandskind.

Bei den Punks erlebe ich das erste Mal so etwas wie Heimat. Sie nehmen mich so, wie ich bin, bedingungslos. Ich fühle mich wohl und angenommen. Und das verändert mich. Nicht immer nehme ich alles, was Anna mit mir macht, klaglos hin.

Doch dann wird das Haus, in dem sich die Punks in Thun treffen, abgerissen. Von 1977 an trifft sich die Gruppe in Bern. Bruno fährt oft hin, aber ich habe kaum eine Chance, bei den Treffen dabei zu sein.

»Ich zahl dir die Fahrkarte«, schlägt Bruno vor. Er kann mir das Geld für das Billett geben, aber nicht die Zeit, die ich bräuchte: Stallarbeit, Schule, Hausarbeitsjobs bei anderen Familien – all das füllt meinen Tag. Ich kann hier und da Minuten und oder gar eine halbe Stunde abzwacken oder zu spät kommen –, aber bis nach Bern komme ich kaum. Manchmal aber nimmt Bruno mich an Sonntagen mit, und es ist wie der Himmel für mich.

Und dann kommt der schrecklichste Tag meines Lebens.

Schon seit einem Jahr hat Bruno seine kleine Wohnung in Thun. Er bemüht sich sehr, eine Arbeit zu finden, eine Ausbildungsstelle – aber er scheitert immer wieder. Angeblich habe er einen schlechten Lebenswandel, sei unzuverlässig, gar drogenabhängig.

Bruno hat einige Petitionen gegen Atomkraft und andere Dinge verfasst, hat sich mit der Bundesbehörde und der Polizei angelegt – und das scheint nun die Quittung zu sein. Mit Hängen und Würgen bekommt er einen Hilfsjob bei einem Gärtner. Aber dann endlich scheint das Glück Bruno hold zu sein – eine Festanstellung im öffentlichen Schwimmbad wird ihm versprochen. Bruno freut sich und kauft sich sogar neue Kleidung dafür.

Und endlich ist der Tag gekommen. Ich schwänze meine Arbeit, um mit ihm seinen ersten Arbeitstag zu feiern. Er ist noch nicht in seiner Wohnung, aber ich habe ja einen Schlüssel und lasse mich in den Sessel fallen. Im Moment teile ich mir mit Marcel die Stallarbeit. Er ist blöd, aber er übernimmt manchmal meine Arbeit, und im Gegenzug decke ich ihn und mache seine Sachen, wenn er sich mit seiner Freundin trifft, von der niemand wissen soll.

Spätestens um halb sieben muss ich allerdings im Niesenblick sein, dann kommt Anna nach Hause. Es ist schon nach vier Uhr, Bruno sollte schon lange hier sein. Wo bleibt er bloß? Mir rennt die Zeit davon. Ich öffne das große Fenster, das auf die Fußgängerpassage hinausgeht, und schaue nach unten. Von Bruno ist nichts zu sehen. Enttäuscht setze ich mich wieder und warte.

Endlich höre ich seine Schritte auf der Treppe, und dann steht er schon im Raum. Er sieht nicht so aus, wie ich erwartet habe, strahlt nicht über beide Backen, nein, er wirkt enttäuscht. Aber das hindert mich nicht – ich will wissen, wie sein erster Arbeitstag war, und bombardiere ihn mit Fragen. Doch er antwortet nicht, scheint durch mich hindurchzusehen.

Das macht mich wütend. »Bin ich Luft oder was?«, brülle ich und wedele mit meiner Hand vor seinem Gesicht. Er antwortet nicht, reagiert gar nicht. In seiner Hand ist eine Bierflasche, an der er nippt.

Bruno trinkt Bier? Seit wann? Und dann sehe ich die Plastiktüte, die er mitgebracht hat – weitere Bierflaschen. Was soll das? Mein rebellischer Geist regt sich, ich will eine Reaktion von Bruno, meinem besten Freund. Ich weiß, er hasst es, wenn ich trinke. Also nehme ich eine Flasche aus der Tüte, schlage den Kronkorken geschickt am Tischrand ab, setze die Flasche an und trinke. Aus den Augenwinkeln beobachte ich ihn, erwarte, dass er aufspringt, mir die Flasche wegnimmt und mit mir schimpft – aber Bruno rührt sich nicht. Enttäuscht stelle ich die Bierflasche ab.

»Was ist los?«, frage ich. »Was ist passiert? Nun red doch! Ich versteh gar nichts mehr.«

Bruno scheint wie in Trance, er nimmt ein Blatt Papier und einen Stift, beginnt zu schreiben. Ich will wissen, was er da schreibt, aber er sagt es mir nicht, egal, wie oft ich frage, und er lässt mich auch nicht draufschauen. Bevor ich irgendetwas lesen kann, hat er den Brief schon in ein Kuvert geschoben. Dann sieht er mich an.

»Nimm den Brief und bring ihn zur Zeitung, zum Thuner Tagesblatt«, sagt er.

Ich nehme den Briefumschlag, drücke ihn an mich.

»Und jetzt lass mich allein«, sagt Bruno mit schroffer Stimme. So habe ich ihn noch nie sprechen hören. »Geh!« Er zeigt zur Tür. Es ist wie eine Ohrfeige.

Ich nehme den Briefumschlag, gehe zur Tür, drehe mich noch einmal um. Bruno steht am Fenster, das ich geöffnet habe, und starrt nach unten. Mit beiden Händen hält er sich an der Fensteröffnung fest.

»Gute Besserung, Idiot!«, sage ich wütend. Warum spricht er nicht mit mir? Was ist bloß los mit ihm?

Er dreht sich nicht um, starrt immer noch nach unten. »Einem Sterbensmüden wünscht man keine gute Besserung«, murmelt er. »Das ist lächerlich.« Seine Stimme klingt traurig, melancholisch. So kenne ich ihn nicht. Was meint er überhaupt? Er ist doch gesund, oder?

Ich schaue auf die große Wanduhr, die Bruno selbst gebaut hat – verflixt, es ist schon nach halb sieben. Wenn ich mich nicht beeile, komme ich nicht mehr in das Haus hinein. Anna verschließt um acht Uhr sämtliche Türen. Auch die Fensterläden hat sie mit Schlössern versehen. Wer zu spät kommt, muss im Stall schlafen, und ihn erwartet am nächsten Tag eine harte Strafe.

Ich renne in das Treppenhaus, schlage die Tür hinter mir zu, denke nur an mich und nicht mehr an Bruno. Doch schon auf dem Weg nach unten – ich überspringe immer zwei Stufen – höre ich draußen Schreie. Was ist passiert? Ich renne nach draußen, stopfe Brunos Brief in die Tasche. Das wird wieder ein Pamphlet gegen die Umweltverschmutzung sein, denke ich.

»Ruft einen Krankenwagen«, höre ich jemand schreien.

»Der ist tot. Ruft lieber den Leichenwagen.«

Ich laufe vor das Haus, dränge mich durch die Menschenmenge. Einige von ihnen schauen nach oben.

»Dort oben steht ein Fenster offen. Von dort muss er gefallen sein!«

Kalte Hände streichen über meinen Rücken, und eine ungute Ahnung überfällt mich. Das kann nicht sein! Ich schiebe mich weiter durch die Menge.

»Kleines, geh nach Hause, das ist nichts für dich«, sagt jemand.

Doch ich dränge mich weiter und weiter.

»Bruno! Bruno! Bruno, steh auf!« Ich sinke auf dem Asphalt neben ihm nieder. Schreie. Wehre mich gegen die Hände, die mich wegziehen wollen.

Da liegt Bruno. Auf dem Bauch. Blut spritzt aus einer Wunde am Kopf, der seltsam seitlich verdreht liegt. Sein Armknochen stakt heraus, spitz, wie ein Ausrufezeichen.

Ich rüttele an Brunos Schulter. »Ich hab es doch nicht so gemeint! Du bist kein Idiot! Komm, steh auf. Bitte, steh auf!«

Wieder packt mich jemand. Ich schreie, ich schreie und

schreie und reiße mich los. Und dann laufe ich. Laufe einfach, ohne auf den Weg zu achten, die Tränen füllen meine Augen, und eine unbändige Wut wächst in meinem Bauch. Sie wächst wie ein warmer Hefeteig, wird größer und größer.

Kapitel 15

1977

Voller Entsetzen laufe ich davon. Ich laufe und laufe, Tränen rinnen über meine Wangen.

»Ich habe es nicht so gemeint. Du bist kein Idiot.« Das wiederhole ich wie ein Mantra wieder und wieder. Aber die Schuld, die ich empfinde, frisst sich durch meinen Bauch und schmerzt. Wenn ich das Fenster nicht geöffnet hätte … wenn ich das Fenster geschlossen hätte, bevor ich ging … wenn ich bei ihm geblieben wäre … es gibt unzählige Variationen von dem, was ich anders und besser hätte machen können. Doch ich kann es nicht mehr ändern, und der Druck der Schuld wird immer schwerer. Ich habe ihn umgebracht, ich bin schuld an seinem Tod. Ich hätte seinen Selbstmord verhindern können. Hätte, hätte, hätte …

Ziellos lauf ich durch die Straßen, Wut füllt mich an und Entsetzen. Ich bin unsagbar wütend auf diese Welt, dieses Leben. Warum muss ich leben? Warum ist Bruno gestorben? Warum das alles?

Was ich in die Finger bekomme, schmeiße ich um. Ich trete gegen Mülleimer und Aufsteller in der Fußgängerpassage, gegen Tische und Stühle.

Plötzlich stehen zwei Polizisten vor mir. Ich folge ihnen, ohne weitere Anstalten zu machen. Sie führen mich auf die nächste Polizeistation. Aber auch dort kann ich mich nicht beruhigen, weine, kreische, schreie und schlage immer wieder um mich. Nein, ich kann mich nicht damit abfinden, dass Bruno tot ist, dass ich mitschuldig an seinem Tod bin.

Die Polizei ruft einen Arzt, und auch Anna wird informiert.

Eigentlich sollte ich jetzt Angst vor Anna haben, aber für sie habe ich nur abgrundtiefen Hass übrig.

Weil ich keinen Moment stillhalte, hat der Arzt Probleme, mir die Beruhigungsspritze zu setzen. Und endlich kommt Ätti. Ätti – mein Anker, mein Fels in allen Brandungen. Doch ich fühle mich inzwischen wie im Nebel, nur wie durch Watte nehme ich seine Stimme wahr.

Ätti nimmt mich in die Arme. »Lisa, Kleines«, murmelt er, und dann schlafe ich endlich ein.

Als ich aufwache, ist es um mich herum dunkel. Tiefschwarz und finster. Ich schrecke zusammen. Wo bin ich? Was ist passiert? Nur langsam kommen die Gedanken zurück.

»Ätti?«, rufe ich, zaghaft zuerst, dann lauter. »Ätti! Ich bin wach!«

Ich horche, doch niemand antwortet, nichts ist zu hören – es ist, als ob ich in einer tiefen, dunklen Höhle stecke. Angst kriecht in mir hoch. Nichts sehen zu können ist schrecklich. Und ich weiß nicht, wo ich bin. Es ist so dunkel, so schrecklich dunkel. Ich taste – immerhin liege ich auf einem Bett, bin also nicht im Keller bei den Käfern und Spinnen.

Die Wand ist kalt und rau. Ich setze mich auf, rücke zum Rand des Betts, fühle an der Wand entlang. Langsam stehe ich auf, unsicher. Vielleicht ist da irgendwo eine Treppe oder eine Grube? Oder ein anderes Hindernis? Die Unsicherheit macht mich verrückt, dennoch taste ich mich langsam weiter fort, setze Fuß vor Fuß. Mein Atem geht so laut, dass selbst dieses Geräusch mir in der finsteren Stille Angst macht.

Ich bin schon in manchem Raum eingesperrt gewesen, aber außer nach meiner Augenoperation wusste ich immer ungefähr, wo ich war und wie es dort aussah. Jetzt ist es anders. Ich weiß überhaupt nicht, wo ich bin.

Einen Fuß setze ich vor den anderen, bleibe stehen, lausche – war da ein Geräusch?

»Hallo! Ich bin wach!«, rufe ich verzweifelt. »Ist da wer? Wo bin ich?«

Ich gehe einen Schritt nach vorne, verliere den Kontakt zur Wand, Panik breitet sich in mir aus. Langsam atmen, sage ich mir. Soll ich versuchen, den Weg zurück zum Bett zu finden? Oder soll ich weitertasten?

»Kommt schon!«, schreie ich wieder. »Ich bin wach!«

Ich strecke die Arme aus, gehe einen Schritt nach vorne, mein Herz hämmert. Meine Knie stoßen gegen etwas, ich stolpere und falle, schlage mir den Kopf an der Wand an. Vorsichtig taste ich nach oben – ich bin über das Bett gestolpert. Ich ziehe mich hoch, rolle mich zusammen. Die Verzweiflung in mir wächst.

»Was soll ich bloß tun?«, frage ich mich. »Wo bin ich? Warum haben sie mich eingesperrt? Was geschieht jetzt? Ich will hier raus!«

Nach einer Weile traue ich mich erneut, taste mich an der Wand entlang – diesmal aber in die andere Richtung. Langsam, Zentimeter für Zentimeter, gehe ich voran. Dann fühle ich einen Türrahmen unter meinen Fingerspitzen, das Türblatt und schließlich die Klinke. Ich presse mein Ohr an die Tür, lausche, aber nichts ist zu hören. Dann drücke ich die Klinke herunter – abgeschlossen.

Abgeschlossen? Die Gedanken rasen durch meinen Kopf – ich bin nicht in einem Krankenhaus, ich bin auch nicht mehr auf der Polizeistation – die lassen niemanden im Dunkeln sitzen. Ich muss im Niesenblick sein. Nur Anna würde mich einschließen. Aber dieses Zimmer kenne ich nicht. Wo mag es sein? Etwa im kleinen Haus? Dorthin kommt nie einer von uns, das kann also nicht sein. Ich will wieder zum Bett zurückkehren, als ich etwas an der Wand erspüre – es steht ein wenig vor. Was kann das sein? Ein Bild? Das fremde Ding macht mir Angst, wer weiß, was es ist und ob ich mir daran nicht wehtun kann. Doch dann siegt meine Neugierde, und ich taste erneut. Zu meiner großen Überraschung ist es ein Lichtschalter – und er funktioniert. Erst muss ich die Augen zusammenkneifen, doch dann schaue ich mich um. Noch nie war ich so froh wie jetzt, Licht zu haben.

Ich begutachte mein Gefängnis. Was mich so erschreckt hat, ist einfach nur ein Stuhl. Und obwohl es mir endlos vorgekommen ist, bis ich die Tür erreicht hatte, ist der Raum klein – nur circa zwei mal zwei Meter. Außer dem schlichten Bett und dem Stuhl gibt es keine Einrichtung. Und es gibt auch kein Fenster. Wo ist dieser Raum? Und warum bin ich hier eingesperrt? Ich lege mich auf das Bett und starre an die Decke.

Jetzt erst realisiere ich wieder, was heute geschehen ist. Bruno hat sich umgebracht. *Ich* habe Bruno umgebracht. Ich habe ihn mit meinen Worten noch ermuntert, statt seine Verzweiflung zu sehen. Ich trage die Schuld. Und auch diese Gesellschaft, die Bruno so sehr in die Hoffnungslosigkeit getrieben hat.

Die Wut in meinem Bauch zieht sich zusammen und dehnt sich dann wieder aus, erfüllt mich. Ich schreie auf, springe hoch und packe den Stuhl, zertrümmere ihn an der Wand. Die geballten Fäuste schlage ich gegen die Wand, die Tür. Wieder und wieder schlage ich auf den rauen Putz ein. Die Fingerknöchel beginnen zu bluten, doch ich spüre nichts. Dann endlich merke ich den Schmerz in den Händen – aber er ist nichts im Vergleich zu dem Schmerz, der durch mein Herz fährt. Und dieser Herz-Schmerz bringt mich schier um den Verstand.

»Ich habe Bruno umgebracht! Ich bin schuld!«

Irgendwann rolle ich mich weinend auf dem Bett zusammen und schlafe vor Erschöpfung ein.

Trudi weckt mich. Ich fühle mich krank – alles tut mir weh, mein Kopf ist schwer, die Augen geschwollen.

»Komm, Lisa«, flüstert Trudi. Sie schaut ängstlich über die Schulter, und mir wird klar, dass auch sie mich diesmal nicht wird schützen können. Und endlich realisiere ich auch, wo ich bin. Ganz hinten im großen Haus gibt es ein Reservezimmer, das früher wohl mal eine Abstellkammer war. Deshalb hat es auch kein Fenster. Hier kann man schreien, wie man will – niemand hört einen.

Dieses Zimmer nutzt Anna, um die Kinder einzusperren und zu bestrafen, die nur vorübergehend bei uns sind und irgendwann zu ihren Eltern zurückkehren werden. Andere sperrt sie in den Gewölbekeller zu den Kellerasseln und Spinnen oder in die Putzkammer.

Hier haben die Kinder wenigstens Licht – das haben wir anderen nie. Aber ich bin ja auch nur ein Niemandskind.

»Zieh dich an, Lisa«, drängt Trudi mich. »Geh schnell in den Stall und erledige deine Arbeit.«

Ich gehe in den Stall, versorge die Tiere. Als ich zum Frühstück in den Speisesaal komme, starren mich die anderen Kinder an. »Mörderin!«, scheinen ihre Blicke zu sagen. Ich ertrage die Blicke nicht.

»Lasst mich in Ruhe!«, brülle ich, springe auf und will zur Schule laufen.

Im Flur steht Anna. Höhnisch grinst sie mich an. Ich dränge mich an ihr vorbei, will nur weg von hier.

»Siehst du«, zischt meine Adoptivmutter mir zu, »was du angerichtet hast? Leben könnte er noch! Dein Vergehen wird ein Nachspiel haben, Fräulein.«

Ihre kalten, bösen Worte treffen mich wie Messer und bringen mich fast um den Verstand.

Ich weine und weine, den ganzen Schulweg lang. Anna wünsche ich den Tod, aber warum musste es gerade Bruno treffen? Den wunderbaren, klugen, den schönen und einfühlsamen, den lustigen und intelligenten Bruno? Meinen allerbesten Freund?

Ich komme zur Schule und schließe mich direkt in der Toilette ein. Ich mag und kann keine anderen Menschen sehen. Mein Herz hat einen großen Riss, und nach und nach splittert immer mehr ab. Ich heule und schluchze, schlage gegen die Wände, stampfe auf den Boden. Ich möchte etwas kaputt machen, zerbreche aber nur selbst.

Irgendwer hat mich gehört, und Ätti wird angerufen. Er kommt, um mich abzuholen, und bleibt dann bei mir. Aber diesmal ist er mir kein Trost, und ich will ihn nicht bei mir haben.

»Selbstmörder werden nicht beerdigt«, sagt Anna voller Verachtung zu mir. Sie hat kein Erbarmen und kein Mitgefühl. Und jetzt gibt es keinen Bruno mehr, der mich beschützen oder bei dem ich mich ausheulen könnte. Er fehlt mir, er fehlt mir so sehr!

Wenigstens gibt es noch seine Punkfreunde in Bern, und ich reiße immer wieder aus, um bei ihnen zu sein. Bei ihnen finde ich zumindest ein bisschen Trost. Immer wieder bringt mich die Polizei zurück, aber bei der nächsten Gelegenheit laufe ich wieder davon.

Wir schnitzen für Bruno ein Holzkreuz mit der Aufschrift: »Spar dir deine Tränen, wo warst du, als ich noch lebte?«

Das Kreuz stellen wir auf das Grab seiner Mutter, doch der Friedhofsgärtner entfernt es schnell wieder. Bruno wurde nicht bei ihr bestattet.

Diesen Grabspruch hatte sich Bruno gewünscht. Das und vieles mehr stand in dem Brief, den ich zum Thuner Tagblatt hätte bringen sollen.

Meine Freunde, die Punks, übergeben den Brief der Berner Kantonspolizei und verklagen etliche Erzieher; auch Anna wird angezeigt. Außerdem noch Polizisten, Beamte, Vormünder. Bruno hat in dem Brief auf all die Missstände aufmerksam machen wollen. Er hat alles getan, um sich im gesellschaftlichen Leben zu integrieren – die Gesellschaft hat es nicht zugelassen. Der feste Job beim Schwimmbad wurde ihm am ersten Tag wieder gekündigt, angeblich weil er unzuverlässig sei. Bruno hat nie eine Chance bekommen.

Das alles ist mir bewusst, auch wenn ich es als Elfjährige noch nicht so wirklich verstehe. Ich ziehe mich immer mehr in mich selbst zurück, werde still und verschlossen.

Es gibt Menschen, die erkennen, wie schlecht es mir geht, und die versuchen, mir zu helfen. Aber sie verstehen mich nicht wirklich. Die Bäckersfrau, die immer schon freundlich zu mir war, ist nun noch herzlicher. Mein Lehrer versucht, mit mir zu reden und Rücksicht auf mich zu nehmen. Die Familie, bei der ich putze, ist auch viel netter zu mir. Sie alle wollen mir helfen, aber meine Gefühle können sie nicht erraten. Nur bei den Punks fühle ich mich verstanden und gut aufgehoben.

Ich ziehe mit ihnen um die Häuser, bin bei Demonstrationen dabei. Wir hören laute, harte Musik, und manchmal trinken wir auch. Dennoch bin ich keine Randaliererin und auch keine Tyrannin – aber Anna nennt mich so. Und einen schlechten Ruf habe ich auch, weil ich mich mit den Punks treffe.

Ich beginne zu trinken. Wir Kinder brennen Schnaps auf dem Hof, um ihn zu verkaufen – davon trinke ich. Anna bemerkt das und droht mir mit dem Gefängnis.

»Ja, mach das«, schleudere ich ihr entgegen. »Lass mich ins Gefängnis sperren. Ich will hier sowieso weg. Im Gefängnis werde ich es tausendmal besser haben als hier!«

Die Punks hindern mich am Trinken und geben mir auch keine Zigaretten. Auch sie sind erschrocken über meine Verwandlung.

»Du bist zu jung, um zu trinken«, sagen sie zu mir. »Bruno hätte das nicht gewollt. Auch nicht, dass du rauchst.«

Es ist mir egal. Im privaten Kinderheim Niesenblick wird alles Obst, was nicht die Qualität hat, verkauft zu werden, zu Schnaps gebrannt – Zwetschgen, Kirschen und anderes. Der Alkohol wird in Mineralwasserflaschen gefüllt, mit schmucken Etiketten versehen und auf dem Markt verkauft. Ich komme leicht daran. Mein Alkoholkonsum wird natürlich bestraft – was ich mir wiederum schöntrinke.

»Das Leben ist sinnlos«, denke ich verzweifelt, »und niemand versteht mich, schon gar nicht Anna.«

Dann wird es Sommer, und wieder muss ich ins Emmental. Lustlos packe ich meine Sachen, überhaupt haben mich alle Freude und aller Lebensmut verlassen.

Bruno ist tot – irgendwann nach dem Aufwachen kommt der Gedanke und verlässt mich nicht mehr, bis ich zu Bett gehe. Ich fühle mich schuldig an seinem Tod und überlege immer wieder, ob es etwas geändert hätte, wenn ich das Fenster nicht aufgemacht oder wenigstens wieder geschlossen hätte. Eine Antwort darauf gibt es nicht.

Ich weiß von den vielen Gesprächen mit meinen Freunden in Bern, dass Bruno verzweifelt war, unglücklich, ohne Hoffnung. Wahrscheinlich hat er sowieso mit dem Gedanken gespielt, sich umzubringen. Vielleicht hätte er es an dem Abend aber nicht getan, wenn ich nicht das Fenster geöffnet und offengelassen hätte. Meine Gedanken jagen sich im Kreis, und eine Antwort auf die Fragen finde ich nicht. Schuld empfinde ich trotzdem, und sie gräbt sich immer tiefer in mich ein, selbst bis in meine Träume verfolgt sie mich.

In Emmental holt mich die Bäuerin wie immer vom Postauto ab. Sie scheint sich zu freuen, dass ich da bin, und ich ahne auch schon, weshalb. Ich nehme ihr einiges an Arbeit ab und auch den Bauern.

Wieder lasse ich seine ekligen Berührungen über mich ergehen, seine schwitzige Haut an meiner Haut, seinen dicken Bauch zwischen meinen dünnen Beinen. Ich ertrage seinen heißen, schwülstigen, schlecht riechenden Atem an meinem Hals, seine wurstigen Finger, die mich betatschen. Ich kneife die Augen zu und lasse es über mich ergehen.

Doch irgendwann kann ich nicht mehr. Ich will nicht. Der Bauer sieht mich mit zusammengekniffenen Augen an. »Willst du etwa wieder ins Bienenhaus?«

Schon im ersten Sommer hatte er mich bestraft, indem er mich nackt in das Bienenhaus schob. Ich hatte Angst, wusste nicht, wo ich war und was dort war, ich schlug um mich, schrie – und die Bienen stachen zu. Mein Körper reagierte allergisch auf das Gift, und ich musste behandelt werden. Natürlich sagte die Bäuerin, dass ich aus Versehen in das Bienenhaus gegangen wäre …

Seitdem habe ich eine Bienen- und Wespenphobie und der Bauer ein unschlagbares Erpressungsmittel.

Ich füge mich, denn ins Bienenhaus will ich auf gar keinen Fall. Als er fertig ist, wälzt er sich von mir herunter, zieht sich an und geht. Auch ich nehme meine Sachen, bin wie in Trance.

Ich will nicht mehr. Ich will nicht mehr sein. Ich will nicht, dass er das mit mir macht.

Als kleines Kind habe ich immer versucht, nach Gland zu kommen, bin wieder und wieder weggelaufen. Gland war mein Sehnsuchtsort. Inzwischen habe ich begriffen, dass ich dort nie wieder leben werde. Dort habe ich keine Heimat, keine Zukunft.

Nach Thun und in den Niesenblick zieht mich auch nichts mehr zurück, jetzt, wo Bruno tot ist. Er war der einzige Lichtblick, mein Anker dort.

Ja, es gibt noch Ätti, aber auch Ätti scheint meine Seelenpein nicht zu verstehen.

Ich könnte versuchen, nach Bern abzuhauen und bei den Punks unterzukommen. Das sind ja keine Verbrecher, es sind junge Leute, die für ihre Gesinnung und für eine bessere Welt eintreten – auf ihre Art und Weise. Das Aussehen ist manifestierter Protest. Doch mich minderjähriges Kind würden sie nicht länger als ein paar Tage beherbergen, strafbar machen wollen sie sich nicht.

Ich taumele vom Hof weg ins Dorf, setze einen Fuß vor den nächsten, ohne zu wissen, wo ich hinsoll. Es ist mir alles egal, ich bin einfach nur verzweifelt.

Obwohl ich nun seit fünf Jahren jeden Sommer fast drei Monate hier bin, war ich wenig im Dorf. Mein Aufenthalt hat sich auf den Hof und die Felder beschränkt. Ich kenne keinen, und mich kennt niemand. Hier kann ich keine Hilfe erwarten.

»Kind?«, spricht mich plötzlich eine Frau an. Sie klingt besorgt. »Du bist nicht von hier, oder?« Sie mustert mich nachdenklich, fast schon prüfend. »Woher kommst du denn?«

Ich nenne den Namen des Hofes.

»Soso. Dann bist du das Verdingkind?«

Ich nicke, schaue zu Boden. Gleich wird sie mich zurückschicken. Oder sogar zurückbringen. Dann wird es Ärger geben.

»Hast du Hunger?«, fragt sie stattdessen freundlich. »Durst? Komm, ich richte dir was.«

Ich folge ihr. Meine Gefühle sind abgestumpft. Vielleicht wird sie mich wieder an die Bauersfamilie ausliefern. Oder sie wird Anna informieren. So oder so, ich habe nichts Gutes zu erwarten.

Sie gibt mir zu essen und zu trinken. Schaut mich immer wieder nachdenklich an.

»Sag«, fragt sie leise. »Geht es dir nicht gut? Hast du Schmerzen?«

Verwundert schüttele ich den Kopf.

»Du blutest, Kind.« Sie lächelt sanft. »Hast du dich verletzt? Oder ist das deine Mens?«

»Ich blute?«, frage ich verwundert, und mein Blick folgt ihrem. Tatsächlich, meine Hose ist voller Blutflecken. Wie peinlich. Ich frage nach dem Bad, will die Flecken auswaschen. Ich habe doch gar nicht geschlachtet oder mit Fleisch hantiert, wo kommt denn das Blut her?

Erst im Badezimmer, als ich auf der Toilette sitze, wird mir klar, dass *ich* blute. Das Blut fließt aus mir heraus. Es fließt da aus mir heraus, wo der Bauer seinen Schwanz einführt.

Nein, ich bin nicht aufgeklärt, und ich weiß nicht, was das alles bedeutet. Für mich ist das eine Art der Bestrafung für

Dinge, die ich nie getan habe. Ich nehme es hin, so wie ich alle Bestrafungen und Peinigungen von Anna hinnehme.

Die Polizei kommt. Sie stellen merkwürdige Fragen. Ich bin müde, unendlich müde, und ich weiß auch nicht, was sie von mir wollen. Schließlich nehmen sie mich mit. Zurück auf den Bauernhof muss ich nicht mehr.

Die Schulferien im Kanton Bern sind noch nicht beendet, und der Niesenblick ist kinderleer. Trotzdem bringen sie mich dorthin zurück.

Ich gehe in mein Zimmer. Das Haus ist so still wie niemals zuvor. Meine Sachen räume ich in den Schrank. Trudi kommt und kocht Essen, doch ich mag gar nichts, will nur meine Ruhe.

Ich soll, so erfahre ich von ihr, zum Arzt. Das ist mir auch recht – aber erst einmal möchte ich nur schlafen.

Am nächsten Morgen steht Anna vor mir. Sie sagt nicht viel, weist mich nur an, in das Badezimmer zu gehen und mich auszuziehen. Ich habe Schmerzen im Unterleib, blute immer noch. Darauf nimmt Anna keine Rücksicht. Als ich in der Dusche stehe, packt sie meine Haare, zieht mich herunter. In der anderen Hand hat sie eine Wurzelbürste, mit der sie mich schrubbt, als hätte ich mich im Schlamm gewälzt. Hart geht sie vor, reibt die Bürste über meine Beine und auch dazwischen. Es tut weh, ich schreie. Aber wir sind alleine, und niemand hört mich.

»Du bist genau wie deine Mutter«, sagt Anna kalt. »Ein Flittchen, eine Schande.«

Diesmal halte ich dagegen. »Das ist nicht wahr. Ich habe nichts getan. Es war Hans, der Bauer!«

Sie duscht mich ab, lässt mich dann gehen. Ich blute immer noch.

Auch am nächsten Tag haben die Blutungen nicht aufgehört. Krämpfe schütteln mich.

Anna kommt, befiehlt mir, mich ordentlich anzuziehen. Im Speisesaal sitzt ein Mann, den ich noch nie zuvor gesehen habe.

Er trägt einen Anzug, wirkt sehr gebildet und muss schon mindestens sechzig Jahre alt sein.

Seit ich aus dem Emmental zurückgekehrt bin, bereiten mir Gehen, Stehen und Sitzen Schmerzen. Außerdem juckt es unerträglich zwischen meinen Beinen. Ich kann das aber niemanden sagen. Außerdem habe ich blaue Flecke an den Oberschenkeln, Wunden im Vaginalbereich – vielleicht, weil ich mich diesmal gegen den Bauern zur Wehr gesetzt habe.

»Wir gehen gleich zum Arzt«, sagt Anna und sieht mich streng an. Auch der Mann mustert mich. Ich weiß gar nicht, was ich sagen soll.

Die beiden reden auf mich ein – ich soll beim Arzt gar nichts sagen, ich sei ja eine Schlampe, eine schlechte Frau, so wie meine Mutter. Sie würden das Reden übernehmen, ob mir das klar sei?, fragen sie, und ihre Stimmen klingen bedrohlich.

Ich nicke nur, weiß gar nicht, wo das alles hinführt. Ich habe Schmerzen, möchte nur, dass das aufhört.

Aber Anna und der Mann bringen mich zum Arzt in Thun. Er mustert mich nachdenklich, heißt mich dann, mich auszuziehen.

Ich muss mich vor dem Arzt, meiner Adoptivmutter und dem fremden Mann entkleiden, was mir unendlich peinlich ist. Alle drei sehen mich durchdringend an. Am liebsten wäre ich unsichtbar.

»Zieh auch die Unterhose aus«, verlangte der Arzt.

Oh nein, auch das noch! Ich muss mich auf den Untersuchungstisch legen, nackt, wie ein Baby, und muss seine Hände und die Blicke der anderen auf meinem Körper ertragen.

»Sie ist verdorben wie ihre Mutter«, sagt Anna. »Nichts als Ärger hat man mit ihr.«

Die Worte treffen mich und tun weh. Warum bin ich verdorben? Was habe ich getan?

Nun will der Doktor auch noch meine Vagina untersuchen, aber ich presse verängstigt die Beine zusammen.

»Jetzt ist es aber genug«, schnauzt er mich verärgert an. »Du hast dich schon hingehalten, da wirst du die Untersuchung auch noch ertragen.«

Anna nickt ihm zu. »Ich habe es schon früh kommen sehen. Sie ist ganz wie ihre Mutter, das Flittchen. Mit dem Fräulein werde ich noch viel zu tun haben, und dann hat sie sich auch noch mit diesen Punks eingelassen …«

Endlich darf ich mich wieder anziehen und muss draußen warten. Schweigend geht es irgendwann zurück zum Haus. Dort weist mich Anna an, einige Sachen zu packen.

Natürlich, denke ich, die Ferien sind noch nicht zu Ende, ich werde wieder irgendwo verdingt werden. Anna will mich nicht hier haben, und Ätti hat sich verändert, scheint oft krank zu sein. Das alles ist mir egal. Ich würde auch ins Gefängnis gehen, Hauptsache, ich komme hier weg.

Noch am selben Tag fahren wir nach Bern, wo mich Anna im Neuhaus, einer Psychiatrie, abliefert. Über dreizehn Wochen bleibe ich in der geschlossenen Abteilung. Mitarbeiten will ich nicht, und meist bin ich müde von den vielen Tabletten, aber ansonsten geht es mir dort gut. Mir wird eingetrichtert, dass ich eine Triebtäterin sei – was nicht stimmt. Und ich soll schuldig sein an allem, was passiert ist. Immer wieder sagt man es mir, und von da an mache ich einen großen Bogen um Jungen und gebe ihnen zu verstehen, dass sie sich von mir fernhalten sollen.

Aber was genau passiert ist, verstehe ich erst viel später.

Kapitel 16

1977 bis 1978

Ätti ist während meiner ganzen Zeit im Niesenblick sehr wichtig für mich. Er ist mein Anker, jemand, der für uns alle das Leben lebenswert macht. Die Wochenenden sind für uns alle eine Erholung. Und wir freuen uns immer auf Ätti. Er schafft es, aus uns Einzelkämpfern eine Gemeinschaft zu machen. Ätti ist gütig, hat Verständnis und hört uns zu. Doch wir beklagen uns bei ihm fast nie über Anna. Zum einen bekommt er unser hartes Leben in der Woche nicht mit, zum anderen möchten wir ihn einfach nicht mit in diesen Konflikt hineinziehen. Das klingt seltsam, aber für mich wäre es schlimm, wenn Ätti mir nicht glauben würde. Da er aber Anna liebt und ihr vertraut, wird er mir nicht glauben, fürchte ich. Deshalb erwähne ich die Dinge, die während der Woche passieren, erst gar nicht. Ätti muss, nein, Ätti *soll* das nicht wissen. Bruno hat es versucht, er hat Ätti von den Dingen erzählt, die Anna mit uns macht. Ätti hat nur ungläubig den Kopf geschüttelt – da hat sich Bruno von ihm zurückgezogen und ihm nichts mehr anvertraut. In diese Situation möchte ich nicht kommen.

Schon im Frühjahr 1977 ist Ätti manchmal krank. Er ist jetzt fünfundsechzig Jahre alt, und eigentlich soll er im Mai in Pension gehen. Das tut er aber nicht, er geht weiterhin arbeiten.

Als ich im November aus Bern zurückkomme, ist Ätti plötzlich immer da. Das finde ich verwunderlich, aber ich mache mir mit meinen gerade mal zwölf Jahren natürlich noch keine Gedanken darüber. Plötzlich ist er auf jeden Fall morgens auch im Stall und hilft dort mit. Das ist schön. Ätti ist eine wichtige Stütze für mich. Nach dem Stalldienst geht er oft in die Küche zu Trudi. Trudi ist meine zweite Vertraute – aber sie freut sich über seine Anwesenheit viel weniger, sie ist genervt.

»Die Küche ist mein Reich«, gibt sie ihm zu verstehen.

Morgens ist Anna plötzlich meist unterwegs oder in ihrem Büro. Früher hat sie immer die kleinen Kinder beaufsichtigt, die ja das Haus putzen mussten. Nachmittags geht Ätti – aber wohin er geht, weiß keiner von uns. Eine wunderbare ruhige Zeit fängt an, denn nun wird niemand mehr tagelang in das Kellerverlies oder die Putzkammer eingesperrt. Die Schein-Ertränkungen (später erfahre ich, dass es sich dabei unter dem Namen »Waterboarding« um eine richtige Foltermethode handelt), Schläge und Beschimpfungen gibt es nur noch nachmittags, wenn Ätti ganz sicher weg ist.

Aber Ätti geht es nicht gut, und noch im Winter wird er ins Spital gebracht und dort operiert. Er hat Krebs, was wohl irgendwie mit seiner Arbeit zusammenhängt. Danach bekommt er eine Chemotherapie.

Es dauert eine Weile, bis ich ihn nach seiner Operation besuchen darf. Dabei sehne ich mich so sehr nach ihm und bin froh, als ich endlich in sein Zimmer darf. Ich schaue nach einem Verband oder einem Gips – aber da ist nichts zu sehen, und überhaupt wirkt Ätti fast so wie immer.

»Was fehlt dir denn?«, frage ich erstaunt.

Ätti war noch nie wehleidig; auf meine Frage hin lächelt er nur. »Das ist nichts. Nichts Wichtiges. Darüber müssen wir nicht reden. Ich brauche nur ein wenig Ruhe«, sagt er.

Wovon braucht er Ruhe?, frage ich mich verblüfft. Aber ich bin mir sicher, dass er nach den Ferien wieder der Alte sein und im Stall mit anpacken wird.

In den Ferien dürfen ein paar Kinder nach Hause – diejenigen, die ein Zuhause haben. Uns anderen blüht in der schulfreien Zeit eine andere Aufgabe: Das Haus muss geputzt werden. Innen und außen wird es auf Hochglanz poliert.

Der Garten wird für die nächste Saison vorbereitet, soweit das Wetter es zulässt. Reiser werden von den Beeten entfernt, der Boden wird geharkt und gehackt. Der Frost hat die Erde schon gelockert, jetzt müssen die Schollen nur noch zerteilt werden. Auch in den Herbstferien dürfen nur die Kinder gehen, die Familie haben – alle anderen müssen das Haus instand setzen. Im Garten wird zurückgeschnitten und Laub geharkt. In den Weihnachtsferien, wenn es draußen nicht viel zu tun gibt, renovieren wir drinnen, reparieren Möbel, flicken und nähen.

Zu tun gibt es immer etwas.

Nur im Sommer gehen wir alle – dann werden wir verdingt. Die Bauern bekommen Geld dafür, dass sie uns aufnehmen. Allerdings müssen sie Preise angeben, und diejenigen, die am wenigsten haben wollen, bekommen den Zuschlag. Es ist, als würde man uns versteigern. Und wir Verdingkinder müssen unseren Aufenthalt dann erarbeiten – in den Feldern, am Hof, in der Küche und manchmal auch im Bett.

Als 1978 die Frühjahrsferien anfangen, heißt mich Trudi meinen Koffer packen. Ich kann und will das nicht glauben. »Ich muss noch in den Stall«, sage ich, meine Knie schlottern.

Trudi schüttelt den Kopf. »Nein, den Stall macht heute Richard alleine. Du packst deine Sachen.«

»Muss ich ins Emmental?« Die Tränen schießen mir in die Augen. »Bitte, bitte nicht, ich will da nicht mehr hin.«

»Wo geht sie denn hin?«, fragen die anderen Kinder, die mitbekommen haben, dass ich wegmuss. Wir sind ja nur noch sieben, und die ganze Arbeit lastet schwer auf unseren Schultern. »Wer soll ihre Arbeit übernehmen?«

Die Stimmung kocht hoch, und Trudi hat einige Mühe, uns

alle wieder zu beruhigen. Als sie sich nicht mehr zu helfen weiß, ruft sie: »Ruhe jetzt, oder es gibt kein Frühstück!«

Das zieht; alle senken schweigend den Kopf. Nur ich will mich mit der Antwort nicht zufriedengeben.

»Der Dreckskerl wird mich nicht mehr anrühren«, schreie ich.

Plötzlich steht Ätti in der Tür des Speisezimmers. »Das wird er nicht, Lisa«, sagt Ätti leise. Dann winkt er mich zu sich. Ich will immer noch nicht gehen, aber ich schicke mich. Aber ich weiß, manche Momente kommen nie wieder, und wenn ich jetzt fahre, vielleicht kehre ich dann nie wieder zurück? Ich mag nicht alle Kinder; manche, so wie Richard, der mich immer hänselt und bloßstellt, hasse ich geradezu. Dennoch umarme ich jeden und verabschiede mich.

Ätti nimmt mich bei der Hand, in der anderen trägt er meinen Koffer, und wir gehen zum Bahnhof. Seltsam, denke ich, sonst hat mich immer jemand von der Fürsorge weggebracht.

»Ich geh aber nicht mehr ins Emmental zum Bauern Hans«, entfährt es mir trotzig.

Ätti ist nie sehr gesprächig, aber diesmal lächelt er. »Das musst du auch nicht, Lisa«, sagt er sanft. »Du kommst zu anderen Bergbauern. Wirst sehen, dort wird es dir gefallen. Ich kenne sie, sie sind nett.«

Ätti hat mich noch nie belogen, dennoch traue ich heute seinen Worten nicht. Nur widerwillig gehe ich mit ihm.

Wir steigen in einen anderen Zug ein, und das beruhigt mich etwas. Aber wer mögen die Leute sein, zu denen ich jetzt komme? Sicherlich sind es alte Bauern, die Hilfe auf dem Hof brauchen. Ich werde sie nicht mögen und sie mich auch nicht. Anders kenne ich es ja nicht.

Vorsichtig stelle ich einige Fragen, und zu meiner Überraschung antwortet Ätti diesmal.

»Wir fahren nach Saanen, ins Berner Oberland«, erklärt er mir. »Du wirst sie lieben und sie dich auch.«

Ich werfe ihm einen misstrauischen Blick zu – hat die Chemotherapie sein Gehirn angegriffen, oder weshalb sagt er so was? Mich hat noch nie jemand geliebt. Außer Bruno – aber das war etwas Besonderes. Die nächsten drei Wochen soll ich bei dieser Familie verbringen, und mein Bauch fühlt sich an, als wäre er mit dickem Schlamm gefüllt. Ich weiß wieder nicht, was auf mich zukommt.

»Jedes Jahr bringen wir die Ziegen auf die Alm«, sagt Ätti nun.

»Ich weiß«, antworte ich ungehalten. Schließlich kümmere ich mich seit Jahren um die Stalltiere.

»Nur vier Ziegen behalten wir, die anderen schicken wir den Sommer über in die Berge.«

»Ja, Ätti, das weiß ich alles.« Ich verdrehe die Augen.

»Und dorthin, wo wir unsere Ziegen hinschicken, zu der Bauernfamilie, gehst du jetzt auch.«

»Wirklich?«

Er nickt und lächelt wieder. Bevor ich noch weiter darüber nachdenken kann, sind wir am Zielbahnhof und steigen aus. Drei Jungen hüpfen aufgeregt am Zug entlang, nehmen mich in Empfang. Sie herzen mich, nehmen meinen Koffer und laufen aufgeregt damit los.

Eine Frau tritt zu mir. Ihr Gesicht, ihr Hals und das, was ich von ihren Händen und Armen sehen kann, sind übersät mit Sommersprossen. Lauter Sternbilder, will mir scheinen. Auf der Wange der große Bär, auf der anderen Kassiopeia. Dort ist das Sternzeichen der Zwillinge und auf den Händen der Skorpion. Bruno hat mir die Sternbilder gezeigt und erklärt.

Die Sternbilderfrau gibt mir rechts und links ein Küsschen – ich weiß gar nicht, wie mir geschieht. Und dann, als ob das alles noch nicht genug gewesen wäre, kommt auch noch ein gut aussehender Mann auf mich zu und küsst mich ebenfalls auf die Wange.

»Willkommen, Lisa«, sagt die Frau. »Ich bin Theres, und das ist mein Mann Peter. Urs, Anton und Fredy hast du ja schon gesehen.« Sie lacht leise und vergnügt. »Du wirst über Ostern bei uns bleiben, und wir freuen uns darüber.«

Ich starre sie an. Ihr Mann hat mich geküsst, vor ihren Augen, und sie sagt nichts dazu? Das kann ja heiter werden. Angst kriecht in mir hoch. Mit dem Ärmel wische ich mir angeekelt das Gesicht ab und suche hinter Ätti Schutz. Doch er begrüßt die Familie herzlich, und so, als sei nichts gewesen, gehen wir zum Auto und quetschen uns mit den drei Buben, die etwa in meinem Alter sind, auf die Rückbank. Wir fahren den Berg hoch, und ich bestaune die Landschaft. Wie schön es hier ist! Auch der Bauernhof scheint recht neu zu sein. Unter dem Giebel hängen große, alte Kuhglocken – wunderschön.

Theres führt uns in die Küche, die um einiges moderner ist als die in Thun, und ich stehe staunend vor dem Tisch, der mit einer weißen Tischdecke bedeckt und auch noch mit Kerzen und Blumen geschmückt ist. So bin ich noch nie empfangen worden. Auf der Eckbank liegt eine Katze und springt auf, als wir hereinkommen. Eine Katze im Haus? Das gäbe es in Thun nicht. Katzen haben Mäuse zu fangen. Ich setze mich neben Ätti, krieche fast hinter ihn, so ungewohnt ist alles hier. Von meinem Platz aus kann ich in das Wohnzimmer sehen; dort steht eine Eisenbahnanlage. Mir bleibt die Spucke weg – wofür ist die wohl, und warum steht die da?, denke ich nur, statt die Fragen, die mir gestellt werden, zu beantworten. Und wer staubt die ab? Na ja, wer wohl? Das werde ich sein.

Es gibt eine Suppe als Vorspeise, dann Rosenkohl, Bratkartoffeln, Fleisch und Soße. Und alles schmeckt vorzüglich. Als Nachtisch gibt es Torte.

Jetzt, denke ich und wundere mich darüber, wie frei die Jungs am Tischgespräch teilnehmen, jetzt werde ich in die Küche geschickt und soll abspülen und aufräumen. Die werden mich ja nicht ohne Grund hierhergeholt haben.

Doch nun sieht mich Urs an und grinst. »Kannst du Fußball spielen, Lisa?«

»Was?«

»Na, kannst du Fußball spielen?«, wiederholt er lachend die Frage.

»Nicht besonders gut«, antworte ich schüchtern.

»Egal. Mit dir sind wir zu viert und können zwei Mannschaften bilden. Komm!« Er nimmt meine Hand, zieht mich mit sich.

»Seid um vier zurück«, ermahnt Theres, die Bäuerin, uns lächelnd und schiebt mich zur Tür hinaus, als ich zögere.

Ich verstehe das alles nicht, gehe aber mit den Jungs mit. Vor dem Bauernhof spielen wir Fußball.

Warum, geht mir durch den Kopf, dürfen die Jungen am Tisch reden, wie ihnen der Schnabel gewachsen ist? Sie stellen Fragen, sie fordern Dinge, sie diskutieren mit den Erwachsenen – und nichts passiert. Das ist doch nicht normal! Sicher werden sie ihr Fett wegkriegen, wenn Ätti weg und es dunkel ist. Der Gedanke tröstet mich irgendwie, denn ich kann nicht begreifen, warum die Familie mit den drei Jungen so umgeht. So ist noch nie jemand mit mir verfahren. Wenn ich protestiert habe, wenn ich Widerworte gegeben habe, habe ich die Folgen immer schnell gespürt. Meist mit dem Teppichklopfer. Wenn es schlimmere Dinge waren, gab es die Quittung am Hygienetag.

Ja, ich habe Kinder erlebt, die von der Schule abgeholt wurden, ein Küsschen bekamen und die gefragt wurden: «Wie war dein Tag?« Mich hat nie jemand von der Schule abgeholt und mich gefragt, wie es war. Geküsst oder zärtlich in den Arm genommen hat mich Anna auch noch nie. Ich habe mir immer gedacht, dass die Kinder nur vor anderen so behandelt werden und es ihnen zu Hause so geht wie uns. Das ist die Realität – Schläge, Missachtung und Bestrafung. Allen Kindern geht es so, denke ich immer noch. Aber wie das Leben hier auf dem Hof läuft, stimmt nicht mit meinen Vorstellungen überein. Und das verwirrt mich.

Vor dem Bauernhaus ist eine Wiese. Nach etwa zwanzig Metern fällt sie ab zum Bach, der »Kleine Simme« heißt – das erzählt mir Urs.

Ich bin mit Anton in einer Mannschaft, Urs und Fredy bilden die andere. Und ich will so gut spielen, wie ich kann. Auch wir Kinder im Niesenblick haben immer mal wieder Fußball gespielt – mit einem selbst genähten Ball aus Kleiderresten oder einer gestopften Plastiktüte. Mit einem richtigen Ball habe ich noch nicht spielen können. Aber ich gebe mein Bestes. Mit aller Kraft trete ich gegen den Ball, und der hüpft kurz auf, springt dann davon und rollt den Hang hinab zum Bach. Entsetzt sehe ich ihm nach.

»Ich bin so ein Tollpatsch!« Meine Schultern sinken, und ich traue mich nicht, die Jungen anzusehen. Die Tränen versuche ich zu unterdrücken.

Urs lacht kurz auf. »Den holen wir morgen«, sagt er nur und verschwindet hinter dem Haus.

Mir schlottern die Beine. Holt er jetzt Peter, den Vater? Wie wird die Strafe für mich aussehen? Was kommt jetzt? Muss mich Ätti gar wieder mit nach Hause nehmen? Sosehr ich das Leben im Niesenblick hasse – dort weiß ich wenigstens, wie ich mich verhalten muss und was mir blüht. Hier weiß ich es nicht, und das macht mich furchtbar unsicher.

Doch statt Peter kommt Urs wieder hinter dem Haus hervor – er hält einen weiteren Ball in den Händen und grinst breit. »Kommt, wir spielen weiter.«

Dann ruft uns Theres ins Haus. Es gibt den Nachmittagsimbiss Zvieri. Meringue, Vanilleeis und frische Schlagsahne werden aufgetischt.

Urs erzählt, dass der Ball zum Bach gerollt ist. Er zeigt mich nicht als Schuldige an. Theres und Peter nehmen die Information so hin, sie werden nicht wütend, wollen keinen bestrafen und sind nicht böse. Ich fasse es nicht. Stattdessen kündigt Urs an, dass er am nächsten Morgen den Ball suchen gehen will.

»Ich frage meine Klassenkameraden«, stimmt Fredy ein. »Sie werden bestimmt bei der Suche helfen. Das wird ein Spaß.«

Peter und Theres nicken nur, stimmen ihnen zu. Ich werde aus dem Verhalten nicht schlau. Kommt das dicke Ende noch?

Dann muss Ätti aufbrechen. »Ich wünsche dir schöne Ferien«, sagt er zum Abschied und drückt mich an sich.

Mir fällt es schwer, ihn gehen zu lassen. Wer weiß, was jetzt kommt? Doch Theres hat die Hausarbeit schon erledigt. Das dreckige Geschirr räumt sie in eine Maschine, die es abwäscht. Das ist genial; ich frage mich, warum wir so etwas im Niesenblick nicht haben.

Die Jungen ziehen sich Overalls an und gehen mit ihrem Vater in den Stall. Ich bleibe mit Theres zurück.

»Komm, ich zeige dir das Haus«, sagt sie sanft.

Es ist ein warmes, heimeliges Chalet, und ich fühle mich mit jeder Minute wohler hier, aber eine Unsicherheit bleibt.

»Schau«, sagt Theres und öffnet eine Tür. »Dies ist dein Zimmer.«

Im Türschloss steckt ein Schlüssel.

Ist es jetzt gut oder schlecht, dass ich ein eigenes Zimmer habe? Im Emmental hatte ich auch ein Zimmer für mich – das hat es dem Bauer einfacher gemacht, zu mir zu kommen und mich zu missbrauchen.

Und die Zimmer in Thun haben auch alle Schlüssel – jede Nacht werden die Zimmer von außen verschlossen. Wenn das hier auch so ist, bin ich eine Gefangene und dem Bauern Peter ausgeliefert.

Ich mag Theres, sie scheint nett zu sein, aber kann ich ihr vertrauen?

»Den Schlüssel«, frage ich vorsichtig, »kann ich ihn benutzen?«

Theres schaut mich an. »Dafür ist er da«, antwortet sie ernst, aber freundlich. »Du darfst dich in der Nacht einschließen, wenn du das möchtest. Keiner wird dich hier behelligen.«

Ich nicke, traue ihr aber noch nicht ganz. »Und was sind meine Aufgaben?«, frage ich leise.

»Ich fände es gut, wenn du mir beim Tischdecken helfen würdest. Dein Bett solltest du auch selbst machen. Und dein Zimmer sauber halten.«

Ich schaue sie fassungslos an. »Und was noch?«

»Es sind Ferien – spiel mit den Buben, sie freuen sich darauf.« Theres nickt mir zu, und wir gehen schweigend zusammen wieder nach unten.

Das kann nicht alles sein, denke ich. Nach und nach werden sicherlich andere Aufgaben dazukommen.

Doch das passiert nicht. Immer wieder frage ich, was ich tun soll, werde zum Spielen geschickt.

Es ist das Paradies und für mich zugleich die Hölle. Ich kenne so ein Leben nicht und vertraue ihm nicht. In mir brodelt es, und mit jedem Tag werde ich unzufriedener. Ich bin überfordert mit der Liebe und der Aufmerksamkeit, die Theres und Peter ihren Jungen und mir schenken. Sie leben mir ein ganz normales Familienleben vor, und ich bin ein Teil davon. Wenn es Probleme gibt, setzt man sich zusammen und diskutiert, sucht Lösungen. Immer und überall umarmt man sich, wer weggeht, bekommt ein Küsschen.

»Warum werden die Jungen nie geschlagen?«, traue ich mich zu fragen, denn ich verstehe es wirklich nicht.

Peter sieht mich ernst an, dann erklärt er mir: »Nur Menschen, die mit sich selbst nicht zufrieden sind, schlagen Kinder.«

Ich verstehe es nicht, was meint er damit bloß? Alle Kinder werden geschlagen, denke ich. Es ist doch normal, Kinder zu bestrafen, es muss so sein – so kenne ich es mein ganzes Leben schon. Peter und Theres müssen es auch tun, alles andere ist falsch. So ist das im Leben: Man wird bestraft.

Ich werde immer unsicherer und unzufriedener, eine gewisse Raserei und Wut kommt hinzu. Eine Wut, die ich bald nicht mehr zügeln kann. Also nehme ich mir Fredy vor – da er jünger und schwächer ist als ich – und schlage auf ihn ein. Natürlich schreit er, und Theres eilt herbei, geht zwischen uns.

»Komm mit«, sagt sie zu mir.

Ohne Widerstand folge ich ihr, denn jetzt kommt, was kommen muss, was ich kenne und mir vertraut ist – denke ich zumindest.

Aber im Haus nimmt sie mich in die Arme. »Man schlägt doch niemanden«, sagt sie sanft, aber bestimmt. »Warum hast du das getan?«

Ich mache mich in ihren Armen steif, kann ihre Reaktion nicht einordnen. Ich ringe nach Worten, nach einer Erklärung, aber das Einzige, was ich herausbringe, ist: »Werde ich jetzt bestraft?«

»Nein«, sagt Theres nur.

Die beiden folgenden Wochen werden schwierig – für die Familie und für mich.

In meinem Inneren ist alles in Aufruhr. Es kann doch nicht sein, dass es solche Leute gibt! Alles, was ich bisher erlebt habe, stellen sie mit ihrem Verhalten in Frage. In mir tobt eine unheimliche Wut – warum gibt es solche Familien, und warum musste ich bisher so leben, wie ich gelebt habe? Auch der Hass auf meine Mutter kocht wieder hoch.

Warum kann sie nicht so sein wie Theres? Warum hat sie mich weggegeben, sich nie um mich gekümmert? Warum ist es ihr egal, wie es mir geht?

Theres und Peter bringen mir Liebenswürdigkeit, Zuneigung und Aufrichtigkeit entgegen. Das erfahre ich so zum ersten Mal in meinem Leben. Zuvor bin ich von Erwachsenen meist nur mit Hohn und Herabwürdigung bedacht worden.

Ja, in Gland waren sie auch nett zu mir, aber Liebe und Zuneigung habe ich noch nie so gespürt wie jetzt.

Ich schäme mich dafür, dass ich es nicht annehmen kann,

dass ich wild werde und unfreundlich bin, aber ich bin innerlich zutiefst zerrissen.

Am Ostersonntag mache ich wieder eine Szene. Theres seufzt. »Peter und ich haben gewusst, dass es nicht leicht werden würde mit dir«, gesteht sie mir. »Aber wir wollten uns dieser Herausforderung stellen.«

Ich muss schlucken. »Wieso habt ihr mich genommen?«, frage ich leise.

»Nun, dein Ziehvater, den kennen wir schon lange, der hat von dir erzählt …«

»Woher kennt ihr Ätti?«

Da lacht Theres. »Weißt du das nicht? Deine Ziegen sind jeden Sommer hier oben bei uns auf der Alm.«

Das hat Ätti mir erzählt, fällt mir nun ein. Meine Ziegen, die ich so heiß und innig liebe, sie sind im Sommer also hier – können hier frisches Gras und Kräuter fressen und werden, das weiß ich nun, liebevoll versorgt. Das, und auch das Geständnis von Theres, macht es mir noch viel schwerer, mit der Situation umzugehen.

Geduldig erklären mir die beiden wieder und wieder, wie ein normales Familienleben abläuft.

»Man streitet sich, ja, das kommt vor. Jemand baut Mist, auch das kommt vor. Und dann redet man darüber. Man klärt die Standpunkte, und wenn jemand sich den anderen gegenüber falsch verhalten hat, muss er sich entschuldigen.«

»Und was ist mit einsperren? Mit Schlägen?«, will ich wissen.

Sie schauen mich nur ungläubig an. »Das sollte es nicht mehr geben. Nirgendwo mehr auf der Welt und schon gar nicht in der Schweiz.«

Ich kann meine Fäuste nicht stillhalten – noch ein paar Mal verprügele ich den armen Fredy, der gar nichts dafür kann. Es ist die Wut, die in mir steckt und ein Ventil braucht. Vielleicht bin ich auch eifersüchtig, weil er liebende Eltern hat und ich nicht. Ich weiß es nicht.

Trotzdem nimmt Fredy mir mein Verhalten nicht übel. Seine Eltern reden mit ihm, so wie sie auch mit seinen Brüdern reden und mit mir. Sie erklären Fredy, dass ich nicht weiß, wie man gut miteinander umgeht. Dass ich es erst noch lernen muss.

Ich warte darauf, dass Fredy und seine Brüder es mir heimzahlen – irgendwann im Dunkeln, im Schuppen oder in einer Ecke –, dass sie *mich* verprügeln, aus Rache. So wie ich es vom Niesenblick kenne – Auge um Auge, Zahn um Zahn.

Doch Fredy, Anton und Urs gehen jeden Tag mit mir um wie immer.

Ostern steht vor der Tür, ich darf die Eier mit färben und bekomme einen riesigen Schokoladenosterhasen – das erste Mal in meinem Leben. Auch beim Eiertütschen im Dorf darf ich mitmachen und werde nicht schräg angesehen. Urs ist der Sieger von uns vieren, ich mache es ungeschickt, alle meine Eier gehen zu Bruch. Aber das macht nichts. Zum ersten Mal ist mir die Gemeinschaft wichtiger als ein Sieg.

Nach Ostern kommen Ätti, Daniel und Richard auf den Hof und bringen unsere Ziegen. Drei Wochen war ich nun hier, und jetzt muss ich Abschied nehmen.

Es waren harte drei Wochen für mich, auch wenn ich diesmal nicht bestraft, geschlagen, eingesperrt oder gar missbraucht worden bin. Ich wurde mit Zuneigung und Vertrauen überschüttet, habe selbst alles missbraucht und immer wieder meine Grenzen ausgetestet. Vielleicht war in meinem Unterbewusstsein die Frage: Wann ist es genug? Wann werden sie mich *doch* betrafen? Wann habe ich die Grenze erreicht? Wirklich bewusst ist mir das nicht, jetzt, da ich wieder gehen muss. Aber eine Scham ist da, dafür, dass ich mich so schlecht benommen habe. Doch ich kann nicht aus meiner Haut, die immer enger zu werden scheint und spannt.

Ich möchte nicht weg, ich möchte hierbleiben, hier in Liebe und Zuneigung, hier, wo mir Vertrauen entgegengebracht wird, wo man mir Verständnis zeigt, egal, was ich mache. Doch die Ferien sind vorbei, und ich muss zurück.

»Ich bleib einfach hier!«, sage ich und verschränke trotzig die Arme vor der Brust. »Ich kann auch hier zur Schule gehen!«

»Lisa, das geht doch nicht«, sagt Theres entsetzt. »Anna, deine Adoptivmutter, vermisst dich doch arg. Sie wird wollen, dass du heimkommst.«

Ich werfe Theres einen vernichtenden Blick zu. Anna vermisst mich sicherlich nicht. Was Anna mir antut, das habe ich niemandem erzählt, auch Theres nicht. Ich habe nur Andeutungen gemacht, und Theres hat sie wohl nicht verstanden.

Mich kränkt ihre Aussage trotzdem. Aber ich bringe es nicht über mich, die ganze Wahrheit zu erzählen – bisher hat das noch nie etwas Gutes gebracht, sondern immer nur noch mehr Bestrafungen. Es schüttelt mich.

Beim Abschied nimmt mich Theres in die Arme. Diesmal lasse ich mich hineinfallen, genieße die Weichheit ihres Körpers, den Geruch nach frisch gebackenem Brot und ihr selbst. Ich will bei ihr bleiben, hierbleiben, die Wärme und die Zuneigung weiter spüren und genießen.

»Wir sehen uns bald wieder«, verspricht sie.

Ich glaube es nicht, aber allein die Worte tun mir schon gut.

Wir steigen in den Zug und setzen uns, die Bahn fährt los, und wie ein Blitz durchfährt es mich: Von dem warmen Zuhause, das ich die letzten drei Wochen genossen und ständig sabotiert habe, muss ich nun zurück in die Kälte des Kinderheims von Anna.

Das will ich nicht!

Ich protestiere, will wieder aussteigen, aber die Bahn fährt schon, ich habe keine Chance. In Spiez weigere ich mich umzusteigen, will zurück. Stur bleibe ich auf meinem Platz sitzen.

Ätti seufzt, nimmt meinen Koffer, mit der andern Hand packt er mich, zieht mich mit sich. Er klemmt mich zwischen Arm und

Hüfte ein, zwingt mich so durch die Unterführung zum Gleis nach Thun. Ich schreie und protestiere, doch das beeindruckt ihn nicht, er geht einfach weiter, schleppt mich mit.

Und dann sind wir wieder in der Hölle. Das normale Leben, so wie ich es kenne, nimmt seinen Lauf. Ich gehe wieder zur Schule. Die Lehrer sehen wohl, dass es mir schlecht geht, doch machen können sie wenig.

Meine blauen Flecken, Wunden und Narben entschuldige ich mit meinem Sehfehler und meiner Tollpatschigkeit. »Ich bin die Treppe hinuntergefallen ...« Wie oft ich den Satz gesagt habe, weiß ich nicht mehr. Geglaubt hat es am Ende wohl keiner, aber es gab keine Handhabe.

Immer wieder gibt mir mein Lehrer Briefe an Anna mit, wenn ich nicht sitzen kann oder sich blaue Flecke und andere Verletzungen zeigen. Er ruft auch an, obwohl ich ihn bitte, es nicht zu tun.

Irgendwann begreift er, dass es mir nach jedem Brief oder Anruf noch schlechter geht, da mich Anna dafür bestraft.

Einmal werde ich nach einem Brief an Anna von ihr mit dem Teppichklopfer so versohlt, dass ich nicht mehr sitzen kann – schon gar nicht auf dem harten Stuhl in der Schule.

»Was ist passiert?«, fragt der Lehrer.

»Ich bin gestolpert und auf dem Po die Treppe heruntergerutscht«, antworte ich, ohne ihn anzusehen.

»Komm bitte mit ins Lehrerzimmer.« Dort macht eine Lehrerin Aufnahmen von meinem Rücken und Po. Es ist mir unglaublich peinlich, und noch schlimmer ist es, dass die Schule Anzeige erstattet.

Ich muss zur Polizei und eine Aussage machen, wiederhole meine Begründung mit der Treppe. Ich kann gar nicht anders, denn Anna sitzt mir gegenüber, durchbohrt mich mit ihren Blicken. Die Anzeige wird natürlich fallen gelassen. Ich werde bestraft, und all die Hoffnung, all die Zuversicht, die ich auf der Alm getankt habe, verschwinden wieder.

Bruno fehlt mir mehr denn je. Mein Anker sind die Wochenenden mit Ätti und die wenigen Stunden, die ich hin und wieder in Bern bei den Punks verbringen kann.

Der Graben, in dem ich stecke, wird immer tiefer. Die Osterferien waren schön, aber sie haben meinen inneren Konflikt nur noch geschürt.

Meine Lehrerin begreift, was vor sich geht, und »brummt« mir zwei weitere Stunden an zwei Tagen in der Woche auf. Jeden Montag und Donnertag muss ich von nun an länger in der Schule bleiben, um Stoff nachzuholen, sagt sie zu Anna. Tatsächlich aber habe ich diese zwei Stunden, um Luft zu holen, um sie nach meinem Gutdünken zu verbringen. Es sind zwei Stunden Freizeit, die ich auf dem Spielplatz, in der Stadt oder am See verbringe. Ich grüble viel, denke über die Familie von Theres und Peter nach, über Brunos Worte, über unser Leben auf dem Hof. Die Gräben dazwischen sind tief, und ich komme vorerst zu keinem Ergebnis.

Kapitel 17

Ab Sommer 1978

Ein Bastard ist ein Bastard und bleibt auch ein Bastard, selbst wenn er adoptiert worden ist. Jedenfalls bekomme ich das zu spüren. Egal, ob ich bei den Nachbarn putze oder einkaufen geschickt werde – immer lastet der Blick der Leute auf mir. Und er lastet schwer.

Über den Rand des Buches, das sie gerade liest, verfolgt die Hausherrin mein Tun, wenn ich bei ihr putze. Dabei komme ich seit Jahren und habe mir nie etwas zuschulden kommen lassen.

Die Ladenbesitzer und Verkäufer in Thun beobachten mich mit Argusaugen, als erwarteten sie von mir, dass ich einen Fehler mache oder etwas klaue.

Auf den Weg zur Schule stehen die Leute am Fenster und beobachten mich; ich sehe es an den Gardinen, spüre die Blicke auf mir. Und die Blicke wiegen schwer, sie sind mit Vorurteilen behaftet.

Niemand kann sich vorstellen, wie einsam und hilflos solche Vorurteile mich machen. Oft komme ich nach getaner Arbeit nach Hause, und meine Hosen- und Schürzentaschen werden auf Diebesgut durchsucht. Wenn im Haus etwas verloren geht, werden die Zimmer von rechts nach links geräumt. Auch wenn man nichts findet – wir sind immer verdächtig, werden letzten Endes auch als schuldig befunden und ohne Beweis bestraft.

Bei der Polizei sind wir als Diebe bekannt, und Anna genießt dort das vollste Mitgefühl. Immer, wenn irgendwo ein Moped oder Fahrrad kaputt aufgefunden wird, sind wir vom Heim, die Schelme, Stibitze, die Schuldigen. Wir haben es ganz sicher geklaut, zerstört und irgendwohin geworfen. Das ist wie ein unausgesprochenes Gesetz.

Dutzende Male werde ich des Diebstahls bezichtigt, erhalte ohne Grund Strafe oder gar Folter von Anna. Ja, ich klaue schon mal Kaugummi oder ein Stück Schokolade im Laden, aber niemals größere Dinge.

»Du kommst ins Gefängnis«, droht mir meine Adoptivmutter immer wieder. »Mit dir nimmt es kein gutes Ende. Du bist so falsch, schlecht und verkommen wie deine Mutter.«

Ich zucke bei ihren Worten mehr zusammen als bei ihren Schlägen. Gerade nach den Wochen auf der Alm kann ich Anna schlecht ertragen.

Und dann … dann passiert es. Ich bin nach der Schule bei einer »meiner« Familien. Unter Aufsicht putze ich die Wohnung und arbeite im Garten. Dennoch soll ich ein Fahrrad gestohlen und beschädigt haben – genau in dieser Zeit. Dass die Familie mein Alibi bestätigt, bedeutet der Polizei nichts. Es gäbe angeblich Zeugen, die mich gesehen hätten.

Ich werde wegen Diebstahls verurteilt, muss Sozialstunden im Altersheim ableisten. Das Heim ist nur durch den Lachen, einen Bootskanal, von uns getrennt.

Jedes Wochenende soll ich dorthin und von acht bis achtzehn Uhr Dienste verrichten.

Anna lacht mich aus, als sie mir das Urteil nennt. »Da hast du ja mal eine ordentliche Beschäftigung für die Wochenenden, kannst nicht mehr zu deinen Punks«, sagt sie böse.

In mir fällt alles zusammen. Zu meinen Freunden kann ich nicht mehr, Ätti sehe ich auch nur noch für höchstens eine Stunde am Wochenende, und dann muss ich ihn mit den anderen teilen. Alles, was mir Lebensmut gibt, bricht zusammen.

Ich beuge mich, obwohl ich dieses Fahrrad ganz sicher nicht genommen habe. Ich beuge mich, weil ich keine Wahl habe. Ich gehe in das Altenheim und putze dort.

»Eines Tages«, schreie ich Anna ins Gesicht, »eines Tages

wirst du so bluten, wie ich es jetzt tue. Ich werde es dir heimzahlen.« Und zum ersten Mal weicht Anna vor mir zurück.

Das Pflegepersonal im Altenheim prangert mich vom ersten Tag als Verbrecherin an. Ich bin zwölf Jahre alt und habe keine Chance. Ich werde vorverurteilt, bewertet, abgewertet. Langsam verstehe ich, was Bruno in den Selbstmord getrieben hat. Ihm ging es wie mir, dabei war er viel schlauer, viel gebildeter als ich. Er hat immer wieder versucht, sich zur Wehr zu setzen, aber auch Bruno lief nur gegen Wände.

Die Pensionäre, deren Zimmer ich putze, beschimpfen mich.

»Geschieht dir recht, Kleine«, höre ich sie höhnisch sagen. »Da hilft nur auspeitschen und einsperren.«

Sie wissen nicht, dass ich das alles schon hinter mir habe.

»Einsperren kuriert Diebe«, höre ich sie hämisch sagen.

All das macht mich klein und krank. Ich habe das Fahrrad nicht gestohlen, aber ein »in dubio pro reo« – also unschuldig, bis das Gegenteil bewiesen ist – gibt es hier nicht. Ich bin durch Geburt schuldig, eine Verbrecherin, eine schlechte Person, nur durch die Abstammung.

Ich schäme mich, wünsche mir, unsichtbar zu sein. Auf ihre Verspottungen und beleidigenden Fragen antworte ich nicht. Stattdessen ziehe ich den Kopf ein und lasse alles über mich ergehen.

Zwei Monate lang gehe ich in die Schule, danach zu den Haushalten, die ich zugeteilt bekommen habe, verrichte meinen Dienst im Stall und nun auch im Haus. Zusätzlich gehe ich jeden Samstag und Sonntag von acht bis achtzehn Uhr im Altenheim putzen. Ich habe keine freie Minute mehr, keine Zeit mehr für mich, dabei quälen mich so viele Fragen.

Ätti sehe ich nur wenig, nur manchmal am Abend, und dann sind wir nie allein. Ich möchte mich ihm anvertrauen, ihm sagen, wie verzweifelt ich bin. Und ihm mitteilen, dass ich es nicht mehr aushalte. Aber auch Ätti hat sich verändert. Er scheint sich in sich selbst zurückzuziehen. Warum das so ist, verstehe ich nicht.

Doch nun, nach zwei Monaten Dienst, der nur gehässig kommentiert wurde, kann ich nicht mehr. Bruno, denke ich nur, du fehlst mir. Ich will zu dir. Ich will auch endlich meine Ruhe haben.

Der Bootskanal liegt zwischen dem Altenheim und Annas Kinderheim. Hier, denke ich plötzlich, hier finde ich Ruhe. Manchmal habe ich schon darüber nachgedacht, meinem Leben ein Ende zu setzen, aber nun ist der Moment gekommen.

Ich mag nicht mehr.

Ich gehe zu dem Kanal. Rechts und links am Steg sind Boote angebunden. Doch es gibt auch einen direkten Pfad zum Wasser, und dem folge ich. Es ist ein wunderschöner Tag im Juni, doch das Wasser ist kalt. Ich nehme das gar nicht wahr, gehe weiter und weiter. Ich bin ein nichtsnutziger Bastard, werde immer als Diebin beschimpft, egal, ob ich es getan habe oder nicht. Vor mir liegt keine Zukunft. So muss sich auch Bruno gefühlt haben. Bruno … ich vermisse ihn so. Vielleicht werde ich ihn bald wiedersehen.

Um mich herum ist nur Leere. Kein Wind, kein Rauschen, kein Schmerz. Nichts.

Ich gehe weiter, auch wenn das Wasser kalt ist. Schwimmen habe ich nie gelernt, keiner von uns. Bruno wollte es mir beibringen, fällt mir ein … das ist aber nie geschehen. Bruno konnte schwimmen, er wäre nie ins Wasser gegangen. Aber fliegen konnte er nicht.

Ich kann weder fliegen noch schwimmen. Das Wasser reicht mir jetzt bis zum Hals. Ich lege meinen Kopf in den Nacken. Erstaunlich, wie schwer nasse, vollgesogene Schuhe sein können. Jeder Schritt weiter ist eine Anstrengung, aber ich gehe weiter, lasse mich hineingleiten, will die Kälte, das Nichts.

Das Wasser erreicht meinen Mund. Ich schließe ihn, halte die Luft an, mache die Augen zu, gehe weiter und weiter. Kein Rückblick auf mein Leben, keine Erinnerungen, die auftauchen, nur Leere und Verzweiflung.

Ich will, kann und mag nicht mehr leben.

Ein Schritt. Eine tiefere Stelle. Ich versinke. Das Wasser schlägt über mir zusammen. Für einen Moment strampele ich erschrocken, schnappe nach Luft. Ich reiße die Augen auf. So ist das also.

Statt Luft strömt nur Wasser in mich hinein. Ich verschlucke mich, huste, kenne doch das Gefühl von Annas Folter, aber diesmal wehre ich mich nicht.

Es ist nicht angenehm und auch nicht schmerzlos, wenn man ertrinkt, aber es geht überraschend schnell.

Mein Körper wehrt sich, hustet, versucht das Wasser auszuspucken, aber immer mehr dringt in meine Lunge. In der Luftröhre brennt es erst, dann breitet sich Ruhe in mir aus, eine Ruhe und ein Frieden, wie ich sie nie zuvor gespürt habe. Ich schließe die Augen. Und dann wird es dunkel um mich.

Ich öffne die Augen und sehe verschwommenes Weiß über mir. Ein Druck liegt auf meiner Brust, mein Hals kratzt. Bin ich im Himmel oder in der Hölle?, frage ich mich. Ich fühle mich wie sonst auch – lebendig.

Vorsichtig schaue ich nach rechts und dann nach links. Ich liege in einem Bett in einem Zimmer, das ich schon kenne.

Entsetzen durchfährt mich. Nein! Nein, das darf nicht sein. Ich schaffe es nicht mal, diesem elenden Leben ein Ende zu setzen. Ich bin wirklich dumm, so wie es immer alle sagen; nichts will mir gelingen. Wut steigt wieder in mir hoch. In meinem Arm hängt eine Infusionsnadel. Ich will sie mir herausreißen. Lasst mich nicht am Leben, ich will sterben, ich will nicht mehr hier sein, ich will überhaupt nicht mehr sein!

»Nein«, sagt eine sanfte Stimme und drückt mich zurück auf das Bett. »Alles wird gut, mein Kind.«

Mit ihrer ruhigen Art schafft sie es, mich zu beruhigen. Sie ruft noch eine weitere Schwester zu Hilfe.

Und dann kommt Anna.

Mitfühlend beugt sie sich über mich, küsst mich auf die Stirn, streicht über mein Haar. Sie hat mich tatsächlich geküsst, durchfährt es mich – das erste Mal überhaupt. Ich schließe die Augen, denke an Theres' Küsse, die so herzlich waren.

Annas Kuss ekelt mich an.

Von nun an steht Anna jeden Morgen um neun Uhr neben meinem Bett.

»Pass bloß auf, was du sagst, du kleines, verlogenes Drecksstück«, zischt sie mir ins Ohr. Dabei lächelt sie und streicht mir über die Haare. »Dir glaubt sowieso keiner, du Bastard.« Dann streichelt sie mir über die Wange – ich bekomme eine Gänsehaut. Will diese Frau denn niemals von mir lassen? Sieht sie meine Verzweiflung nicht? Nein, das tut sie nicht. Oder doch, sie sieht sie und weidet sich daran.

»Du raubst mir mit deinen Kapriolen meine Zeit, die ich weiß Gott besser verbringen könnte«, wirft sie mir vor.

Das Personal hat sie umgarnt, Mitgefühl bekommt sie von allen Seiten. Sie ist die arme, gestrafte Adoptivmutter mit dem missratenen Kind.

Der Druck auf meiner Brust wird nicht weniger, zudem lastet auf mir immer noch der Selbstvorwurf des Versagens. Von nun an werde ich noch anfälliger für Erkältungskrankheiten sein.

Keiner möchte sehen, dass ich versucht habe, mir das Leben zu nehmen. Alle denken, es war ein Unfall. Ein Mann hat mich zufällig gesehen und aus dem Wasser gezogen.

»Was hast du für ein Glück gehabt, dass er vorbeigekommen ist«, sagt der Oberarzt bei meiner Entlassung zu mir. »Und von jetzt ab gibst du besser Acht, wo du spazieren gehst.«

Wieder auf dem Hof, werde ich natürlich sofort bestraft. Aber das macht mir nichts mehr aus – ich fühle mich wie taub.

Ich gehe meiner Arbeit weiter nach, aber in das Altenheim muss ich nicht mehr. Acht lange Wochen war ich samstags und sonntags dort, habe geputzt und wurde erniedrigt und beleidigt.

Erst später erfahre ich, dass ich nur für einen Nachmittag dorthin gemusst hätte.

Etwas ändert sich aber doch – ich lasse mir nicht mehr alles klaglos gefallen, gebe Widerworte und wehre mich gegen die eine oder andere Bestrafung.

Anna sieht meine Veränderung und ist verwundert. Manchmal weicht sie tatsächlich vor mir zurück. Die Macht über mich behält sie trotzdem noch.

Im Sommer verlassen wir Kinder wieder den Hof. Da wir nur noch sieben sind, müssen wir in den Wochen davor extra hart arbeiten. Den Garten in Form bringen, das Haus in Schuss halten und den Marktstand bestücken – all das ist unsere Aufgabe.

Im Haus ist es einerseits schwerer geworden, weil wenige Schultern die Arbeit von vielen meistern müssen, aber das Klima hat sich dank Ättis Anwesenheit verändert. Keiner bleibt mehr tagelang irgendwo eingesperrt, auch drastische Strafen werden weniger. Geschlagen werden wir trotzdem noch, und auch die Wasserfolter hört nicht auf. An den Hygienemaßnahmen nimmt Ätti nämlich nie teil, deshalb bekommt er diese Form der Strafe nicht mit.

Ich hoffe sehr, dass ich im Sommer wieder zu Theres und Peter ins Berner Oberland komme, aber das ist nicht so. Ich werde bei einer anderen Familie verdingt. Immerhin muss ich nicht mehr ins Emmental zurück. Das Seeland ist das neue Ziel. Mit schlotternden Knien fahre ich dorthin, kenne die Familie nicht und weiß wieder einmal nicht, was mich erwartet.

Es ist eine Familie mit fünf Kindern – alle jünger als ich. Und sie führen ein ähnliches Familienleben wie die Bauern im Berner Oberland. Sie behandeln mich wie ihr eigenes Kind, wie ein Familienmitglied, und schlagen mich nie. Ich muss jedoch auf dem Hof mehr mithelfen als bei Peter und Theres. Erst steht die Erdbeer-, dann die Kartoffelernte an, aber das macht mir nichts aus. Ich arbeite gerne und fleißig.

Ursula – so heißt die Mutter – geht mit uns Kindern schwimmen. Hilfe – ich kann ja gar nicht schwimmen! Bruno wollte es mir immer beibringen, aber dazu ist es ja nie gekommen. Ich schäme mich, dies Ursula zu gestehen. Außerdem hat Anna verboten, dass ich schwimmen lerne.

Ursula wägt ab, dann nickt sie. »Ich werde dir das Schwimmen beibringen«, sagt sie und lächelt.

»Aber ich darf doch nicht ….«

»Dann ist es eben ein Geheimnis zwischen uns beiden. Jeder sollte schwimmen können. Das könnte lebenswichtig sein.« Sie zwinkert mir zu, und mit aller Geduld zeigt sie es mir. Von meinem Suizidversuch weiß sie nichts, ich erzähle ihr auch nichts davon. Innerhalb der fünf Wochen Sommerferien lerne ich das Brustschwimmen.

In der Zeit der Sommerferien hat Sandra, die älteste Tochter der Familie, Geburtstag. Zusammen mit Ursula dekoriere ich den Garten und backe mit ihr Kuchen. Zuerst begreife ich gar nicht, wozu dieser ganze Aufwand betrieben wird, denn ich kenne keine Geburtstagsfeiern.

Ursula erklärt es mir. »Wir feiern, dass sie auf die Welt kam. Es ist ein besonderer Tag, ein Tag der Freude. Denn seitdem gibt es sie.« Ursula lacht froh.

In mir zieht sich etwas zusammen wie eine dunkle Gewitterwolke. Mein Geburtstag ist für niemanden eine Freude, noch nicht einmal für mich selbst. Ich habe noch nie Geschenke bekommen, wurde nie gefeiert. Ja, ich bin neidisch. Aber ich versuche, es mir nicht anmerken zu lassen.

An dem Tag kommen lauter Kinder, und es wird gespielt, gesungen und gelacht. Ich mache überall mit, rede mir ein, dass die Kinder für mich gekommen sind, dass es meine Feier ist. So kann ich es überstehen.

Auch diese Familie hat es nicht leicht mit mir. In mir brodelt es. Ich sehe ihr schönes Leben und muss es mit meinem vergleichen. Es gibt viele Dinge, die ich nie kannte, von denen ich gar nicht wusste, dass es sie gibt – wie zum Beispiel einen Kindergeburtstag.

Immer wieder bekomme ich Wutausbrüche, lasse meine Verzweiflung und Zerrissenheit oft an den Kindern aus, aber auch diese Familie bestraft mich nicht. Sie sprechen in aller Ruhe mit mir, versuchen, mir alles zu erklären.

Ich bin traurig, als ich wieder zum Niesenblick fahren muss, aber Ursula verspricht mir, dass ich im Herbst wiederkommen darf. Und das stimmt auch – die Herbstferien verbringe ich wieder dort.

In den Herbstferien gibt Ursula mir ein Geschenk. »Du hast erst im November Geburtstag«, sagt sie und lächelt, »aber dann wirst du nicht hier sein. Deshalb bekommst du es schon jetzt.«

Und ich fühle mich wahrlich beschenkt. Jedes Jahr darf ich nun in den Sommer- und Herbstferien hierherkommen, und jeden Herbst bekomme ich ein Geburtstagsgeschenk – ein Buch, eine Kette, eine wunderschöne Handtasche, Turnschuhe. Ursula weiß genau, was ich mir wünsche und worüber ich mich freue. Das gibt mir ein wenig Lebensmut zurück.

Aber als ich nach den Herbstferien in den Niesenblick zurückkomme, wartet eine bittere Überraschung auf mich – alle Kaninchen wurden geschlachtet. Sie werden auch nicht ersetzt, erklärt mir Trudi. Und auch die Felder und das Weideland wurden verkauft. Die Ziegen bleiben auf der Alm und kehren nicht zu uns zurück. Im Stall gibt es nicht mehr viel zu tun – nur noch wenige Hühner sind uns geblieben.

Auch eine weitere Veränderung gibt es – von den sieben Kindern kommen drei nicht wieder. Wir sind nur noch vier. Als mir das klar wird und ich an den Garten, die Obstbäume und den Haushalt denke, gruselt es mich.

Zur unserer Entlastung werden zwei der Schlafräume geschlossen, und auch der Speisesaal wird abgesperrt. Wir essen jetzt am großen Tisch in der Küche.

Der Herbst ist erst kalt und trocken, dann aber spielt das Wetter verrückt. Es schneit wie wild, aber bald darauf rafft Tauwetter die vorweihnachtliche Schneedecke hinweg.

In den Weihnachtsferien darf ich wieder ins Berner Oberland zu Theres und Peter und ihren drei Jungen, so wie Theres es mir versprochen hat.

Hier treffe ich unsere Ziegen wieder und glaube, dass auch sie mich erkennen und voller Freude begrüßen.

Die Familie betreibt im Winter einen Skilift, aber ohne ausreichend Schnee kann er nicht laufen. Es ist allgemein zu warm und zu nass, dabei aber grau in grau.

In dieser Jahreszeit gehen die drei Jungen normalerweise täglich zum Skifahren oder Rodeln, doch draußen ist nur Matsch.

»Wir gehen ins Schwimmbad«, verkündet Theres, die alles versucht, um uns bei Laune zu halten. »Kannst du schwimmen, Lisa?«

»Ja«, sage ich stolz, auch wenn ich es erst in diesem Sommer erlernt habe.

Hier feiere ich auch mein erstes richtiges Weihnachtsfest. Das ganze Bauernhaus wird mit Tannenzweigen, roten Bändern und Holzäpfeln geschmückt.

Ich bin ganz aus dem Häuschen, kenne ich Weihnachten doch nur von Erzählungen der Mitschüler oder von Bildern aus Zeitschriften. Dass es ein Fest ist, zu dem Plätzchenbacken, Glühwein und Tee mit Zimtaroma und ein besonders festliches Mahl gehören, erlebe ich nun, mit dreizehn Jahren, zum ersten Mal. Ich weiß kaum, wohin ich zuerst schauen soll – es duftet, es glitzert und funkelt, es strahlt und leuchtet in jeder Ecke.

Peter bringt die Tanne, die ihn überragt, und stellt sie in der

Tenne auf, wo sonst die Traktoren stehen. Die Halle wurde frei geräumt, gefegt und gesäubert.

Theres lächelt. »Du darfst den Baum schmücken, Lisa.« Sie zeigt mir Bilder vom letzten Jahr. »Ungefähr so sollte es aussehen.«

»Kann ich das wirklich?«, frage ich sie zweifelnd.

»Aber sicher.« Theres lacht. »Peter wird die Leiter halten, da passiert nichts.«

Voller Stolz steige ich nach oben, nehme die Kugel, die Theres mir reicht, und hänge sie in die Äste. Zuerst frage ich unsicher immer wieder nach, ob es wirklich passt, doch dann traue ich mich einfach.

Es sind alte, zierliche Glaskugeln und weißsilberne Tannenzapfen. Dazu gibt es noch bunte Girlanden. Zum Schluss steckt Peter einen weißen Engel auf die Spitze, und ich darf Engelshaar verteilen.

Ich gehe ein paar Schritte zurück und betrachte voller Stolz den Baum in all seiner Pracht. Nun ja, die eine oder andere Kugel hänge ich noch um, aber irgendwann bin auch ich zufrieden mit meinem Werk. Theres und Peter loben mich. Ich bin stolz, aber es ist auch ein eigenartiges Gefühl – wieder erlebe ich Dinge, die ich nie zuvor kannte, die aber für die meisten Menschen normal sind.

Die Wut in mir ist nicht mehr so groß wie im Frühjahr. Ich habe noch lange keinen Frieden mit mir selbst geschlossen, aber ich weiß inzwischen, dass die Jungen nichts dafürkönnen, und lasse meinen Hass nicht mehr an ihnen aus. Nun, gewusst habe ich das schon immer, ich wusste bloß nicht, wie ich mit diesen Erkenntnissen umgehen sollte. Jetzt gelingt es mir besser.

Am nächsten Tag kommt die Verwandtschaft, Pakete werden unter dem Weihnachtsbaum aufgestapelt. Ich werde ganz unruhig – ob ich wohl auch etwas bekomme?

Um sechs gibt es Essen. Siebzehn Erwachsene und siebenundvierzig Kinder nehmen Platz an den Tischen und Bänken in der Tenne, die geheizt wurde. Es ist ein fröhliches Treiben und Schnabulieren, aber mein Blick wandert immer wieder zu den Päckchen. Ich bin ganz unruhig.

Nach dem Essen wird abgeräumt, und dabei helfe ich. Dann werden die Lichter im Baum entzündet.

Vor der Bescherung bittet die Großmutter uns Kinder, auf den Strohballen Platz zu nehmen, und liest uns das Märchen »Sterntaler« vor. Es ist ein Märchen, denn das Leben ist ganz anders, das weiß ich. Dann gibt es Nachtisch, wieder wird der Tisch abgeräumt, die Zeit schleppt sich dahin. Ich werde ganz hibbelig und ungeduldig, aber endlich gibt es die Bescherung. Die Großmutter nimmt ein Päckchen nach dem anderen hervor, gibt es dem Beschenkten.

Und dann bin ich an der Reihe! Ich reiße das Paket auf, darin ist ein weinroter Pullover – und das Etikett ist noch dran. Niemand hat ihn zuvor getragen. Das ist vermutlich das größte Geschenk für mich. Ich bekomme noch mehr – einen Rucksack, neonbunte Malfarben, einen Zeichenblock, eine Perlenkette und – und dieses Geschenk haut mich förmlich um – einen Kassettenrecorder.

Ich bin überwältigt von den Geschenken, packe alle in den Rucksack und drücke diesen an mich, während die anderen Kinder mit ihren Sachen spielen.

Auch in der Nacht lasse ich den Rucksack nicht los – ich bin noch nie so beschenkt worden, und diese Familie, zu der ich nicht gehöre, hätte es auch nicht tun müssen. Fremde Menschen haben mich voller Wohlwollen und Liebe beachtet – das gab es so bisher noch nie in meinem Leben.

In den nächsten Tagen trage ich den Rucksack immer bei mir.

Peter ist beunruhigt, denn es ist immer noch nass und nicht kalt genug, doch dann, kurz vor Silvester, fällt endlich Schnee. Was für eine Freude – der Skilift kann in Betrieb gehen, und wir dürfen rodeln.

Das Skifahren ist mir verboten, und die Familie hält sich auch an das Verbot, aber rodeln darf ich.

Für Silvester ist etwas Besonderes geplant, aber was es ist, erfahre ich erst an dem Tag. Wie immer schließt der familienbetriebene Skilift um halb fünf. Peter und die Jungen besorgen den Stall, Theres und ich bereiten in der Küche Brote zu, die es statt des Abendessens gibt.

»Richtig essen werden wir später«, sagt Theres und zwinkert mir zu. Was das nun wieder bedeutet? Ich kann mir keinen Reim darauf machen.

Wir ziehen uns festlich an, gehen zur Abendmesse in die Kirche. Ich langweile mich schrecklich. Danach gehen wir wieder nach Hause und müssen uns abermals umziehen – diesmal sind Schneekleidung und sehr warme Sachen angesagt.

Abends um neun Uhr gehen wir zum Skilift, der wieder in Betrieb genommen wird. Die Piste ist beleuchtet, dort tummeln sich viele Menschen. Fasziniert sehe ich dem Treiben zu. Wir fahren hoch zur Berghütte, wo Live-Musik gespielt wird und es Bewirtung gibt.

Die Jungen, Urs, Anton und Fredy, haben Fackeln und fahren damit nach unten, lassen sich mit dem Lift wieder nach oben ziehen – so machen es einige. Peter steckt mir hinten in den Schlitten eine Fackel, und damit sause ich nach unten. Die Lichter werfen lange Schatten, und es ist eine ganz besondere, eine einzigartige Stimmung am Hang. Sie hat etwas Festliches, das ich bisher nicht kenne.

So geht das eine Weile. Dann wird Fondue serviert und weiter Musik gespielt. Kurz vor Mitternacht hört die Musik auf, und wir gehen nach draußen. Jeder hat ein Getränk in der Hand, wir horchen auf die Glockenklänge aus den Dörfern. Zehn – neun –acht– »Frohes neues Jahr!«

1979 hat angefangen, und ich bin das erste Mal seit Langem wieder gespannt, wie das nächste Jahr sein wird.

Kapitel 18

1979 bis 1982

Ich muss wieder in den Niesenblick zurück, aber diesmal weiß ich und glaube es auch, dass ich zu Theres und Peter zurückkehren werde.

Zum Abschied bekomme ich von ihnen fünfzig Schweizer Franken.

»Versteck es gut, es ist dein Geld, nicht, dass es dir jemand wegnimmt«, sagt Theres. Ansonsten sagt sie nichts Schlechtes über meine Adoptivmutter.

Ich habe die Zeit genossen, mehr als je zuvor. Von jetzt an bin ich Ostern und Weihnachten im Berner Oberland, im Sommer und Herbst bei Ursula und ihrer Familie.

Im Frühjahr 1979 sind wir nur noch drei Kinder im Niesenblick. Der hintere Teil des Hofes wird verkauft, die Hälfte des Gartens wird eingeebnet und mit Rasen eingesät. Das entlastet uns drei enorm.

Seit ich ein Jahr zuvor in die sechste Klasse kam, habe ich einen neuen Lehrer. Nach einer Weile sieht er, in welcher Situation ich bin, und verfährt so wie meine alte Lehrerin: Ich bekomme offiziell zwei zusätzliche Stunden auferlegt; insgeheim darf ich die Zeit für mich selbst nutzen.

Mir hängt immer noch der Tod von Bruno nach, ich fühle mich weiterhin schuldig, aber mein Lebenswille wächst wieder – und das liegt an den beiden Familien und an meinem Lehrer. Es gibt etwas, wofür es sich lohnt zu leben. Nämlich das Leben selbst und wie man es gestaltet. Noch bin ich gezwungen, bei Anna zu leben, aber irgendwann nicht mehr. Und dann werde ich es anders machen. Diese Gedanken nehmen immer mehr Raum in meinem Kopf ein.

Die Ställe sind leer, die Obstwiese gekappt – wir drei haben aber immer noch Aufgaben im Haus und unsere Putzarbeiten außerhalb. Ich komme nicht vor abends um zehn Uhr zur Ruhe. Da fällt Anna eine weitere Erwerbsquelle ein – die beiden leeren Zimmer werden vermietet. In sie ziehen eine Studentin und eine Verkäuferin. Und wir müssen dort wieder putzen. Aber da sie im Haus wohnen, sperrt uns Anna nicht mehr in unseren Zimmern ein. Das ist ein großer Vorteil, den ich auch gleich ausnutze. Ich laufe weg nach Bern, zu meinen Punks – aber ich werde jedes Mal wieder geschnappt und zurückgebracht.

Anna straft nicht weniger als früher – im Gegenteil, wir kommen öfter an die Reihe, weil wir immer weniger werden. Aber ich wehre mich, lasse mir nicht mehr alles gefallen, und so manches Mal tritt Anna doch zurück, bevor sie mich versohlt.

1980 sind nur noch ein Junge namens Adrian und ich im Niesenblick. Heute weiß ich, dass 1978 ein neues Gesetz in Kraft trat, das die Verdingung offiziell verbot. Das Kindeswohl stand plötzlich im Vordergrund. Anna wusste von dem Gesetz, an ihrem Verhalten änderte es nichts.

Wir gehen zur Schule, Adrian und ich, kümmern uns um das Haus – noch mehr Zimmer werden vermietet. Außerdem habe ich immer noch Putzstellen nach der Schule. Oft arbeite ich von morgens früh bis abends spät – und dann falle ich erschöpft ins Bett.

Ich merke die Anstrengungen auch körperlich, der Rücken und die Gelenke tun mir oft weh. Durch die vielen Ohrfeigen entstand ein bleibendes Läuten im Ohr. An den Sonntagen, die wir früher mit Ätti genossen haben, bleibe ich oft liegen. Aber auch Ätti scheint müder geworden zu sein, was ich seinem Alter zuschreibe.

In meinem letzten Schuljahr erhalte ich so etwas wie den ersten Sexualkundeunterricht meines Lebens. Ich wusste bisher natürlich, wie sich die Tiere fortpflanzen, aber was das mit Liebe und mit Bereitschaft zu tun hat, erfahre ich im Unterricht das erste Mal.

Ich geh wie in Trance nach Hause. Das, was der Bauer Hans vom Bruchmatthof mir angetan hat, war ein Verbrechen. Immer, wenn er es getan hat, fühlte es sich falsch, eklig und schmierig an. Aber als sexuellen Missbrauch habe ich es nicht gesehen, weil ich gar nicht wusste, dass es so etwas gibt. Für mich war es eine schlimme Bestrafung für etwas, was ich nicht getan hatte – aber das war ich ja gewohnt.

Nun ändert sich mein Empfinden, Scham kommt dazu und viel Wut auf den Bauern.

Im Frühjahr 1982 beende ich die Schule. Ich würde gerne Tierpflegerin werden, aber das lässt Anna nicht zu. Eine andere Lehrstelle bekomme ich auch nicht, da meine Noten zu schlecht sind. Ohne mich zu fragen, schließt Anna einen Vertrag mit Fritz, dem ein kleiner Laden gehört. Ab jetzt arbeite ich bei ihm. Fritz ist schon ziemlich alt, und zuerst hält er nicht viel von mir. Er überwacht mich genau. Doch nach und nach kann ich sein Vertrauen gewinnen. Jetzt lässt er mich sogar abrechnen und kassieren. Eine Kasse oder einen Taschenrechner gibt es nicht, ich notiere die Preise auf einem Zettel, rechne anschließend zusammen – den Zettel bekommt der Kunde als Quittung. Langsam macht mir die Arbeit Spaß, und Fritz, der über dem Laden seine Wohnung hat, geht mittags oft hoch, um ein wenig zu ruhen.

Eine Sache verdirbt mir den Job aber doch – der Laden ist nicht weit vom Niesenblick entfernt, und Anna kommt jeden Tag vorbei. Meistens ermahnt sie Fritz, gut auf mich und auf meine Langfinger aufzupassen. Sie sagt es sogar, wenn Kundschaft im Laden ist, was mich sehr beschämt. Doch Fritz nickt nur und sagt: »Lass mich nur machen, ich hab ein Auge auf sie.«

Am Ende des Monats ist Zahltag. Anna kommt jedes Mal, nimmt meine Lohntüte und kontrolliert sie – ich darf nicht dabei sein, deshalb weiß ich auch gar nicht genau, wie viel Geld ich »verdiene«, aber es sind um die 2500 Franken. Das ist auch eigentlich egal, denn Anna lässt mir von dem Geld nur fünfzig Franken, den Rest steckt sie ein.

Nach meiner Arbeit muss ich natürlich noch zu Hause helfen, sauber machen und andere Arbeiten verrichten. Nur die Putzstellen darf ich aufgeben.

An einem Montagabend im April sage ich zu Anna: »Eines Tages werde ich doch noch meinen Traumberuf erlernen und Tierpflegerin werden, ob es dir passt oder nicht!«

Anna sieht von ihrem Schreibtisch hoch, steht eilig auf, kommt zu mir und ohrfeigt mich. Das kommt für mich so überraschend, dass ich gar nicht ausweichen kann.

»Du undankbares Balg!«, schreit sie mir entgegen. »Sei froh, dass du überhaupt eine Arbeit hast. Das hast du nur mir zu verdanken!«

Ich bin müde, der Tag im Laden ist anstrengend gewesen und ich habe noch einiges an Putzarbeiten im Haus zu erledigen. Ihre wüsten Beschimpfungen will ich mir nicht auch noch anhören. Also kehre ich ihr wortlos den Rücken und will das Büro verlassen. Anna nimmt den Papierlocher und wirft ihn mir mit aller Wucht in den Rücken. Ich zucke zusammen, gehe aber ungerührt weiter. Ich will nach draußen, hinters Haus, ein wenig verschnaufen. Früher wäre ich in den Ziegenstall geflüchtet, aber den gibt es ja nicht mehr. Da, wo einst unsere Ziegen grasten, entstehen nun neue Wohnhäuser.

Anna lässt nicht locker, sie folgt mir, beschimpft mich. Nun gebe ich ihr Widerworte, und wir schreien uns gegenseitig an. Schließlich greift sie nach meinen Haaren, zieht mich zum Regenfass und drückt meinen Kopf mit aller Macht unter Wasser. Das Fass steht unter dem letzten verbliebenen Zwetschgenbaum, das Wasser ist faulig, voller toter Fliegen, Mückenlarven und altem Laub. Ich wehre mich, aber ich kann mich nicht befreien, immer noch ist Anna stark. Und so trinke ich das Wasser, trinke, atme es ein – es brennt in meiner Lunge – das kenne ich ja schon. Schließlich verliere ich das Bewusstsein.

Es ist ein kühler Aprilabend, und Anna lässt mich einfach im Gras liegen. Als ich endlich hustend und spuckend zu mir komme, ist sie weg. Mir ist übel, ich muss mich übergeben. Mein Hals brennt, und in mir lodert die Wut – auf Anna und auf den Bruchmatte-Bauern. Ich schleiche mich in mein Zimmer, packe ein paar Kleidungsstücke zusammen und fliehe nach Bern zu meinen Punks. Sie nehmen mich mit offenen Armen in Empfang.

Schon früher hatten sie gesagt, dass ich Anna und den Bauern anzeigen sollte, heute sagen sie es wieder. Und diesmal tue ich es. Statt zur Arbeit in Thun gehe ich zur Polizeistation und zeige Anna wegen körperlicher Gewalt und den Bauern vom Bruchmatthof wegen sexueller Gewalt an.

Was mir Anna antut, interessiert die Polizisten nicht, aber das, was der Bauer mit mir gemacht hat, wollen sie wieder und wieder von mir hören. Es ist erniedrigend und beschämend für mich, nur stotternd und mit leiser Stimme bringe ich es heraus. Es war fast schlimmer als die Tat selbst.

Ich bereue fast nichts in meinem Leben, aber diese Anzeige bereue ich zutiefst. Nicht Anna und auch nicht der Bauer werden bestraft, die Strafe trifft allein mich.

Die Staatsanwaltschaft entscheidet, die Anzeige nicht zuzulassen. Mir wird eine blühende Fantasie bescheinigt, und ich muss mich bei dem Bauern für meine falschen Anschuldigungen entschuldigen. Ich bin ja noch minderjährig, erst sechzehn, deshalb empfiehlt man Anna, mich in ein Besserungsheim zu stecken.

Ich bin sprachlos, als ich das höre. Anna aber, die über die Kosten eines solchen Heims informiert ist, schüttelt nur den

Kopf: »Ich werde das selbst in die Hand nehmen.« Was das bedeutet, ist mir nur zu klar.

Das ärztliche Gutachten von 1977, das den Missbrauch bestätigt, wird bei der Anzeige nicht berücksichtigt. Es sagt ohnehin aus, dass ich mich nicht gewehrt, also freiwillig hingegeben hätte.

In der nächsten Zeit wird der Ton zwischen Anna und mir immer schärfer. Die Stimmung ist schlecht, wir streiten viel. Oft herrscht sie mich wegen Kleinigkeiten an – ich hätte den Teppich um wenige Zentimeter verschoben, das Besteck falsch auf dem Tisch platziert.

Wenigstens macht mir die Arbeit im »Lädeli« inzwischen Spaß, und auch zu Fritz habe ich ein recht gutes Verhältnis.

Jetzt habe ich natürlich nicht mehr so lange Ferien wie noch zu Schulzeiten, aber ich habe Ursula versprochen, bei der Heuernte zu helfen. Also nehme ich Ende August Urlaub und fahre ins Seeland.

Auch wenn die Heuernte körperlich anstrengend ist, kann ich mich hier erholen. Die Stimmung ist einfach anders, es gibt reichlich Essen und keine Strafen. Ich genieße es.

Doch dann kommt dieser eine Tag, an dem das Telefon klingelt. Es ist Anna. Sie bittet mich zurückzukommen, dem Ätti gehe es sehr schlecht. Er fragt immerzu nach mir, sagt sie, und will auch nur mich sehen. Die Krankenschwester, die kommt, um ihm Morphium zu spritzen, schickt er weg.

Ich bin völlig außer mir. Ätti, mein lieber Ätti …

Natürlich weiß ich, dass Ätti krank ist, dass er Krebs hat. Nach der Operation hat er sich zwar erholt, doch dann musste er eine Chemotherapie machen. So ganz verstehe ich nicht, was er hat, das liegt aber auch daran, dass Krankheiten im Niesenblick immer abgetan wurden. Zum Arzt geht man nur im äußersten Notfall. Ätti selbst hat nie über seine Krankheit gesprochen, doch als ich abreiste, war er schwach und dünn.

Ich kann mich gar nicht beruhigen, weine, schreie. Ursula tut alles, um mich zu trösten und zu beruhigen. Dann beschließt sie, mich nach Thun zu begleiten. Wir fahren sofort los.

Als wir ankommen, wartet Anna schon auf mich. Sie will, dass ich zu Ätti gehe. Ätti schläft – er ist in den vier Wochen meiner Abwesenheit bis auf die Knochen abgemagert. Seine Haut ist dünn und trocken wie Papier, man kann die Adern durchscheinen sehen.

»Du hast ihn verhungern lassen«, werfe ich Anna empört und auch verzweifelt vor.

»Das ist nicht wahr!«, giftet sie zurück.

Doch ich bekomme meine Gefühle nicht mehr in den Griff. Ich bin wütend, entsetzt, traurig und verzweifelt. Ein riesiger Streit bricht zwischen Anna und mir aus.

Trudi bemüht sich darum, Anna zu beruhigen, während die liebe Ursula mir beisteht. Sie bietet mir auch an, wieder mit ihr zurückzufahren, doch das will ich nicht. Ich will bei Ätti sein, mich um ihn kümmern.

Was aber gar nicht geht, ist, dass Ätti im kleinen Haus ist – in Annas und Ättis Haus. Hier will ich mich nicht aufhalten, alles in mir sträubt sich dagegen, und schon bricht der nächste Streit zwischen mir und Anna aus.

»Wir bringen ihn rüber ins große Haus«, fordere ich. »Jetzt sofort!«

»Das ist sein Tod. Wir können ihn nicht nach drüben bringen«, wettert Anna.

»Ich werde nicht hierbleiben«, schreie ich. »Ich bleibe nicht über Nacht mit dir unter einem Dach.«

»Du unverschämter, undankbarer Bastard. Wir haben alles für dich getan, und jetzt führst du dich so auf!«

Zum Glück kommt die Krankenschwester, um nach Ätti zu sehen. Sie versteht meinen Wunsch. Also bereiten wir eilig alles vor, um Ätti zu verlegen. Das eine ehemalige Jungenzimmer wird für ihn hergerichtet. Die Nachbarn kommen und fassen mit an, tragen ihn nach drüben. Anna bleibt im kleinen Haus.

Die Krankenschwester gibt Ätti seine Medizin und nimmt mich zur Seite. »Du weißt, dass es sehr schlecht um ihn steht? Er hat immerzu nach dir gefragt, aber seine Frau wollte dich nicht anrufen – bis heute.« Sie senkt den Kopf. »Es dauert nicht mehr lange, es kann sein, dass er heute erlöst wird.«

»Oh nein! Hätten wir ihn doch drüben lassen sollen?«

Sie schüttelt den Kopf. »Das macht keinen Unterschied mehr.«

»Ich will nicht, dass er stirbt!«

»Du musst es als Erlösung sehen. Er kann nicht mehr geheilt werden, der Krebs hat ihn zerfressen, und er leidet große Schmerzen, wenn die Medikamente nachlassen.«

Mit ihr zusammen wasche ich ihn und creme ihn ein. Sie zeigt mir, wie ich alles machen muss. Als sie geht, bringt Anna etwas zu essen hoch. Dann geht auch sie wieder. Ich bin allein mit Ätti.

Dieser gütige, sanfte und humorvolle Mann hat mich immer wieder am Leben erhalten. Ich habe, genau wie alle anderen Kinder, den Wochenenden mit ihm entgegengefiebert, manchmal waren es nur noch diese zwei Tage mit Ätti, die uns davon abgehalten haben, uns selbst aufzugeben.

In den nächsten zwei Tagen verlasse ich das Zimmer nur, um auf die Toilette zu gehen. Ich wasche ihn, creme seine brüchige Haut immer wieder ein, gebe ihm mit einer Pipette tropfenweise Wasser, denn essen kann er nicht mehr. Mit einem Wattestäbchen befeuchte ich seine trockenen Lippen, tupfe ihm mit einem gewärmten Handtuch die Stirn und das Gesicht ab. Außerdem lese ich im vor – aus Tom Sawyer, einem Buch, das mir Ursula geschenkt hat. Dann wieder schaue ich ihn nur an und denke darüber nach, warum mir alles genommen wird, was ich liebe.

Es macht mich wütend, aber meine Wut unterdrücke ich für den Moment. Warum habe ich nicht viel früher bemerkt, wie krank Ätti war? Ich hätte mich mehr um ihn kümmern müssen!

Zwei Tage sitze ich neben ihm, schlafe kaum, döse höchstens mal ein Weilchen ein. Dann wird es wieder Abend. Es ist der 28. September 1982. Ätti ist voll mit Morphium. Er sieht fast gläsern aus, selbst die feinsten Adern kann man durch die Haut schimmern sehen. Wenn das Morphium nachlässt, windet er sich, schreit fürchterlich, dass es mir durch Mark und Bein geht, bäumt sich auf. Ich habe Angst, dass er aus dem Bett fällt. Doch das Morphium wirkt sehr schnell, und er beruhigt sich wieder. Dann liegt er da, starrt mit seinen blutunterlaufenen Augen an die Decke, keucht mit weit geöffnetem Mund. Manchmal flüstert er noch ein paar abgehackte, kurze Sätze. Ich muss mich über ihn beugen, um ihn zu verstehen. Aus seinem Mund kommt ein fauliger Geruch, so als würde er innerlich schon verwesen.

In dieser Nacht nicke ich auf meinem Stuhl ein. Sein Schrei weckt mich. Ich weiß, die Morphiumdosis müsste eigentlich bis zum nächsten Morgen wirken. Ich setze mich auf die Bettkante zu ihm, tupfe sein Gesicht ab.

»Schhhschhhh. Alles ist gut. Ich bin ja da«, flüstere ich ihm zu. Er sieht mich an, sieht durch mich hindurch. Dann lächelt er und fällt zurück in das Kissen. Seine milchige Haut bekommt etwas Farbe. Sein Gesicht, das verkrampft war, entspannt sich, wirkt gelassen und zufrieden. Er lächelt mich an, scheint mich zu sehen, wahrzunehmen. Zaghaft hebt er seinen Arm, und ich nehme seine Hand, halte sie. Dann schläft er ein. Für immer.

Ich laufe nicht, um Anna zu holen. Sie hat sich kaum blicken lassen, und wenn doch, dann nur kurz. Stattdessen halte ich Ättis Hand, bis die Sonne aufgeht. Sie wird steif und kalt. Ich bin tieftraurig, habe das Gefühl, nun auch den letzten Halt zu verlieren. Die Sonne geht auf, und ich kann ihn immer noch nicht loslassen. Es ist, als wären wir miteinander verwachsen.

Doch dann kommt Anna, um mir Frühstück zu bringen. Ein Blick von ihr reicht, ich brauche gar nichts sagen, und sie weiß, dass er tot ist.

Sie jagt mich aus dem Zimmer und schließt die Tür ab. Ich sehe Ätti nie wieder. Da Anna mich allein adoptiert hat, habe ich keine Rechte und darf auch nicht mit zur Beerdigung.

Ätti hat die ganze Zeit, die ich hier im Niesenblick verbracht habe, nie schlecht über meine Mutter geredet. Er hat immer gemeint, dass sie ihre Gründe gehabt haben wird, mich 1972 zur Adoption freizugeben. Und er hat einmal gesagt, dass uns etwas verbindet. Was es war, erfahre ich erst nach seinem Tod vom Pfarrer: Auch Ätti war einst ein Verdingkind.

Kapitel 19

1982 bis 1983

Jetzt, nach Ättis Tod, hält mich nicht mehr viel im Niesenblick – bis auf Adrian. Er ist vier Jahre jünger als ich und Annas letztes Pflegekind. Er ist gerade dreizehn und wird noch eine Weile Annas Launen aushalten müssen. Viele Dinge scheint er locker hinzunehmen, aber heimlich weint er doch oft bitterlich, und ich bin die Einzige, die ihn trösten kann. Ihn will ich nicht alleine lassen. Wäre Adrian nicht gewesen, so wäre ich schon im Frühjahr, nach meinem Schulende, abgehauen.

Von den fünfzig Franken Taschengeld, die ich von Anna bekomme, kann ich mir allerdings kein Zimmer leisten, geschweige denn Lebensmittel und Hygieneartikel bezahlen. Im November werde ich siebzehn und bin somit noch nicht volljährig. Immer noch kassiert Anna das meiste von meinem Lohn ein.

Der Laden von Fritz läuft schlecht. Vor Kurzem hat ein großer Einkaufsmarkt in Thun eröffnet und zieht uns die Kundschaft ab. Am Ende des Jahres beschließt Fritz, sein »Lädeli« zu schließen. Ich verliere also meine Arbeit – allerdings nicht für lange, bald schon hat Anna für Ersatz gesorgt. Wieder im Verkauf, wieder ein kleiner Laden – aber dieser hat zwei Gänge, die nicht so übersichtlich sind. Das Personal besteht, außer mir, aus drei Personen. Sie behalten mich immer im Blick. Immer. Selbst wenn ich zur Toilette gehe, folgt mir jemand und beobachtet mich.

Der Geschäftsführer ist ein Bekannter von Anna, und er hält mir jeden Tag vor, ich würde stehlen. Was ich nicht tue. Was ich gar nicht könnte, so sehr stehe ich unter Aufsicht.

Eines Tages platzt mir der Kragen. Ich nehme ein Weggli – ein Brötchen – und einen Schokoladenriegel, beiße in beides hinein und werfe es dem Geschäftsführer vor die Füße.

»So! Nun habe ich gestohlen!«, schreie ich ihm entgegen und gehe.

Meine Hoffnung, dass er mir umgehend kündigt, erfüllt sich nicht. Der Ladeninhaber lässt es sich jedoch nicht nehmen, mich anzuzeigen.

Im Februar 1983 nimmt Anna den Einschreibebrief mit der Anzeige entgegen. Schnurstracks macht sie sich auf in den Laden und zieht mich an Haaren und Kleidern nach Hause. Dabei wettert sie lautstark. Erst stehe ich unter Schock. Wie kann sie das mit mir machen? Vor allen Leuten? Vor den Angestellten und dem Chef? Wie kann sie mich wieder so erniedrigen? In meinem Bauch kocht es, und je näher wir dem Niesenblick kommen, desto größer brennt das Feuer der Wut. Es lodert geradezu.

»Du undankbares Balg!«, schreit sie.

»Du Teufel!«, schreie ich zurück. »Wie kannst du mir das antun?«

Wir kommen zum großen Haus, und da steht der große Vorschlaghammer vor der Tür, mit dem wir die Fichtenpfähle, die wir für die Weidezäune der Ziegen brauchten, in die Erde gerammt haben. Ich bin so wütend, so unsagbar wütend, wie eine große Welle überschlägt es mich. All die Qualen die vielen Jahre, die Misshandlungen, die Folter und die Erniedrigung – alles Aufgestaute bricht nun aus. Ich packe den Hammer, nehme ihn und renne in den Flur. Da hängen die gerahmten Bilder *ihrer* Familie.

Anna hat Familie. Und was habe ich? Nichts. Meine Mutter hat mich empfangen, geboren und dann weggegeben. Sie hat sich nie um mich geschert. Deshalb habe ich auch keine Großeltern, Tanten oder Onkel. Ich habe niemanden, und niemand will mich. Von allen werde ich gehasst oder verachtet. Und die wenigen Menschen, die mir nahestanden, sind mir durch den Tod genommen worden – Bruno und Ätti.

Voller Wut hebe ich den Hammer, schlage auf die Bilder ein, auf die Wände, auf alles. Ich zertrümmere, was mir in den Weg kommt. Immer wieder schaue ich über die Schulter, aber diesmal stellt sich Anna mir nicht in den Weg. Zum Glück, denn auch vor ihr hätte ich nicht Halt gemacht. Ich zerschlage die Möbel, schreie, bin außer mir.

Trudi kommt entsetzt aus der Küche. »Ruf die Polizei«, schreit Anna. »Hilfe, Hilfe, ruf die Polizei!«

Ich gehe raus in den Hof. Da steht das Auto einer unserer Mieterinnen, deren Zimmer ich putzen muss. Ich hebe den Hammer, lasse ihn auf die Motorhaube krachen, schlage die Windschutzscheibe ein, die zersplittert. Dann lasse ich den Hammer fallen. Die Polizei wird gleich kommen, Trudi hat sie sicher schon gerufen. Was ich tue, ist nicht gut und nicht gerecht, das ist mir klar. Es ist furchtbar, Dinge zu zerstören. Aber ich spüre mich nicht mehr, ich bin nur noch voller Wut. Ich bin ein Vulkan, der unter Überdruck steht und nun explodiert und Magma und Asche speit und damit alles um sich herum zerstört. Ich zerstöre alles, was mir zu nahe kommt. Meine Wut kennt kein Halten mehr und muss raus. Jetzt. Hier.

Dennoch wird mir bewusst, dass die Polizei gleich kommen und mich mitnehmen wird. Verwirrt schaue ich mich um – um mich herum nur Trümmer. Hier kann ich nicht bleiben. Die Polizei wird mir nicht glauben, dass Anna mich misshandelt hat und dass ich deshalb ausgerastet bin. Die Polizei hat mir noch nie geglaubt. Ich erinnere mich an ihre lüsternen Blicke, als ich ihnen von der Vergewaltigung durch den Bauern berichtete, und wie sie immer und immer wieder die widerlichen Details hören wollten, während sie sich über die Lippen leckten, ihre Wangen sich färbten und lüsterner Schweiß auf ihrer Stirn perlte.

Nein, mit der Polizei will ich nichts mehr zu tun haben. Aber den Bauern, den will ich sprechen. Meine Wut kocht und brodelt noch immer. Ich will ihm gegenübertreten und ihn fragen, warum er mir das angetan hat. Ich will, dass er sich bei mir entschuldigt und aussagt, dass ich dort nie gestohlen habe. Ich bin keine Diebin, werde aber immer wieder als eine solche gebrandmarkt. Das muss ein Ende haben.

Mit der Bahn und dem Postauto fahre ich zu ihm, den Weg kenne ich gut genug. Ich stapfe, immer noch voller Wut, zum Bauernhaus. Hier hat sich nicht viel verändert, und die Erinnerungen kommen wieder. Sie tun weh. Dort drüben ist das Bienenhaus, in das mich der Bauer nackt steckte. Da ist die Scheune, in die er mich drängte … mich schaudert es, doch ich hebe die Schultern, strecke das Kinn nach vorne. Diesmal will ich Antworten haben. Ich werde mich nicht abspeisen lassen.

Ich klopfe an der Tür, und sie sind zu Hause, öffnen mir. Die Bäuerin zögert erst, zieht die Augenbrauen zusammen, sieht mich misstrauisch an.

»Was willst du denn hier?«, fragt sie.

»Ich will reden«, antworte ich spröde und dränge mich an ihr vorbei.

Der Bauer sitzt am Tisch, sie haben gerade zu Mittag gegessen. Er wischt sich das Fett vom Kinn, und mir wird schlecht, als ich ihn sehe – sein Gesicht, die breite Nase, die Pranken, mit denen er das Besteck hält. Ich unterdrücke den Würgereiz, ziehe einen Stuhl zum Tisch und setze mich.

»Ich bin hier, weil ich wissen will, warum du das gemacht hast!«, sage ich und starre ihn an.

»Was gemacht?« Er grinst höhnisch. »Ich habe nichts gemacht. Das hat die Polizei auch gesagt.« Er grinst höhnisch und leckt sich über die Lippen. »Groß bist du geworden«, murmelt er. »Und Formen hast du bekommen.« Sein Blick wird lüstern, in mir dreht sich alles um.

»Was willst du hier, du Bastard?«, schimpft die Bäuerin. »Du hast uns nichts vorzuwerfen. Wir haben dich immer anständig behandelt, aber du hast uns bestohlen.«

»Das habe ich nicht. Sag es ihr«, fordere ich ihn auf und sehe ihn an. Er grinst nur. »Nun sag ihr schon, wie es wirklich war«, rufe ich ihm entgegen.

»Du bist nicht ganz dicht«, sagt die Bäuerin kalt. »Sonst hätte doch die Polizei nach deiner Anzeige anders entschieden. Nun mach dich fort hier. Und nimm dich bloß in Acht, was du erzählst, sonst zeigen wir dich wegen Verleumdung an.« Sie packt meinen Arm, zieht mich gewaltsam hoch. »Raus, du Tschingg, raus mit dir!«

Sie schmeißt mich aus dem Haus, schließt die Tür mit einem Krachen. Meine Augen brennen, doch Tränen wollen nicht fließen. In mir brennt das Feuer der Rache. So kommen sie mir nicht davon. Sie wissen genau, was sie getan haben, das habe ich in ihren Augen gesehen. Hinter dem Schrecken, mich zu sehen, war auch die Scham. Aber für ihre Fehler stehen diese bösen Menschen nicht ein.

Später erfahre ich, dass sowohl die Kinder als auch die Bäuerin gewusst haben, was er mit mir machte. Sie sagte: »Besser das Kind als ich.«

Aber auch ohne dieses Wissen bin ich voller Enttäuschung. Ich warte versteckt an der Poststation, sehe das Bauernpaar kurze Zeit später fortgehen. Immer noch ist ein Zweitschlüssel in dem Blumentopf neben der Haustür versteckt. Wie ferngesteuert nehme ich ihn, schließe auf, gehe in das Haus.

Im Bad, da hat er mich das erste Mal nackt gesehen und daraufhin missbraucht. Ich gehe zum Badzimmer, zu dem Ort, wo das Grauen seinen Anfang nahm. Ich will ein Zeichen setzen, sie bestrafen, ihnen Schaden zufügen, so wie sie mir Schaden zugefügt haben. Hier steht kein Vorschlaghammer, doch ein Stapel Badehandtücher liegt auf einem Schemel. Ich nehme die Handtücher, lege sie in die Mitte des Badezimmers, forme regelrecht einen Scheiterhaufen. Aus dem Schuppen hole ich den Kanister mit Benzin – hier hat sich tatsächlich all die Jahre nichts verändert, alles steht noch so an seinem Platz wie vor sechs Jahren.

Ich nehme den Benzinkanister, schleppe ihn ins Bad, begieße die Handtücher.

Ich will ein Zeichen setzen, damit sie sich Tag und Nacht an mich erinnern. Ich will ihnen zeigen, wie es in mir lodert, welche Wut ich habe, ich will ihnen und der ganzen Welt zeigen, dass sie mich verletzt haben, dass *er* mich verletzt hat. Ich will, dass er weiß, dass ich für meine Rechte kämpfe und dass er bis zu seinem Lebensende mit meiner Rache rechnen muss. Ich will den Raum zerstören, in dem er mich zum Baden schickte, um mich anschließend zu vergewaltigen. Hier war ich damals als Sechsjährige für einen Augenblick glücklich – ich durfte alleine baden, im Wasser spielen und Kind sein. Kurz darauf hat er mir das alles genommen, mich geschändet. Und so will ich sein Zuhause schänden. Ich bin voller Wut, voller Hass, voller Verzweiflung. Niemand liebt mich mehr, Ätti und Bruno sind gegangen. Die ganze Welt, so fühlt es sich an, hat sich gegen mich verschworen. Ich habe niemanden, der für mich einsteht, also muss ich es selbst tun.

Und ich schieße über das Ziel hinaus – im hohen Bogen.

Ich gehe in die Küche, finde mühelos die Streichhölzer, zücke eins und werfe es in hohem Bogen auf den Haufen Handtücher.

Bumm.

Fast wie eine Explosion entzünden sich die Handtücher, eine hohe Flamme lodert auf, verbrennt mir die Stirnhaare. Es stinkt plötzlich entsetzlich, der Geruch nimmt mir den Atem. Die Flamme züngelt bis zur Decke, und auf einmal wird mir bewusst, dass ich das Feuer nicht werde löschen können.

Ich will die Bauersleute nur erschrecken, will ihr Haus beschädigen. Zerstören will ich es nicht. Ich habe keinen Plan, handele atemlos und im Affekt, voller Wut und Emotionen. Aber ich zünde damit den Hof an. Die Einsicht kommt zu spät – das Feuer erreicht die Holzdecke, frisst sich durch sie hindurch, kriecht unaufhaltsam weiter.

Hustend und spuckend, voller Entsetzen, renne ich davon. Ich hole keine Hilfe – das kann ich nicht, ich weiß, die Strafe wäre fürchterlich.

Der Hof brennt bis auf die Grundmauern nieder.

Jetzt gibt es kein Zurück, wird mir klar. Aber jetzt kann ich auch gehen, wohin ich will. In Thun habe ich keine Zukunft mehr.

Ich kehre noch einmal heimlich zum Niesenblick zurück, grabe das Geld aus, das ich versteckt habe, und gehe.

Da stehe ich nun am 10. Februar 1983 am Bahnhof in Bern und studiere den Zugfahrplan. Ich habe knapp tausend Franken gespart und zwei Pullover und eine Manchesterhose in meinem Jutesack. Diese Flucht ist nicht geplant und nicht überlegt, aber zurück zu Anna werde ich auf keinen Fall gehen.

Natürlich denke ich an die Punks in Bern. Sie würden mich sofort mit ausgebreiteten Armen aufnehmen. Aber das verlassene Haus, das sie besetzt haben, wird immer wieder von der Polizei kontrolliert, und auch Anna würde mich in Bern zuallererst suchen. Nach Bern kann ich nicht, so verlockend es auch wäre.

Wo soll ich hin? Ich träume von der Freiheit, von meiner Freiheit, von einem selbstbestimmten Leben ohne Folter und Erniedrigung – es ist zum Greifen nahe, ich muss mich nur für einen Weg entscheiden. Mir ist bewusst, dass die tausend Franken nicht ewig halten werden, und so ist mir ein Zugbillett zu teuer. Schwarz fahren will ich auch nicht, die Kontrolleure würden mich sicher aufgreifen und nach Hause schicken. Ich mache mich zu Fuß auf nach Wabern. Es ist schon Abend, und der Berufsverkehr ist im Gange. Ich stelle mich an die Straße, hebe die Hand, um zu trampen. Nach einer Weile hält ein älterer Mann. Er fährt bis nach Lausanne, sagt er mir. Ich steige zögernd ein – hinten, da fühle ich mich sicherer. Er ist nett, nichts passiert. In Lausanne stelle ich mich wieder an die Hauptstraße und habe Glück: Ein Ehepaar nimmt mich mit. Sie fragen, wohin ich will.

Sie lassen nicht locker, stellen viel Fragen, warum denn ein so junges Mädchen abends alleine unterwegs ist und trampt.

»Ich möchte nach Mailand«, sage ich schließlich. »Meine Familie besuchen.«

Ich erfinde eine wilde Geschichte, warum meine Familie in Mailand ist. Sie glauben mir, sie sind sogar noch so freundlich, mich bei ihnen in dieser Nacht schlafen zu lassen.

Mailand – der Gedanke, da hinzugehen, setzt sich in meinem Kopf fest. Am nächsten Morgen gehe ich zum Bahnhof und löse einen Fahrschein. Mailand haben wir in der Schule als Thema gehabt, und ich habe sehr romantische Vorstellungen von diesem Sehnsuchtsort.

Voller Hoffnung steige ich in den Zug. An der Grenze nach Italien steigen die Zöllner in den Zug. Ach du Schreck, man braucht ja einen Pass! Daran habe ich überhaupt nicht gedacht, und Papiere habe ich natürlich nicht, die liegen bei Anna im Büro. Ich schleiche mich aus dem Zug, um nicht erwischt zu werden.

Da bin ich nun in Iselle di Trasquera. Was mache ich nun? Wo soll es hingehen? Ich will nach Mailand, nach Italien. Aber wie? Erst einmal fahre ich ohne Plan nach Luzern. Ich kaufe mir ein Brötchen und einen Schokoladendrink, lasse mich wieder mitnehmen. Und dann stehe ich in Chiasso – hinter mir der Bahnhof, vor mir die Straße, die nach Italien und in die Freiheit führt.

Es ist kalt, ich zittere. Schnell ziehe ich mir beide Pullover und die Jacke an, die Manchesterhose passt über meine Jeans, die ich mir heimlich gekauft hatte, weil Anna Jeanshosen ablehnt. Jeans tragen nur unanständige und faule Leute, sagt sie immer wieder. Umso stolzer bin ich auf mein Exemplar.

Ich trampe wieder. Gegen 17 Uhr nimmt mich ein Mailänder Ehepaar mit. Sie sind sehr neugierig, was ein so junges Mädchen nach Mailand bringt. Plötzlich wird mir klar, dass ich viel jünger aussehe, als ich bin. Sie halten mich für dreizehn oder vierzehn, dabei bin ich schon siebzehn. Ihre Fragen werden immer eindringlicher, dabei können sie nur ein paar Brocken Deutsch, und ich spreche kein Italienisch. Schließlich begreife ich, was sie von mir wollen, und halte ihnen meine letzte Lohntüte hin. Da stehen Arbeitgeber, Adresse, Geburtsdatum und Monatslohn drauf.

»Schaut, das bin ich!«, rufe ich.

Die Frau liest sich alles gründlich durch, nickt.

»Siebzehn? Schon siebzehn?«, fragt sie.

Ich nicke heftig, und sie scheint mir endlich zu glauben.

Ohne Probleme und ohne angehalten zu werden, kommen wir über die Grenze. Erst da wird mir klar, dass es auch für sie vielleicht hätte Folgen haben können, mich ohne Papiere mitzunehmen. Aber zum Glück geht alles gut.

Spät in der Nacht sind wir endlich in Mailand. Sie lassen mich aussteigen, und nun stehe ich da. Wo soll ich hin? Ich kenne niemanden, spreche die Sprache nicht. Ich brauche ganz schnell eine billige Unterkunft, denn lange wird mein Geld nicht reichen. Mir ist in dem Moment noch nicht einmal klar, dass es in Italien eine andere Währung gibt – Lira statt Franken. Ganz blauäugig und naiv bin ich weggelaufen, aber zurück will ich auf keinen Fall. Ich werde mich durchbeißen, das schwöre ich mir.

Bruno fällt mir ein – mein einziger echter Freund und Seelenverwandter. Er hat mir schon früh manche Dinge gezeigt, und plötzlich wird mir klar, dass ich die Stadt verlassen muss. Ich muss aufs Land, da kann ich überleben, mich durchschlagen. Er hat mir gezeigt, wie das geht.

Irgendwie finde ich außerhalb von Mailand ein kleines Gasthaus. Es ist spät und kalt, ich bin müde, und außerdem ist es stockdunkel – einen Unterschlupf aus Zweigen kann ich mir heute nicht mehr bauen.

Ich habe Hunger; seit dem Brötchen heute Morgen habe ich nichts mehr gegessen. Mein Magen knurrt, und dort ist noch Licht – also betrete ich den Gastraum.

Der Wirt ist erst reserviert, doch als ich ihn anspreche, stellt sich heraus, dass er auch Deutsch kann, weil er einige Jahre in Deutschland gearbeitet hat. Was für eine Erleichterung, was für ein Glück für mich. Ich bekomme für wenig Geld ein Zimmer mit Frühstück. Ich bin überglücklich.

Als die letzten Gäste gehen, bleibe ich alleine mit dem Wirt zurück. Er erzählt mir von seinem Leben, und ich berichte ein wenig von mir. Er ist sympathisch, und ich vertraue ihm, fühle mich geborgen und erzähle ihm von meinen Plänen. Natürlich erzähle ich ihm nicht alles; dennoch ist er geschockt und unterstützt mich in dem Vorhaben, mein eigenes Leben zu führen und mich von Anna zu befreien.

Er erzählt mir von seinem Bruder in Neapel. »Bei ihm«, meint er, »kannst du sicher eine Weile bleiben.« Ich bin froh über diese Aussicht. »Aber sei vorsichtig unterwegs«, mahnt er mich. »Du siehst sehr jung aus. In Italien läuft manches anders, und viele Dinge werden mit Handschlag besiegelt. Gib niemandem unvorsichtig die Hand.« Er zwinkert mir zu.

Am nächsten Morgen gibt mir die Frau des Gastwirts noch ein Essenpaket und einige Kleider mit, auch eine Mitfahrgelegenheit haben sie für mich organisiert. Das Ehepaar, zu denen ich ins Auto steige, kann kein Deutsch. Aber das macht nichts – mein Glück ist perfekt, und ich nutze die Fahrt einfach, um zu schlafen, denn in der Nacht habe ich vor Aufregung kaum ein Auge zugetan.

Ja, ich freue mich über meine neu gewonnene Freiheit, aber vor meinen Augen tauchen immer wieder die lodernden Flammen des Bauernhofs auf, und mein schlechtes Gewissen zermürbt mich. Das habe ich nicht gewollt.

In Neapel halten wir im Stadtteil San Giuseppe. Dort wohnt der Bruder des Gastwirts, der mich schon telefonisch angekündigt hat. Die Familie heißt mich willkommen.

Zum ersten Mal in meinem Leben sehe ich das Meer und

bin sehr beeindruckt. Überhaupt gefällt mir diese riesige Stadt, die so ganz anders ist als Thun.

Hier werde ich sicher schnell irgendeine Arbeit finden, denke ich zuerst noch voller Enthusiasmus, aber schon bald holt mich die Realität ein. Viele Neapolitaner wandern in den Norden ab, um dort Jobs zu finden. Auf mich, die ich ungelernt bin und die Sprache nicht spreche, hat hier keiner gewartet. Ich will die Gastfreundschaft der Familie nicht überstrapazieren, aber zurück in den Norden will ich auch nicht. Also kaufe ich mir eine Fahrkarte und reise mit dem Zug weiter nach Süden.

Die italienische Bahn ist bei Weitem nicht so komfortabel wie die in der Schweiz. Hier steigen oft Bauern zu, die Hühner dabeihaben, und einmal sogar einer mit zwei Schafen. Ich sitze schüchtern in meiner Ecke, traue mich nicht, jemanden anzusprechen. Doch die Italiener haben eine offene Mentalität, und trotz vieler Sprachschwierigkeiten finden sie immer einen Weg, mit mir zu kommunizieren.

Mir werden Speisen angeboten, die ich noch nicht kenne. Plötzlich schleichen sich neue Gedanken in meinen Kopf. »Was wäre, wenn ich in Italien aufgewachsen wäre?« Je länger ich darüber nachdenke, desto zorniger werde ich auf die Schweiz. Doch dann gestehe ich mir ein, dass es vernichtend ist, wenn man sich mit »Wenn, Aber und Warum« beschäftigt. Die Vergangenheit lässt sich nicht mehr ändern. Die Zukunft habe ich – zumindest teilweise – in meinen eigenen Händen.

Wir erreichen den Süden Italiens, Villa San Giovanni, und alle, die nach Sizilien wollen, müssen hier aussteigen – so auch ich. Ich hoffe, in einem Hotel in Sizilien eine Anstellung zu finden. Aber diese Hoffnung zerschlägt sich sehr schnell wieder. Stattdessen muss ich mir eine Unterkunft suchen und dafür bezahlen. Die Freiheit, stelle ich nun fest, ist teuer.

Für zehn Schweizer Franken pro Nacht komme ich in einer Pension unter. Der Wirt, der ein wenig Deutsch spricht, erkennt mein Dilemma. »Mein Bruder sucht eine Küchenhilfe«, teilt er mir mit.

Ich bin Feuer und Flamme, flunkere allerdings, was meine Papiere angeht.

»Mein Pass ist mir gestohlen worden«, sage ich. »Aber ich war auf der Botschaft, und die neuen Papiere werden demnächst ausgestellt und mir zugeschickt.«

»Dann ist doch alles gut«, meint der Wirt. »Bist du seefest?«

Ich weiß nicht, was das bedeutet. Es ist mir auch egal, ich will nur endlich eine bezahlte Arbeit haben. Ich nicke heftig.

»Mein Bruder arbeitet auf einem Schiff. Einem Frachtschiff. Es fährt vier Tage lang von Palermo bis Athen und dann weiter bis Port Said. Es ist eine Art Fähre – für Autos und deren Besitzer«, erklärt er umständlich. »Diese Leute wollen auf der Fahrt essen.«

Ich würde Unterkunft und Essen bekommen, müsste in der Küche helfen. Was für ein Segen – endlich eine Arbeit. Ich kann mich an kaum einen Tag in meinem Leben erinnern, an dem ich nicht gearbeitet habe. Das Nichtstun geht mir an die Substanz, ich fühle mich nutzlos. Begeistert sage ich zu.

Schon am nächsten Tag geht es los. Dummerweise werden auch die Mitarbeiter des Schiffes vom Zoll kontrolliert. Mir vergeht alles. Ich zittere vor Angst. Doch Hilfskräfte auf dem Schiff sind Mangelware, und so schickt man mich, um beim Beladen des Schiffes zu helfen. Der Koch steht an Deck und drängt zur Eile, denn erst wenn das Schiff beladen und das Personal an Bord ist, dürfen die Passagiere mit ihren Autos auf die Fähre. Der Polizist winkt mich – bis oben hin beladen – eilig durch. Ihn nerven auch die vielen Kinder, die sich immer im Hafen befinden und die Touristen belagern. Sie hoffen auf ein Trinkgeld, wenn sie beim Tragen der Gepäckstücke helfen.

So komme ich an Bord und verstecke mich erst einmal in der Toilette.

Doch die Zusammenarbeit mit dem Koch gestaltet sich

schwierig. Er flucht, fuchtelt mit seinem Messer umher, macht mir Angst. Obwohl ich viel Erfahrung habe, was Küchenarbeit angeht, verstehe ich nicht, was ich tun soll, und mache ihm eher noch zusätzliche Arbeit. Der Bruder des Wirts ist wütend, ich werde aus der Küche verbannt, und man sagt mir, dass ich wahrscheinlich in Palermo das Schiff verlassen muss. Dabei koche ich zwar nicht gerne, aber die ganze Vorarbeit, das Schneiden, Hacken und Vorbereiten, habe ich von Grund auf bei Trudi gelernt und mache es auch gern. Doch nun werde ich an Deck verbannt. Ich habe Angst – was wird die Zukunft bringen?

Kapitel 20

1983, Afrika

Ich habe nun viel Zeit und halte mich an Deck auf. Dort ist auch ein deutsches Ehepaar. Immer wieder suchen sie den Kontakt zu mir, sprechen mich höflich an. Zuerst bin ich sehr schüchtern, doch dann lasse ich mich auf das Gespräch ein. Sie erzählen mir, dass sie diese Reise per Bus und Schiff zum Andenken an ihre verstorbene Tochter machen.

Sie interessieren sich so sehr für mich, weil ich ihrer Tochter sehr ähnlich sehe. Und tatsächlich, als sie mir ein Foto zeigen, erkenne auch ich die Ähnlichkeit. »Ist dieses Mädchen vielleicht auch adoptiert worden? Hatte ich eine Zwillingsschwester«, geht mir durch den Kopf. Aber weder das Geburtsdatum noch das Alter stimmen überein.

Das Ehepaar ist glücklich, mich in der Nähe zu haben, und ich nutze ihre Zuneigung schamlos aus.

In Port Said verlasse ich mit ihnen zusammen das Frachtschiff. Ich habe ihnen erzählt, dass mein Pass gestohlen wurde, und um Ärger zu vermeiden, geben sie mich einfach als ihre zweiundzwanzigjährige Tochter aus – den Pass und ein großes Bild von ihr trägt die Frau immer bei sich. Das kostet das Ehepaar einiges an Bestechungsgeld, doch sie zahlen es, ohne mit der Wimper zu zucken. Mir wird bewusst, wie reich die beiden sein müssen. Für mich ist das die größte Chance, um problemlos weiterzukommen. Den Schmerz der Familie nehme ich kaum wahr.

Ich erzähle ihnen nur, dass meine Eltern gestorben sind und ich im Heim aufgewachsen bin. Auf weitere Fragen gehe ich nicht ein. Dennoch scheinen sie mich in ihr Herz geschlossen zu haben und bitten mich, die Reise mit ihnen zusammen fortzusetzen. Ich willige ein.

In Port Said besteigen wir wieder ein Schiff – wir werden den Suezkanal hinauffahren. Diesmal bin ich Passagier und flaniere auf dem Deck. Natürlich fahren wir erster Klasse. Wie wunderbar das ist! In Suez wartet ein klimatisierter Bus auf uns, und es geht weiter bis nach Kairo. Dort übernachten wir im Hotel. Am nächsten Tag besichtigen wir Museen und schauen uns die Stadt an. Das Ehepaar verhält sich so, als wäre ich ihre Tochter. Sie bezahlen alles für mich, und ich nehme es ohne Skrupel an. Nach all den Torturen, die ich bisher erlebt habe, habe ich das verdient, denke ich und genieße es.

Ihre Tochter hatte sich eine Reise auf dem Nil gewünscht, und auch das machen wir im Gedenken an sie. Wir gehen an Bord eines Luxusschiffes. Ich bin im Himmel angekommen – sowohl das Ehepaar als auch die Schiffsbesatzung behandeln mich wie eine Prinzessin.

Diese Reise ist wunderbar, ich sauge alles in mich auf – die Landschaft, den Sternenhimmel, die freundlichen Leute und die unvergesslichen Sonnenaufgänge. Dazu gibt es das beste Essen. Alles schmeckt hier anders und besser. Das ist es, denke ich, wonach ich gesucht habe. Hier habe ich es endlich gefunden.

Doch für das Ehepaar endet die Reise in Abu Simbel. Sie haben den Wunsch ihrer Tochter erfüllt und werden nach Deutschland zurückkehren. Sie flehen mich an, mit ihnen zu kommen. Sie versprechen, dass sie alles für mich tun und bezahlen werden.

Das glaube ich auch … nur ich will nicht zurück. Da ich mir sicher bin, dass sie es nicht verstehen, meide ich das Thema, so gut es eben geht. Es ist mir peinlich, dass ich so viel von ihnen genommen habe, aber jetzt meinen eigenen Weg gehen will. Mein wahres Ich habe ich ihnen nie preisgegeben, sie wissen fast nichts von mir, und dennoch haben sie mich ins Herz geschlossen. Nun aber plagt mich mein schlechtes Gewissen. Ich sollte wenigstens versuchen, es ihnen zu erklären, aber ich weiß, ich würde niemals die richtigen Worte finden, und sie würden es nicht verstehen.

Wir haben in einem der besten Hotels eingecheckt, und wie immer habe ich ein Zimmer neben ihrem, aber in dieser letzten Nacht kann ich nicht schlafen. Ich kann und will nicht zurück nach Europa. Wie eine feige Diebin schleiche ich mich am nächsten Morgen ganz früh davon. Ohne mich zu bedanken und ohne mich zu verabschieden. In meiner Kehle ist ein bitterer Geschmack, und ich ahne, dass ich meine Tat noch bereuen werde. Aber für mich liegt die Zukunft hier im Süden. Noch weiter will ich ziehen. Ich packe mir im Hotel Fladenbrot und Obst ein, verlasse das Haus und suche nach einem Bahnhof. Den gibt es in Abu Simbel aber nicht. Plötzlich wird mir klar, dass meine Weiterreise gar nicht so einfach wird – schließlich kann ich die Sprache hier weder sprechen noch lesen. Immerhin habe ich eine Landkarte von Afrika. Afrika wird meine Zukunft sein, daran glaube ich ganz fest.

Doch während ich durch das Dorf laufe, bemerke ich die seltsamen Blicke, die mich treffen. Ich bin nun allein und nicht mehr mit einer Reisegruppe, mit anderen Europäern und einem Guide unterwegs. Auf einmal fühle ich mich bedroht und habe Angst. Ich bin plötzlich der Exot und werde auch so beäugt. Ein junges europäisches Mädchen, das allein unterwegs ist. Vielleicht ist das alles keine gute Idee. Heimweh überkommt mich und ein wenig die Sehnsucht nach der Geborgenheit, die ich die letzten Tage empfunden habe. Doch nun ist es zu spät, ein Zurück gibt es nicht mehr.

Endlich finde ich den Busbahnhof. Aber die Busse sind schon längst abgefahren. Nach und nach finden sich immer mehr Wartende ein, aber Busse kommen nicht. Dann wird es dunkel, und meine Angst wächst. Während es tagsüber sehr heiß war, wird es jetzt bitterkalt. Ich ziehe alle meine Sachen an, kauere mich in eine Ecke, in die Nähe einer Familie mit acht Kindern. Mein Magen knurrt vor Hunger, und die Sorge, dass mich jemand bestehlen könnte, raubt mir den Schlaf.

Am nächsten Morgen kommen viele Händler und bieten ihre Waren – Brot und Früchte, Getränke und gekochte Gerichte – feil. Doch sosehr ich rufe oder winke, keiner scheint mich wahrzunehmen. Inzwischen ist mir klar, dass der zuerst in den Bus kommt, der zuvorderst in der Reihe steht. Also weiche ich keinen Zentimeter von meinem Platz. Endlich kommen auch Händler zu uns, aber sie ignorieren mich. Verdammt! Ich strecke ihnen mein Geld – Lira und Schweizer Franken – entgegen, doch sie sehen über mich hinweg. Endlich nimmt jemand meine Lira an. Ich bekomme ein pappiges Linsengericht, das mir nicht schmeckt, aber immerhin satt macht.

Dann kommen die Busse und werden in Windeseile beladen. Die Leute stellen sich gemütlich an, um einzusteigen. Der Laderaum unter dem Bus und das Dach füllen sich – Körbe und riesige Tücher, die um Waren gewickelt sind, werden weitergereicht. Endlich komme ich an die Tür des Busses, aber der Chauffeur will mich nicht einsteigen lassen, beachtet mich fast nicht. Ich halte ihm mein Geld und die Karte von Afrika entgegen, zeige immer wieder auf Südafrika, aber er schiebt mich weg.

Wäre ich doch nur bei dem Ehepaar aus Deutschland geblieben! Doch sie sitzen inzwischen im Flieger und sind auf der Heimreise, sie können mir nicht mehr helfen.

Warum will der Busfahrer mich nicht mitnehmen? Ist es der falsche Bus? Oder liegt es am Geld? Doch dann habe ich wieder Glück: Einer der Händler hat mich beobachtet, er kommt zu mir, zeigt auf mein Geldbündel, das ich in der Hand halte, und streckt mir seinerseits Scheine der Landeswährung entgegen. Endlich verstehe ich, dass er tauschen will, und nehme dankbar sein Geld an. Dass er mich betrügt, wird mir erst später klar. Doch mit dem Geld kaufe ich mir eine Fahrkarte nach Kassala im Sudan. Nun wird mein Traum wahr, denke ich.

Doch dann kommen die Zöllner und kontrollieren alle. Ich halte ihnen mein Busticket entgegen und denke, dass das ausreicht, aber das tut es nicht. Sie nehmen mich mit ins Zollhaus. Dort halten sie mir Papiere entgegen – ich werde gesucht. Anna, denke ich resigniert, hat mal wieder gewonnen. Aber irgendwie bin ich auch erleichtert und warte einigermaßen gelassen auf die Polizei, die kommt und mich abholt. Doch die Polizei kommt nicht. Die Zöllner mustern meine Sachen. Ich habe nur noch etwa 200 Schweizer Franken, aber das Geld fällt ihnen sofort ins Auge. Am Abend kommt ein Zöllner und reicht mir zwei Schriftstücke, die auf Arabisch verfasst sind. Dafür nimmt er mein letztes Geld. Er zeigt in Richtung Grenze, lacht, zeigt wieder zum Sudan, und schließlich begreife ich, dass er mir irgendwelche Reisepapiere besorgt hat. Großartig. Jetzt habe ich zwar Papiere, aber kein Geld mehr.

Dennoch nimmt mich am nächsten Morgen der Bus mit, und es geht nach Kassala. Jetzt wird mein Traum doch noch wahr, denke ich voller Hoffnung.

Doch schon bald nach Beginn der Fahrt wird mir schlecht. Wir fahren auf Schotterstraßen, der Bus ist nicht klimatisiert wie der Touristenbus in Ägypten, in dem ich mit dem deutschen Ehepaar war. Ist das wirklich erst ein paar Tage her? Es erscheint mir viel länger zu sein. Es war ein ganz anderes Leben. Jetzt bin ich eingeklemmt zwischen Waren, die vermutlich gekauft wurden oder noch verkauft werden sollen, und den einheimischen Reisenden, süße bis bittere Düfte umgeben mich.

Jetzt ist mir schlecht, ich bekomme Durchfall. Mir wird ein Platz direkt neben dem Fahrer gegeben, damit ich schnell rauskann ... Nein, es gibt keine Toilettenanlagen, keine Plumpsklos, es gibt noch nicht einmal Büsche. Ich renne an den Straßenrand, versuche mich so bedeckt wie möglich zu halten, und erleichtere mich.

Geld für Essen und Trinken habe ich nicht. Manchmal stehle ich etwas, einen Kanten Brot, ein Stück Obst, manchmal bekomme ich etwas geschenkt. Dann wieder bettele ich. Oftmals erbarmt sich jemand. Die Menschen sind freundlich.

Vier Tage soll die Fahrt bis nach Kassala dauern, eine unendliche Zeit.

Mittags, in der größten Hitze, gibt es immer einen langen Halt. In der Zeit sitze ich im Schatten und grübele. »Was wäre, wenn ich hier wohnen würde? Was für eine Arbeit könnte ich hier verrichten? Wie sieht meine Zukunft überhaupt aus? War es wirklich richtig wegzulaufen? In der Schweiz hatte ich wenigstens Arbeit und etwas Geld.«

Und dann kommen noch andere Gedanken hinzu: Ich hatte gedacht, dass Afrika so aussehen würde wie die Schweiz, nur wärmer und mit freundlichen und lieben Menschen, die sich gegenseitig achten und respektieren. Woher ich diese Illusion hatte, weiß ich nicht mehr. Ich zweifle an meiner Flucht, aber zurückzugehen kommt auch nicht in Frage. Dann hätte ich verloren, und Anna hätte wieder einmal gewonnen. Das ist der Gedanke, der mich in der ganzen Zeit weitertreibt. Ich will nicht, dass Anna gewinnt. Die ganze Zeit hat sie mich unterdrückt – jetzt bin ich ihr entkommen und will nicht wieder zurück.

Ich habe furchtbares Kopfweh, Durchfall und Erbrechen. Als wir in Kassala ankommen, habe ich hohes Fieber. Daran erinnere ich mich jedoch nicht mehr, das wurde mir später von Angestellten der deutschen Botschaft gesagt.

Ich habe auch keine Ahnung, wie wir über die Grenze gekommen sind, denn obwohl ich nur bis nach Kassala bezahlt habe, nimmt mich der Fahrer noch ein ganzes Stück weiter mit. Bis nach Eritrea.

Ich weiß gar nichts mehr, öffne irgendwann die Augen und bin in einem großen Raum mit zwölf Betten. Mir wird schnell klar, dass ich entweder in einem Heim oder in einem Spital sein muss.

Es ist ein Spital. Eine Schwester kommt und spricht auf mich ein, doch ich verstehe kein Wort. Dann holt sie eine weitere Schwester, die englisch auf mich einredet. Ein paar Worte Italienisch erkenne ich auch. Ich schüttele dennoch den Kopf. Meine wenigen Brocken reichen nicht für eine Konversation. »Deutsch?«, frage ich wieder und wieder, doch beide schütteln nur den Kopf. Ich bin müde und erschöpft, aber auch irgendwie froh, hier zu sein, hier, wo man sich um mich kümmert, mir zu trinken und zu essen gibt.

Meine Flucht ist hier ganz bestimmt zu Ende, denke ich und lasse den Kopf wieder ins Kissen sinken. Gleich wird die Polizei kommen. Ich schließe die Augen, ergebe mich in mein Schicksal. Doch ich werde nicht abgeführt; stattdessen kümmert man sich rührend um mich. Am nächsten Tag werde ich ans Telefon geholt. Die deutsche Botschaft … endlich kann ich wieder mit jemanden richtig reden, es ist eine Wohltat. Die Frau von der Botschaft teilt mir mit, dass ich sehr krank bin – ich habe mir eine Hepatitis B zugezogen und soll mich schonen. Dann fragt sie nach meinem Namen.

Meine Alarmglocken schrillen. Ich dachte, ich wäre schon längst identifiziert worden, alle wüssten, wer ich bin. Das scheint aber nicht der Fall zu sein. Dummerweise gebe ich meinen wirklichen Namen an, behaupte aber, dass ich aus Wien komme.

Einige Tage später geht es mir schon besser, und eine Schwester teilt mir mit, dass die Botschaft meinen Heimtransport organisieren werde. Das will ich nicht, es wird mich am Ende nur zu Anna zurückbringen. Also reiße ich in einem unbeobachteten Moment wieder aus. Ich nehme aus einem der offenen Regale einen Lwiet – ein Stofftuch, das sich die Frauen um den Kopf und Körper binden, ziehe ihn mir tief ins Gesicht.

Ich bin in Asmara, in Eritrea, aber ich könnte, was die Gebäude auf den Straßen angeht, genauso gut in Italien sein. Nur die Menschen sind hier anders.

In Eritrea herrscht Bürgerkrieg, aber das weiß ich gar nicht, Politik interessiert mich nicht sonderlich. Bruno hat immer über Politik gesprochen, doch seit seinem Tod habe ich mich nur noch wenig damit befasst. Hier in Asmara ist vom Krieg auch nichts zu spüren. Über der Stadt thront die katholische Kirche – dorthin flüchte ich. Ich will ausruhen und mich besinnen. Mir wird klar, dass meine weitere Reise beschwerlich werden wird, denn ich habe kein Geld und keine Papiere. Immer noch will ich nicht aufgeben und zurückkehren. Nicht freiwillig. Aus dem Augenwinkel beobachte ich den Priester am Eingang, der die Kollekte bewacht. Die Kasse gleicht einer großen Salatschüssel, und in einem günstigen Moment, als er abgelenkt ist, schnappe ich sie mir und laufe davon. Niemand folgt mir. Mein Gewissen plagt mich, aber mein Hunger ist größer. Irgendwo besorge ich mir etwas zu essen und gehe dann zum Stadtrand – ich brauche ein Nachtlager, will dafür aber kein Geld ausgeben.

In der Nacht wird es bitterkalt, ich friere. Neue Kleidung habe ich mir von den Wäscheleinen geklaut. Darüber, dass die Menschen sicher lange für die Sachen haben arbeiten müssen, mache ich mir keine Gedanken.

Am nächsten Tag gehe ich zum Viehmarkt. Dort sind nur Männer zu sehen. Ich will ja nach Südafrika, habe aber keine Karte mehr. So kommt mir die Idee, bis ans Meer zu reisen und dann der Küste zu folgen.

Ich versuche die Händler zu fragen, aber sie verstehen mich nicht. Die Zugstrecke, die einst Asmara mit anderen Städten verbunden hat, ist im Krieg zerstört worden. Es gibt einen Busbahnhof, doch der einzige Bus fährt nur alle drei Tage, und ich habe ihn verpasst. Also gehe ich wieder zurück zum Viehmarkt. Endlich scheint mich einer der Händler zu verstehen. Er geht zum Meer. Ich beschließe, in seiner Nähe zu bleiben und ihm dann einfach zu folgen. Wie weit die Strecke ist, weiß ich nicht. Doch zu meinem Schreck ziehen die Händler noch nicht los, sondern übernachten in Asmara. Ich lege mich, wie die anderen auch, neben die Kamele, um zu schlafen. Zuerst habe ich noch etwas Angst vor den großen Tieren, aber sie sind friedlich und strahlen Wärme ab.

Ganz früh am nächsten Morgen bricht die Karawane, bestehend aus drei Männern und sechs Kamelen, auf. Ich folge ihnen mit etwas Abstand. Immer wieder schaut der Händler, den ich gestern angesprochen habe, zurück.

Meine Sandalen, die ich irgendwo habe mitgehen lassen, sind zu groß, und ich habe mir die Füße aufgescheuert. Ich kann nur noch humpeln. Das bemerkt er wohl und hält an, winkt mich zu sich. Er deutet auf eins der Kamele: Ich soll aufsteigen. Ohne Sattel und auch ohne Erfahrung ist es gar nicht so einfach, auf diesem schaukelnden Tier zu reiten. Ich halte mich am Höcker fest, rutsche dennoch etliche Male ab. Aber ich bin froh, dass die Männer mich mitnehmen und offensichtlich Mitleid mit mir haben.

Die Straße windet sich über hundert Kilometer von Asmara bis hinunter nach Massawa. Zwei Tage brauchen wir dafür. Je tiefer wir kommen, desto wärmer wird es.

Ab und zu begegnen wir Soldaten; dann schiebt der Händler mich hinter die Kamele und zieht mir den Lwiet tief ins Gesicht. Er scheint mich beschützen zu wollen. Mehrfach beobachte ich, wie die Soldaten Zivilisten überprüfen, denke mir aber nichts dabei.

Als wir Massawa erreichen, trennen sich unsere Wege. Ich bedanke mich bei dem Händler und mache mich auf zum Hafen. Dort strecke ich meine schmerzenden Füße ins Wasser, aber oh, das brennt – es ist ja Salzwasser.

In Massawa sieht man die Spuren des Krieges deutlich. Etliche Häuser sind zerstört, an einigen sieht man Einschüsse. Viele der Häuser stehen leer. Das Militär ist sehr präsent, aber ich halte mich von den Männern fern und ziehe, sobald ich sie sehe, den Lwiet tief ins Gesicht.

Die Stadt ist ganz anders als Asmara, sehr sauber und eher arabisch. Es gibt auch am Stadtrand keine Bäume, deshalb baue ich mir einen Unterschlupf aus Blechen, unter die ich nachts krieche. Allerdings kommen nachts Skorpione und Schlangen hervor, und ich weiß nicht, wie giftig sie sind. Deshalb suche ich mir eines der leeren Häuser aus und lasse mich dort nieder. Ich besetze hier quasi ein Haus, so wie es die Punks in Bern auch getan haben. Der Gedanke gefällt mir.

Fließendes Wasser oder ein Bad gibt es natürlich nicht, also hole ich Wasser aus dem Brunnen. Bruno hat mir mal gesagt, dass man Wasser abkochen muss, damit es genießbar ist. Also koche ich das Wasser ab. Ansonsten lebe ich in den Tag hinein. Doch das wenige Geld, das ich habe, schrumpft. Manchmal klaue ich etwas Obst auf dem Markt und auch Kleidungsstücke von den Wäscheleinen. Ich tue es mit schlechtem Gewissen, weiß mir aber nicht anders zu helfen.

Eigentlich geht es mir gut, mir geht es vermutlich besser als vielen der Eritreer, aber zum Glücklichsein fehlt etwas. Ich brauche eine Aufgabe und eine Arbeit, ich muss und will Geld verdienen. Arbeit aber findet man nur bei der Armee.

Auf der Straße herrscht ein erbitterter Kampf um alles, was weggeschmissen wird. Die Leute sind Weltmeister im Wiederverwerten, deshalb ist die Stadt auch so sauber. Es gibt fast nichts, was sie nicht noch gebrauchen könnten.

Ich brauche Geld. Irgendwie. Die hiesige Kirche hat nur einen Kollektenkasten, den ich nicht wegnehmen kann, und in die Moschee gelange ich erst gar nicht. Also keimt in mir der Gedanke, noch einmal nach Asmara zurückzukehren und dort die Spenden zu nehmen. Es ist kein schöner Gedanke, und mein Gewissen meldet sich mit Bauchschmerzen, aber eine andere Lösung sehe ich nicht. Ich muss hier weg, weiterkommen, irgendwohin, wo es Arbeit gibt.

Die Busreise nach Asmara und zurück kostet zu viel, aber ich kann mich wieder den Kameltreibern anschließen. Diesmal habe ich gutes, festes Schuhwerk. Mit Proviant und Kleidung zum Wechseln mache ich mich mit einer Karawane wieder auf nach Asmara. Die Karawane wird von Takle geleitet, und er sieht in mir eine Gehilfin. Zusammen mit seinem siebenjährigen Sohn muss ich die Kamelkälber zusammenhalten, wenn Militärfahrzeuge kommen – andere Fahrzeuge gibt es kaum.

Takle lobt mich immer wieder, und zu meiner Verwunderung zahlt er mir sogar etwas – ein wenig Geld erhalte ich. Ich bin erstaunt, aber auch glücklich. Endlich habe ich wieder bezahlte Arbeit gehabt. Doch das reicht natürlich nicht. Mein Plan steht immer noch – ich werde in der katholischen Kirche den Klingelbeutel entwenden. Und mit diesem Geld werde ich weiterreisen bis nach Südafrika. Es ist keine gute Tat, es ist aber das Einzige, was mir einfällt, damit es überhaupt weitergeht.

Ich gehe zur Kirche. Da sitzt der Priester am Eingang – aber die Spendenbox ist nicht mehr da. Ich gehe wie eine Touristin durch die Kirche, schaue in jede Ecke – vergebens.

Enttäuscht setze ich mich in eine der Kirchenbänke und denke nach. Ohne Geld kann ich vielleicht noch einen Monat in Massawa überleben. Dort hätte ich ein Haus. Aber auf lange Sicht ist das keine Perspektive. Hierzubleiben hat noch weniger Zukunft. Ich beschließe, Takle auf dem Markt zu suchen und ihn um Arbeit zu bitten.

Ich habe Glück, er nimmt mich. Vielleicht, weil ich mich mit seinem Sohn so gut verstehe. Immerhin spreche ich inzwischen schon einige Brocken seiner Sprache.

Unsere Reise soll über Mekele nach Dessie und dann zur Hafenstadt Assab führen. Eigentlich will ich nicht dahin, aber immerhin habe ich nun einen Job. Es liegt mir nicht, andere zu bestehlen, doch in den letzten Wochen ist mir nichts anderes übriggeblieben.

Ende Februar bin ich in der Schweiz aufgebrochen, jetzt haben wir Mitte Juli – die Zeit ist so schnell vergangen!

Ich lege mich zu den anderen bei den Kamelen, fühle mich sogar wohl dort. Morgen werden wir aufbrechen. Was die Zukunft wohl bringen mag? Es fühlt sich auf jeden Fall besser an, eine Arbeit zu haben, als wieder zu stehlen. Ich schlafe friedlich ein.

Kapitel 21

1983 – Im Militärlager

1983 ist Eritrea unter äthiopischer Führung, deshalb gibt es keine Zollkontrollen. Doch es gibt immer noch erbitterte Kämpfe, so auch in Guna Guna, wo heute die Grenze liegt.

Wir geraten mit unserer Karawane plötzlich und unerwartet in einen Schusswechsel. Es gab immer wieder Momente, in denen ich nicht mehr weiterleben wollte, aber nun hänge ich doch sehr an meinem Leben. Ich ducke mich, wünsche mir, nie hierhergekommen zu sein, habe Angst wie noch nie zuvor. Es ist furchtbar. Die lauten Schüsse hallen in meinen Ohren, ich verschränke die Arme über meinem Kopf, wimmere. Ein Kamel und ein Kalb werden getroffen, fallen schreiend zu Boden. Takle packt mich bei der Schulter, zischt mir zu, bloß kein Tigrinya, den Landesdialekt von Eritrea, den ich gerade erlerne, zu sprechen. Sein Gesichtsausdruck ist sehr angespannt, und ich weiß, dass es ernst ist.

Die äthiopische Armee umzingelt uns und nimmt uns gefangen. Wir kommen in getrennte Zelte.

In dem Zelt, in das sie mich stecken, sind fünf weitere junge Frauen. Ich hocke mich in die Ecke, sage kein Wort, möchte vor Angst am liebsten laut schreien.

Takle und seinen Sohn sehe ich nie wieder. Der Kleine wird erschossen, Takle inhaftiert. Erst Jahre später kommt Takle frei, ein verbitterter Mann.

Mich packt vom ersten Moment der Inhaftierung die Angst und lässt mich nicht mehr los. Es ist eine andere Angst als die, die ich kenne. Bei Anna musste ich auf ihren Gesichtsausdruck achten und wusste dann sofort, woran ich bin. Ich konnte mich innerhalb von Sekunden darauf einstellen und habe ihre Bestrafungen und ihre Folter hingenommen – wenn es vorbei war, war es vorbei, und man konnte sich erholen.

Hier ist es anders, die Anspannung lässt nicht nach. Es gibt keine Erholungsphasen, die Angst ist allgegenwärtig. Wir atmen sie ein und aus, die Luft riecht nach unserer Angst. Sie ist überall und nirgends. Wenn ich einschlafe, weiß ich nicht, ob ich wieder aufwachen werde. Ich weiß nicht, ob mich jemand sexuell missbrauchen will oder ob ich gefoltert werde. All das sehe und erlebe ich um mich herum. Folter, Mord, sexuelle Gewalt. Immerzu.

Die Soldaten tragen geladene Waffen, richten sie auf uns und lächeln dabei. Einschätzen kann man sie nicht – und das ist die schlimmste Folter. Es ist grausam. Das Militär ist gewalttätig und irgendwie auch abgestumpft – sie erschießen emotionslos jemanden, der vor Hunger weint. Sie brüllen einen an, lächeln dabei.

Geschlafen wird auf dem nackten, kalten Boden. Morgens müssen wir uns aufstellen und ausharren. Ich werde immer wieder verhört, aber die Verhöre sind sinnlos, weil ich sie nicht verstehe und sie mich nicht. Sie nennen mich »Jerimeninya« – das bedeute »Deutsche«. Ich korrigiere das nicht, sage nicht, dass ich aus der Schweiz komme. Meine Fingernägel kaue ich ab, bis es blutet. Früher wollte ich sterben, aber jetzt habe ich Angst vor dem Tod.

Manchmal nässe ich vor Angst ein, bin mir sicher, dass sie mich jetzt, in diesem Moment, erschießen werden.

Dann werden wir weitergetrieben, müssen marschieren. Wohin es geht, weiß ich nicht.

Wir werden auf Lastwagen verfrachtet, müssen uns schwarze Stoffsäcke über den Kopf ziehen und landen irgendwann in Addis Abeba. Die Fahrt dauert drei Tage. Wir übernachten und essen – es gibt nur eine karge Mahlzeit zur Mittagszeit – in Militärlagern. Uns waschen oder gar duschen können wir nicht. Wir alle stinken. Ich besonders nach Urin. So wie früher im Niesenblick, nur schlimmer.

Ich denke mit Sehnsucht an das deutsche Ehepaar, das so viel für mich getan hat, und bereue meinen Freiheitsdrang. Wäre ich doch nur mit ihnen mitgegangen! Nun ist es zu spät.

Etwa fünf Kilometer von Addis Abeba entfernt liegt ein Militärlager, in das wir gebracht werden – wir, das bin ich und weitere junge Frauen, manche noch jünger als ich. Uns wird Essen gegeben und endlich auch Wasser, um uns zu waschen. Zudem neue Kleidung – Uniformen. Jetzt verstehe ich: Wir sind Rekruten ihrer Armee, auch wenn wir es nicht freiwillig sind.

In den nächsten Tagen erhalten wir eine Art Ausbildung – es geht darum, in der Wildnis zu überleben und aus Ästen und Blättern Verbände herzustellen. Waffen erhalten wir nicht. Aber wir werden gedrillt wie Soldaten, was für mich sehr schwer ist. Außerdem verhören sie mich wieder und wieder. Ich schweige beharrlich. Es ist nicht leicht für mich, aber damit, so denke ich, fahre ich am besten.

In dieser Zeit habe ich permanent Angst. Ich sehe, wie Leute erschossen, gefoltert, misshandelt und missbraucht werden. Das Militär kennt keine Gnade. So gut es geht versuche ich mich unauffällig zu verhalten. Es gibt eine Menge Kindersoldaten – Kinder, die verschleppt wurden und nun für die äthiopische Armee kämpfen müssen. Tun sie es nicht, sterben sie, das wird ihnen immer wieder vor Augen geführt. Tun sie es, können sie auch sterben. Der Krieg ist unbarmherzig und nimmt auf das Alter keine Rücksicht.

Ich schlafe wenig, und wenn ich doch einmal einschlummere, bleibe ich unruhig. Die Angst sitzt mir immer im Nacken. Erschwerend kommt hinzu, dass ich die Sprache nicht spreche und viele Dinge einfach nicht verstehe. Es ist wie ein Teufelskreis, aus dem ich nicht herauskomme. Immer wieder denke ich an das nette deutsche Ehepaar, dessen Freundlichkeit ich so selbstsüchtig in Anspruch genommen habe, und ich wünsche mir, ich wäre mit ihnen gegangen, statt eigennützig und nur auf mich bedacht alleine weiterzureisen. Ich habe mich damit in Teufels Küche gebracht. Und anders als im Niesenblick gibt es hier keine Zeit der Erholung, keine Wochenenden mit Ätti, keine Stunden, die ein guter Lehrer für mich herausschindet, damit ich Luft holen und für mich sein kann – das alles gibt es hier nicht. Keine Freunde, keine Punks, noch nicht einmal Alkohol, um sich alles schönzutrinken. Hier gibt es nur Mord und Totschlag, Vergewaltigung, Folter und Bedrohung. Die Angst sitzt mir in den Knochen, in meiner Kopfhaut. Auf den Armen und stellen sich immer wieder meine feinen Härchen auf. Die Angst ist bei mir, wenn ich wach bin und auch wenn ich schlafe.

Ich kaue meine Fingernägel bis auf die Haut ab, so sehr, dass ich überall blutige Wunden statt Nägeln habe.

Wir sind fünf junge Frauen in einem Zelt, haben Militärkleidung bekommen, und uns werden regelmäßig Wasserkanister gebracht, damit wir uns waschen können. Wir schlafen auf dem harten und kalten Boden – keine Decken, keine Matratzen.

Die Tage sind heiß, die Nächte kalt. Ich bekomme wieder Fieber. Hohes Fieber. Erst lässt man mich liegen, aber dann werde ich in das Militärhospital gebracht, wo ich meine Hepatitisinfektion auskuriere. Hier kann ich nicht fliehen, es ist unmöglich. Dabei möchte ich nichts lieber als abhauen – ich will weg, weg aus diesem grausamen Krieg. Aber mir ist auch klar, dass ich als weißes Mädchen kaum eine Überlebenschance in diesem Gebiet habe. Ich kann froh sein, dass das Militär mich schützt und aufpäppelt.

Im August bin ich endlich geheilt und habe eine gute Chance, die Hepatitis überstanden zu haben. Da heißt es, ich soll mich waschen und anziehen. Dann werde ich zu einem Wagen gebracht. Was und warum, verstehe ich nicht. Es ist ein toller Wagen, und für einen Moment denke ich, dass ich zum

Präsidenten gefahren werde, so luxuriös ist das Auto. Doch tatsächlich geht es zur deutschen Botschaft.

Freundlich begrüßt man mich dort, will wissen, was mich in dieses Land bringt.

Mir wird ganz anders. Aufgrund meines Akzents habe ich immer behauptet, aus Österreich zu sein, eine Deutsche hätte man mir nicht abgenommen. Doch nun beschleicht mich der Verdacht, die Angst, dass ich wieder in die Schweiz zurückmuss. Ich will hier weg, und ich will auf keinen Fall zurück zur äthiopischen Armee. Aber ich will auch nie, nie wieder in den Niesenblick. Zurück zu Anna – das ist, als wäre ich der einen Hölle entkommen, nur um in der anderen zu landen. Nein, bitte nicht.

Während des Gesprächs, das ich nur stockend und langsam führe, um Zeit zu gewinnen, schaue ich mich um. Ich suche nach Fluchtwegen und lüge, was meine Personalien betrifft.

Ich gebe an, dass ich aus Wien komme und dass mir meine Papiere gestohlen worden seien. Durch Umstände, erzähle ich, sei ich in die Hände der Armee geraten. Ich werde ausgefragt und kann kaum meine Tränen zurückhalten. Die Armee und der Gedanke daran sind nur furchtbar.

»Sie sind also Österreicherin?«, fragt mich jemand aus der Botschaft.

Ich nicke.

»Da gibt es diesen Schauspieler, der sich für die Kriegsflüchtlinge einsetzt. Kennen Sie den? Er ist auch Österreicher.«

Ich weiß nicht, was diese Leute glauben, aber Österreich und auch die Schweiz sind größer als ein Dorf, und man kennt nicht jeden.

»Ich habe keinen Fernseher und wenig Interesse an Prominenz«, erwidere ich.

»Aber den Namen haben Sie doch sicher schon gehört? Er ist weltweit bekannt.«

Wieder schüttele ich den Kopf.

»Sei's drum. Er baut hier Flüchtlingslager auf und braucht

Hilfe. Wollen Sie dorthin, bis die Sache mit Ihren Papieren geklärt ist?«

Dankend nehme ich an. Ich würde alles tun, um weder zurück in die Schweiz noch zur Armee zu müssen.

Tief in mir drin ist mir klar, dass mein Schwindel irgendwann auffliegt, aber im November werde ich achtzehn, und dann kann mich keiner mehr festhalten, dann bin ich volljährig.

Bevor ich gehe, erwähne ich noch die Lage der Kindersoldaten bei der äthiopischen Armee. Ich verweise energisch auf die UNO-Kinderrechtskonvention, von der ich durch meinen Kontakt mit den Berner Punks und Bruno weiß.

Die Frau senkt bedrückt ihren Kopf. »Das ist nicht so einfach«, gesteht sie beschämt ein. »Wir verhandeln mit Äthiopien. Aber man kann nur schwer mit ihnen reden.«

Ich bin verblüfft. Ich habe immer gedacht, dass ausländische Regierungen, gerade die deutsche, viel mehr Einfluss hätten. Nun erlebe ich, dass das nicht so ist.

Es ist feige, denke ich – auch ihr seid verantwortlich für das Leid all dieser Kinder. Ihr müsstet etwas tun, dafür ist die Politik doch da!

Als Mensch ist man verantwortlich, wird mir klar. Und ich beschließe, dass ich mich ein Leben lang für Minderheiten einsetzen werde. Hier wird der Grundstein dafür gelegt. Ich habe viel erlebt, viel Unrecht erfahren, viel Leid ertragen. Ich habe aber auch Unrecht getan – gestohlen und gelogen. Für mich waren das Auswege: Auswege aus dem Elend, der Hoffnungslosigkeit, dem Entsetzen. Doch es war nicht richtig.

Ich bin wieder gesund, kann für meinen Lebensunterhalt arbeiten, wenn man mich lässt. Ich hoffe, man wird mich lassen.

Ich werde nach Babile gebracht, zu dem Flüchtlingslager des Filmstars. Es liegt ca. 500 Kilometer von Addis Abeba entfernt. Im Flüchtlingslager vergesse ich den Filmstar, das Elend ist einfach zu groß. Ich will überall anpacken und helfen, aber das geht nicht. Ich möchte jedes der traumatisierten Kinder in den Arm nehmen und sie alle trösten – aber auch das geht nicht. Ich kann gut nachvollziehen, wie es ihnen geht, aber meine Geschichte erscheint mir neben ihren Schicksalen geradezu lächerlich.

Die Nächte in dem Lager, das auf 1800 Metern Höhe liegt, sind kalt. Wir Helfer haben Zelte und Feldbetten. Die Flüchtlinge liegen auf dem Boden und frieren. Ich habe ein schlechtes Gewissen, aber selbst zu frieren, weil ich mein Bett aufgebe, macht nichts besser.

Dann lerne ich den Filmstar kennen, der sich auch im Lager aufhält. Karlheinz Böhm heißt er, und er hat die Vision, Dörfer zu bauen, die den Flüchtlingen nicht nur eine Unterkunft, sondern auch eine Heimat geben. Sie sollen nicht nur Unterschlupf, sondern auch Arbeit finden, sich irgendwann selbst ernähren können.

Die Regierung und die anderen Hilfsorganisationen glauben nicht an diese Idee, aber Böhm macht sie wahr. Vier Dörfer baut er auf, vier Dörfer, in denen die Flüchtlinge sich ernähren und fast selbst versorgen können.

Ich lerne viel von ihm, er inspiriert mich. Doch dann reist er ab, um in Europa weitere Spenden zu sammeln.

Anfang Oktober soll ein Warentransport nach Addis Abeba gehen, und ich werde gefragt, ob ich ihn begleiten möchte. Dankbar nehme ich das Angebot an. Mir fehlt die Abwechslung, und die letzten Wochen haben deutliche Spuren bei mir hinterlassen. Ich habe oft Albträume, schrecke schreiend hoch. Das merken auch die anderen Helfer. Darüber reden will ich nicht. Was ich im Militärlager erlebt habe, ist zu schrecklich, um darüber zu reden.

Über Schotterstraßen fahren wir nach Addis Abeba. Während die anderen die Waren für das Lager aufladen, gehe ich zur deutschen Botschaft, die mir eine Einladung geschickt hat. Die Botschaft hat, ohne mein Wissen, Nachforschungen über mich betrieben.

»Sie sind Schweizerin«, wird mir gesagt. »Das haben wir herausgefunden.«

Irgendwie ist das beschämend.

»Sie werden am Samstag in die Schweiz zurückkehren. Wir haben für den Flug gesorgt.«

Ich möchte schreien und heulen. Ich möchte mich wehren, sacke aber nur in mich zusammen. Warum?

»Sie sind noch keine achtzehn Jahre, noch nicht volljährig. Deshalb dürfen Sie nicht selbst entscheiden«, heißt es nur.

In einem Monat, im November, werde ich achtzehn und somit volljährig. Aber bis dahin wird mein Leben von außen bestimmt, ich habe keinen Einfluss auf das, was mit mir geschieht. Die Arbeit, die ich im Lager tue, ist gut und wichtig. Ich würde sie gerne fortführen, aber ich darf es nicht.

Damit ich nicht wieder fliehe, werde ich bewacht. Es gibt jemanden, der mich zum Flugzeug, ja, sogar bis zu meinem Sitzplatz begleitet. Auch beim Transfer in Deutschland habe ich eine Begleitung, als wäre ich kriminell. Meine Flucht ist beendet. Ich bin am Boden zerstört, aber ich habe viel gelernt. So habe ich in den Monaten unterwegs keinen Alkohol mehr getrunken. In der Schweiz habe ich diese Droge benutzt, um mich zu betäuben, um all meine Erlebnisse zu ertragen. Hätte ich in Afrika welchen gefunden, ich hätte wohl weitergetrunken, so aber wurde ich unabhängig davon und habe bis heute kein Verlangen danach. Durch den Abstand und meine Erfahrungen habe ich einen anderen Blick auf die Schweiz bekommen. Und eins ist mir deutlich geworden: Ich will leben. Ich will nicht jetzt schon sterben. Ich will ein selbstbestimmtes Leben führen. Irgendwann. Ob mir das gelingen wird?

Kapitel 22

1983 bis 1986

Auf dem Flug in die Schweiz bin ich noch frei, aber meine Gedanken sind es nicht. Wohin werde ich gebracht? Etwa in den Niesenblick? Ich will Anna nie wiedersehen. Nie wieder. Niemals im Leben.

Meine Reise als Passagier endet in Zürich. Die Stewardess weist mich an, sitzen zu bleiben, als alle anderen aussteigen. Ich bin verblüfft. Was soll das? Doch dann kommen zwei Männer in Uniform und holen mich wie eine Verbrecherin von meinem Platz ab, als alle anderen Reisenden das Flugzeug verlassen haben.

»Wenn du dich benimmst«, sagt einer der Männer, »legen wir dir keine Handschellen an. Folg uns einfach.«

Ich schnappe nach Luft, nicke dann aber. Natürlich benehme ich mich, was denken die denn?

Noch im Flughafen werde ich verhört. Es ist scheußlich, auch wenn ich diesmal verstehe, was sie von mir wollen – anders als bei den Verhören der Äthiopier.

»Sie haben Ihrer Adoptionsmutter großes Leid zugefügt«, sagt einer der Beamten. Mir bleibt die Spucke weg. Ich ihr? Wie bitte?

Ich versuche herauszufinden, ob sie mir den Brand des Bauernhofs zur Last legen, aber das tun sie nicht. Es geht nur darum, was ich angeblich Anna angetan habe. Was sie mir angetan hat, zählt nicht. Ich habe dankbar zu sein, bin es aber nicht. Nein, ganz und gar nicht.

Als jemand sagt, dass ich zum Niesenblick zurückmüsse,

raste ich aus. Ich gehe auf keinen Fall zu Anna zurück. Nie im Leben. Eher laufe ich weg.

Ich schreie ihnen ins Gesicht, wie sehr mich Anna misshandelt hat. Die Männer sehen mich missbilligend an, geben mir wieder zu verstehen, wie dankbar ich Anna gegenüber sein müsste.

Was wissen die denn? Ich bekomme einen regelrechten Tobsuchtsanfall – zu Anna werde ich nicht zurückgehen, auf keinen Fall. Man bringt mich in eine Zelle und sperrt mich ein. Ich wusste gar nicht, dass Flughäfen Gefängniszellen haben, aber jetzt weiß ich es.

Man bringt mir etwas zu essen, und auch ein Arzt schaut vorbei. Er gibt mir Hoffnung, er sagt: »Man sucht gerade nach einer geeigneten Unterkunft für dich.« Das beruhigt mich, denn es bedeutet ja, dass der Niesenblick keine geeignete Unterkunft ist.

Am Tag darauf darf ich die Zelle verlassen. Ich werde fortgebracht, und zu meinem Entsetzen geht es zurück nach Thun. Jedoch nicht in den Niesenblick. Ich komme zu einer anderen Pflegefamilie. Das Ehepaar kann keine eigenen Kinder bekommen und hat einen Jungen aus Brasilien adoptiert. Der Adoptivsohn genoss bei ihnen ein sorgenfreies Leben, und nun studiert er in Lausanne. Deshalb haben sie sich bereit erklärt, ein Pflegekind aufzunehmen. Und dieses »Pflegekind« bin ich.

Ich werde in seinem Zimmer untergebracht, mir werden Fotos mit ihm aus früheren Zeiten gezeigt. Alles war schön, alle waren glücklich.

Mir kommt die Galle hoch. Die ganze Zeit in Afrika hatte ich nie Wutausbrüche – wie auch, ich musste mich um mein Überleben sorgen. Kaum bin ich in der Schweiz, fühle ich wieder den fetten Kloß der Ungerechtigkeit in meinem Hals. Natürlich kann diese nette Familie, die mir nur ein Heim bieten will, nichts dafür. Ich kann aber auch nichts für meine Gefühle.

Diese Familie hat ihren Adoptivsohn aufgenommen, ihn geliebt, versorgt, umhegt. Nicht nur das – sie sind sogar mit ihm nach Brasilien gereist, um ihm sein Herkunftsland zu zeigen. Er wusste immer, wer seine leibliche Mutter war, durfte seine Heimat kennenlernen. Damit hat er Glück, denn er durfte sich mit seiner Familie und der Vergangenheit auseinandersetzen.

Ich konnte das nie.

Wut und abgrundtiefer Hass auf Anna bahnen sich ihren Weg nach oben, nach außen.

Ich bin abgrundtief eifersüchtig und neidisch. Nein, es sind nicht die Sachen, die er geschenkt bekam, es ist die Art, wie mit ihm umgegangen wurde – und mit mir nicht. Er bekam ein warmes Zuhause, ein Willkommen und eine neue Heimat. Er bekam Eltern, die für ihn da waren, wenn er sie brauchte – und das gilt immer noch, selbst jetzt, wo er volljährig ist. Er hat ein Leben ohne Gewalt, Missbrauch und Zwang gehabt. All das hatte und habe ich nicht. Wenn es nach mir ginge, würde ich gerne bei den Punks in Bern wohnen. Ohne Kontrolle. Aber es geht nicht nach mir.

Hilflos bin ich in diesen Gedanken gefangen, die Eifersucht auf sein Leben macht mich rasend, wütend, ohnmächtig. Ich will so nicht sein, aber ich komme dagegen nicht an. Ich wäre gerne ein nettes, liebes Mädchen, das sich fügt und geliebt wird. Aber ich habe in meinem Leben so wenig Liebe gespürt und empfangen, ich kann sie in diesem Moment gar nicht wertschätzen – denn natürlich versucht die Pflegefamilie, mir all das zu geben.

Es gibt keine Worte, die meine Ohnmacht und meine Wut wiedergeben. Es ist eine Ungerechtigkeit, dass man sich seine Eltern nicht aussuchen kann, dass manche einfach mehr Glück haben als andere.

Meine Mutter hat mich einfach abgeschoben. Sie war eine schlechte Frau, die Kinder in die Welt setzte, sich aber nicht mehr für diese interessierte.

Nach zwei Wochen ertrage ich dieses scheinbare Glück nicht mehr. Innerlich bin ich total zerrissen. Dazu kommt, dass ich oft von den Szenen in Afrika träume. Darüber kann ich mit niemanden sprechen. Ich sehe die Leute vor mir, die aus ihren Häusern gezerrt werden, Frauen, die vor aller Augen vergewaltigt werden, oder Menschen, die die Armee einfach so erschießt. Ich habe die Kindersoldaten vor Augen, die zu Erkundungszügen geschickt werden und nie wiederkommen. Jungen, die jünger sind als ich.

All das macht mich krank. Ich raste aus, ich zertrümmere Dinge. Ich weiß mir nicht zu helfen und bekomme auch keine Hilfe von außen.

Das geht so natürlich nicht. Das nette Ehepaar ist mit mir überfordert, und ich bin es auch. Ich werde abgeholt und nach Bern gebracht.

Dort gibt es ein Haus mit einer Wohngruppe. Das Konzept ist noch neu, aber es soll vielversprechend sein.

Ich gelte jetzt als schwer erziehbar ... aber weshalb ist das so? Bin ich wirklich so schwierig, oder hat mich mein Umfeld zu der gemacht, die ich bin? Sind wir Kinder nicht Abbild unserer Erzieher?

Ich stelle diese Frage dem Betreuer – er weiß keine Antwort.

Ich ziehe also nun in dieses Haus in Bern, das fünf Etagen hat. Die drei oberen Stockwerke gehören zu der Jugendeinrichtung. Im fünften Stock unter dem Dach gibt es drei große Zimmer – eines für den Empfang, eines als Therapie- und Gesprächsraum, und der größte Raum ist der Beschäftigungsraum. Dort gibt es einen Boxsack, einen Hometrainer, eine Handarbeitsecke, eine Malecke, Bücherregale und auch Spiele.

In den beiden Etagen darunter gibt es jeweils fünf Einzimmerwohnungen, circa 46 Quadratmeter groß, und eine Wohnung für die Betreuer, die sich abwechseln, sodass rund um die Uhr immer jemand da ist.

Ich teile mir eine Einzimmerwohnung mit Beate. Jede hat

ein Bett, einen Nachttisch, einen Schrank. Es gibt einen kleinen Esstisch und drei Stühle. In der Nische ist eine Einbauküche, und es gibt ein Badezimmer mit Dusche.

Ich bin eine von zehn Frauen im Alter von siebzehn bis einundzwanzig Jahren, die an diesem neuen Konzept teilnehmen dürfen. Das Konzept ist so einfach wie schlüssig: auf Augenhöhe miteinander kommunizieren, statt von oben gemaßregelt zu werden.

Es gibt strenge Hausregeln – aber das kenne ich, damit habe ich keine Probleme. Beate, nur wenige Monate jünger als ich, kommt damit nicht so gut klar. Sie kommt aus einer reichen Familie, wurde immer verwöhnt, stand aber unter großem Druck, funktionieren zu müssen. Sie war drogenabhängig und ist nun aus einem Entzugsprogramm hierher entlassen worden. Gegensätzlicher könnten wir nicht sein, und doch müssen wir uns nun dieses kleine Apartment teilen.

Ich finde sie langweilig, hochnäsig und verwöhnt. Sie hasst meine ständigen Belehrungen und mein ganzes Auftreten.

Morgens um halb sechs klingelt der Wecker, und das straffe Tagesprogramm beginnt. Ich kenne das nicht anders, aber Beate ist ein Morgenmuffel. Ich springe aus dem Bett, stelle den Kassettenrecorder an und singe laut mit Nana Mouskouri mit: »Guten Morgen, guten Morgen, guten Morgen Sonnenschein …«

Nach einer Weile bringt Beate ein gequältes Lächeln zustande und steht dann auch auf. Die Zeit läuft, und ich dränge sie, sich zu beeilen. Nacheinander machen wir uns fertig, richten die Betten. Dann frühstücken wir, und um halb sieben kontrolliert der Betreuer die Wohnung. Außerdem wird ständig überprüft, ob einer von uns Alkohol, Zigaretten oder sogar Drogen konsumiert. Sie achten auch darauf, dass wir uns gesund ernähren und dass die Wohnungen sauber und ordentlich sind.

Wer mit Drogen erwischt wird, wird in ein Heim umplatziert. Das Konzept wird eisern durchgezogen, nicht einmal am Sonntag dürfen wir länger ausschlafen oder länger Ausgang haben – da helfen auch Bitten und Betteln nichts. Wer sich nicht an die Regeln hält, wird bestraft – es gibt Ausgangsverbote und Verweisungen. Ich werde selten bestraft, und wenn, dann nur, weil ich zu spät von der Arbeit heimkomme. Manchmal bleibe ich nämlich in der Stadt stehen, schaue mir die Häuser an, und darüber vergesse ich die Zeit. Ansonsten fällt es mir nicht schwer, mich an die Regeln zu halten – ich bin ganz andere Dinge gewöhnt.

Beate ist recht unordentlich, und ich treibe sie manchmal mit meiner Pedanterie zur Weißglut. Aber nach und nach lernt sie, ihre Sachen wegzuräumen, wenn sie sie nicht mehr braucht.

Sie regt sich aber darüber auf, dass ich Handtücher immer nach einem ganz bestimmten Muster falten muss und dass die Nähseide von hell nach dunkel sortiert ist.

Ich ermahne sogar die Betreuer, ihre Schreibtische besser aufzuräumen. Sie finden mich und meine Ordnungswut auch übertrieben, aber sie wissen ja nicht, dass Annas Stimme in meinem Kopf tönt und mir wieder und wieder sagt: »Ordnung und Sauberkeit sind das A und O, merk dir das du nichtsnutziger Schmierfink. Und jetzt will ich mehr Fleiß und Exaktheit sehen.«

Nicht alles beim betreuten Wohnen läuft reibungslos ab, nicht alle sind brav und folgsam. Bei den Therapiesitzungen und auch bei den Kontrollen der Wohnungen hört man immer mal wieder laute Worte. Aber es gibt keine Folter, und niemand erhebt die Hand gegen uns. Zum ersten Mal seit langer Zeit fühle ich mich verstanden und angekommen. Meinen Frust lasse ich bei den Gesprächen und am Boxsack aus. Doch ich werde auch gelobt – was mir unendlich guttut.

Nach dem morgendlichen Kontrollgang müssen wir uns alle im Therapiezimmer versammeln, und das erste Gespräch des Tages findet statt. Ich mag diese Teamsitzungen nicht, aber es führt kein Weg daran vorbei. Ich sehe allerdings nicht ein, warum ich vor allen anderen preisgeben soll, was mich bedrückt und bewegt. Das ist sicher auch ein Erbe aus dem Niesenblick – wir haben uns gegenseitig immer misstrauisch beobachtet, Gemeinschaft gab es nur selten, Vertrauen so gut wie nie.

Die abendlichen Gespräche unter vier Augen mit einem der Betreuer schätze ich aber sehr. Vor allem einem von ihnen kann ich vertrauen und schütte ihm oft mein Herz aus. Doch auch er glaubt mir manches nicht, was ich erzähle.

Bei der morgendlichen Sitzung gibt es ein abschließendes Ritual, das ich hasse, aber aus Gruppenzwang mitmache – wir müssen uns auf unseren Stuhl stellen und laut sagen: »Ich bin gut, ich kann alles erreichen!« Das müssen wir so oft wiederholen, bis die Betreuer zufrieden mit uns sind und wir überzeugend klingen.

Auch jetzt arbeite ich wieder im Verkauf. Obwohl die Betreuer alles darangesetzt haben, dass ich im nahen Zoo eine Ausbildung machen kann, erfüllt sich mein Wunsch nicht. Anna, meine Adoptivmutter, müsste ihre Zustimmung geben, und das tut sie natürlich nicht. Ich schlucke das, warte eigentlich nur darauf, mein Leben endlich selbst bestimmen zu können. Ich habe immer schon lange auf Dinge warten müssen, ich bin es gewohnt. Und das betreute Wohnen gibt mir Halt.

Nach der Arbeit eile ich nach Hause, um Beate bei der Zubereitung des Abendessens zu helfen. Sie ist groß und schlank, hat blonde, hüftlange Haare – man kann neidisch auf ihr Aussehen werden. Sie kommt aus einer reichen Familie, aber ich begreife, dass Geld nicht alles ist, denn sie ist zutiefst unglücklich. Ihre Familie hat hohe Erwartungen an sie, und daran zerbricht Beate. Sie kann diskutieren, ist sehr gebildet – sie war ja auch auf den besten Schulen – aber putzen, kochen und aufräumen kann sie nicht.

Jede Zweiergruppe muss für sich selbst einkaufen, kochen und auch die Wäsche erledigen, so auch wir. Aber das sind Dinge, die Beate schwerfallen. Ich glaube, man hat uns nicht zufällig zusammengetan. Wir ergänzen uns, jede kann der anderen etwas beibringen – doch mir obliegt die Aufsicht über den Haushalt, was mir ja nicht schwerfällt, ich habe es von der Pike auf gelernt.

So unterschiedlich wir sind, stellen Beate und ich doch im Laufe der Zeit fest, dass wir seelenverwandt sein müssen. Beate ist groß, schön und weltgewandt. Ich bin kleiner, meine Haare reichen an ihre nicht heran, und ich bin unsicher und voller Wut auf die Gesellschaft. Doch es gibt Bereiche, die wir teilen. Bereiche in unserem Innersten. Sie wurde verletzt – anders als ich, doch auch sie hat Kränkungen ertragen müssen.

Früher hätte ich mir gewünscht, jemand wie Beate zu sein, aber jetzt weiß ich: Es ist nicht alles Gold, was glänzt. Für mich ist diese Erkenntnis wohltuend. Und auch das Begreifen, dass leibliche Eltern manchmal schrecklich sind, selbst wenn sie einen nicht zur Adoption freigeben, wie meine Mutter es getan hat.

Ich bringe Beate bei, wie man bügelt. Wie man kocht. Wie man wäscht und wie man einen Haushalt führt.

Sie bringt mir Grammatik und Rechnen bei. Meine Schulkenntnisse sind sehr mangelhaft, und sie hat dabei eine Engelsgeduld, die ich nicht besitze.

Wir reden viel miteinander – abends, wenn wir in unserer Wohnung bleiben müssen, schlafen sollten, aber viel zu aufgewühlt sind. Manchmal beschäftigt uns einfach der Tag und was passiert ist, manchmal sind es die Therapiesitzungen, die nachhallen. Da ist es gut, nicht alleine zu sein.

Beate hat vermeintlich all das, was ich mir immer gewünscht habe – Eltern, ein Zuhause, eine Zukunft. Aber sie ist todunglücklich damit. Lieben ihre Eltern sie wirklich?

Mein Gedankenkarussell wird angestoßen, mein Hirn arbeitet, kocht sogar. Was ist mit meiner leiblichen Mutter? Hat sie mich wirklich nicht gewollt? Warum nicht? Wie ist sie? Wer ist sie? Was macht sie? Ist sie wirklich so schlecht, wie es mir immer wieder weisgemacht wurde? Vielleicht ist sie ja ganz anders. Wie hätte sie mich erzogen? Wäre es besser oder noch schlimmer gewesen? Gedanken über Gedanken. Ich habe viele Fragen, kann aber keine beantworten. Manchmal denke ich daran, sie zu suchen und zur Rede zu stellen. Aber dann verwerfe ich die Idee wieder. Sie hat mich nie gewollt.

Beate ist für mich da. Sie nimmt mich in den Arm, wenn ich nachts Albträume habe. Sie erträgt meine Wutausbrüche. Sie ist meinen Stimmungen ausgeliefert, trägt aber alles mit. Ich hingegen kann ihr wenig bieten.

Aber wir entwickeln uns. Zwei Jahre sind wir im betreuten Wohnen, und bald habe ich mein Ziel erreicht. Darauf arbeite ich die ganze Zeit hin, lasse mich nicht bei Fehlern ertappen. Es muss alles gut laufen, damit mein Plan aufgeht. Und er muss aufgehen.

Erst am 5. November 1985 – an meinem zwanzigsten Geburtstag – offenbare ich Beate meine Pläne. Sie ist baff, aber sie freut sich für mich, hofft, dass alles in Erfüllung geht, was ich mir vorstelle. Das hoffe ich auch.

Ich möchte nämlich weg, weit weggehen, und habe dafür schon Kontakte geknüpft und alles in die Wege geleitet. Aber kann ich Beate zurücklassen? Sie ist wie eine Schwester – eine Schwester, die ich nie hatte.

Wir schwören uns, dass wir zusammenbleiben, dass uns keine Distanz trennen wird, bis dass der Tod uns scheidet. Die räumliche Distanz wird keine Rolle spielen. Ich überlege, alles abzusagen und bei Beate zu bleiben – aber mein Drang nach Freiheit ist größer. Ich muss einfach weg, mein Leben leben.

Und so fliege ich am 6. Januar 1986 nach London, um ein

halbes Jahr einen Sprachkurs in England zu machen. Beate hat versprochen, mich in London zu besuchen, und sie hat auch schon die Reisedokumente besorgt. Ich bin überglücklich – sie ist eine wahre Freundin.

Kapitel 23

1986 bis 1998

Für die Zeit nach meinem Sprachkurs habe ich gleich weitere Pläne. Ich habe wieder Kontakt zu der Stiftung »Menschen für Menschen« von Karlheinz Böhm aufgenommen und darf für ein halbes Jahr in dem Flüchtlingslager in Äthiopien arbeiten. Darüber freue ich mich riesig, denn das Land und die Menschen faszinieren mich, außerdem möchte ich etwas zurückgeben, denn dort habe ich zwar durchaus schlimme Erfahrungen gemacht, aber ich bin innerlich auch gewachsen.

Also fliege ich von London aus direkt nach Afrika. Diesmal ohne Angst und nicht auf der Flucht. Ich habe dazugelernt: Niemand hört gern, »es geht mir schlecht«. So kaschiere ich meine Schmerzen und Gefühle mit einem Lächeln im Gesicht und stürze mich hingebungsvoll in die Arbeit, die mich mein eigenes Leid vergessen lässt. Dass ich dort helfen kann, erfüllt mich. Außerdem lerne ich Nuradin kennen, einen jungen Beduinen, der auch freiwillige Arbeit leistet. Auf eine Beziehung wollte ich mich nie einlassen. Normalerweise mache ich einen Bogen um Männer. Ich habe zu viel Angst, als leichtes Mädchen abgestempelt zu werden. Die Worte, »du bist ein Flittchen, eine Hure wie deine Mutter«, sitzen zu tief. Aber der wahren Liebe kann man nicht entfliehen. Nuradin hat etwas, das mich anzieht, dazu sieht er umwerfend gut aus. Und er bedrängt mich nicht, lässt mich das Tempo der Beziehung entscheiden. Dennoch plagen mich die Gedanken zu versagen und verlassen zu werden.

Leider kann ich nur ein halbes Jahr in dem Flüchtlingslager

arbeiten – dann kommen schon wieder neue freiwillige Helfer. Meine Hoffnung, dass ich eine andere Arbeit in Addis Abeba finde, erfüllt sich leider nicht. Ich muss das Land wieder verlassen und in die Schweiz zurückkehren, wo eine Chance auf Arbeit besteht. Nuradin und ich wollen in Kontakt bleiben, wir haben uns ineinander verliebt. Wir schreiben uns auf Englisch, und ich fiebere jedem seiner Briefe entgegen. Doch irgendetwas geht schief: Ich schreibe ihm und er mir auch, allerdings kommen die Briefe nie an, gehen irgendwo verloren. Ich bin zutiefst betrübt, nichts mehr von Nuradin zu hören. Was ist mit ihm?

Dann erhalte ich endlich eine Nachricht von ihm – er ist in der Schweiz! Am 25. August 1990 heiraten wir. Es ist eine arabische Hochzeit, die von der Schweiz nicht anerkannt wird, aber das ist uns nicht wichtig. Wir gehören zusammen, wir brauchen keinen offiziellen Trauschein – ich will das auch gar nicht, denn bisher habe ich mit Behörden eher schlechte Erfahrungen gemacht. Unsere Kinder machen unser Glück vollkommen.

Viel mehr möchte ich hier nicht über meine Familie schreiben, um ihre Privatsphäre zu schützen.

Leider lassen uns die Schweizer Bürokratie und der Staat nicht in Ruhe: Obwohl mein Mann ein Aufenthaltsrecht hat, werden wir oft kontrolliert. Und auch die Kindererziehung wird überwacht und hinterfragt – weil ich unter staatlicher Aufsicht aufgewachsen bin. Man traut mir wohl nicht zu, eine verantwortungsbewusste Mutter zu sein. Deshalb ziehen wir oft um, suchen uns Gelegenheitsjobs und halten uns so über Wasser. Geld ist uns nicht so wichtig, wir wollen einfach nur in Ruhe miteinander und mit unseren Kindern leben.

1995 geschieht etwas Schreckliches. Beate, zu der ich immer noch engen Kontakt hatte, bringt sich um. Sie ist nur neunundzwanzig Jahre alt geworden und hat dem Druck ihrer Familie nicht standgehalten. Ich bin sehr traurig: Wieder habe ich einen

Menschen, der mir wichtig war und mir ans Herz gewachsen ist, durch Suizid verloren.

Ich verändere mich durch meine Kinder. Ich selbst habe als Kind kaum Fragen gestellt. Und wenn doch, bekam ich zu hören: »Wer viel redet, arbeitet schlecht.« Oder auch nur: »Maul halten!« – »Geht dich nichts an.«

Doch 1998 fragt mich mein jüngeres Kind nicht zum ersten Mal: »Mami, wie hast du denn als Baby ausgesehen?« Ja, das wüsste ich auch gerne. Einmal angefangen, hört es gar nicht mehr auf zu fragen. »Um welche Uhrzeit wurdest du denn geboren? Wie schwer warst du? Hattest du schon Haare?«

Jedes Mal, wenn ich die Fotos meiner Kinder betrachte, denke ich darüber nach, wie ich wohl als Baby ausgesehen habe. Dies und auch den eigenen familiären Hintergrund nicht zu kennen macht mich ganz krank. Meinem Mann habe ich nie etwas von meiner Vergangenheit erzählt – er weiß nicht, wie das Leben bei Anna war, er weiß nicht, dass ich verdingt wurde, und er weiß vor allem nicht, dass mich der Bauer missbraucht hat. Ich habe es ihm nicht erzählt, weil ich mich schäme. Tief in mir drin sitzt die Scham. Und auch das Gefühl, selbst schuld zu sein. Ich bin so, wie ich bin, weil ich wie meine Mutter bin – schlecht, missraten. Das hat mir Anna wieder und wieder gesagt. Sie hat es in mich eingepflanzt, mir eingetrichtert, es so oft wiederholt, bis ich es glaubte. Ich will immer noch keinen Kontakt zu meiner leiblichen Mutter, denn diese Frau kann einfach nur schlecht sein, muss schlecht sein. Aber jetzt will ich doch einiges aus meiner Vergangenheit wissen.

Ich nehme die Kinder und fahre nach Schwarzenburg, dem Ort, an dem ich geboren wurde. Wir gehen zum Spital – doch das ist inzwischen ein Pflegeheim und kein Spital mehr. Ich ahne schon, dass ich hier keine Auskunft erhalten werde. Und so ist es auch. Ich werde zur Gemeindeverwaltung geschickt. Dort wird telefoniert und nachgefragt – und tatsächlich scheinen die

Geburtsbücher von 1965 noch vorhanden zu sein. Ich warte mit meinen Töchtern, denen aber schon bald langweilig wird. Es dauert und dauert. Endlich kommt die Sozialarbeiterin und legt ein dickes Buch auf den Tresen. Sie will meinen Personalausweis und meine Geburtsurkunde sehen. Mehr Beweise über meine Herkunft besitze ich nicht.

»Und Sie sind sicher, dass Sie hier geboren sind?«, fragt sie mich.

»Das steht doch im Familienstammbuch«, gebe ich zurück.

»Am 5. November sind hier nur ein Junge und ein Mädchen geboren worden«, sagt sie und runzelt die Stirn. »Ihren Namen kann ich aber nicht finden.«

Ich bin aufgeregt. Werde ich nun mehr über meine Herkunftsfamilie erfahren? Und über mich?

»Ich muss das Mädchen sein!«

»Aber der Name stimmt ja gar nicht. Es tut mir leid.« Sie schlägt das Buch zu.

»Aber wer ist denn an dem Tag hier geboren worden?«, frage ich nach.

»Das darf ich Ihnen nicht sagen.«

Ich bin enttäuscht, bin wie erschlagen, alle meine Hoffnungen waren vergeblich. Müde drehe ich mich um, nehme meine Kinder und gehe zur Tür. Doch als ich beim Ausgang bin, wird mir etwas klar. Ich drehe mich um: »Ich bin doch adoptiert worden. Der Name in meinem Pass ist nicht mein Geburtsname.«

»Und wie hieß Ihre leibliche Mutter?«

»Rosina Brönnimann«, antworte ich.

»Können Sie das belegen?«

Jetzt platzt mir der Kragen. »Also wissen Sie, wenn ich weitere Unterlagen hätte, hätte ich sie mitgebracht. Laut Geburtsschein existiere ich erst ab dem 26. Juni 1972 – da bin ich adoptiert worden. Ich habe keine anderen Papiere, aber ich wüsste gern mehr über meine Herkunft.«

Die Sozialarbeiterin zuckt nur mit den Achseln. »Solange Sie nichts nachweisen können, kann und darf ich keine Auskunft geben.« Dann dreht sie sich um und geht.

Auch wir gehen. Doch jetzt will ich es wissen. Ich wende mich an das Amt in Thun, das verweist mich nach Degersheim-Magdenau und das wiederum an meinen Geburtsort Schwarzenburg. Es ist wie verhext. Und meine Geduld ist am Ende. Es muss doch irgendwie möglich sein, eine Kindheit in der streng bürokratischen Schweiz nachvollziehen zu können. Ich bin ja nicht 1972 vom Himmel gefallen!

Also besorge ich mir die Gesetzbücher und mache mich schlau – gibt es ein Anrecht darauf, dass man Kenntnis von seinen Geburtsdaten bekommt? Doch diese Gesetzbücher sind zu verworren und zu kompliziert. Ich wende mich an einen Anwalt und frage nach.

Schon beim ersten Anruf kann er mir helfen. Mir steht laut Gesetz eine Adoptionsurkunde zu. Und diese ist bei meiner Heimatgemeinde zu erhalten.

Also beantrage ich die Urkunde. Drei Wochen muss ich warten, dann bekomme ich sie endlich. Jetzt habe ich den Beweis, dass Anna mich adoptiert hat und nicht meine leibliche Mutter ist.

Mit diesem Beweis marschiere ich wieder zur Gemeindeverwaltung in Schwarzenburg und frage nach der Sozialarbeiterin.

»Sehen Sie«, sage ich ihr, »hier ist der Beweis, dass Rosina Brönnimann meine leibliche Mutter ist. Und jetzt hätte ich gerne folgende Auskünfte: Wie groß und wie schwer war ich bei meiner Geburt? Zu welcher Uhrzeit bin ich geboren? Und wer war anwesend?«

»Sie wollen aber viel wissen«, erwidert sie, schaut aber dennoch in den Unterlagen nach. »Hmm, hier steht nur, dass eine Lisa Brönnimann geboren wurde. Mehr nicht.«

Enttäuscht mache ich mich wieder auf den Heimweg. Aber nun hält mich nichts mehr. Ich will mehr über meine Herkunft wissen.

Meine leibliche Mutter zu suchen kommt mir jedoch nicht in den Sinn. Ich habe genug eigene Probleme mit meiner Gesundheit und den Behörden, und eigentlich will ich sie ja gar nicht kennenlernen. Ich habe das Gefühl, das würde mich noch zusätzlich belasten. Für mich ist sie eine Hure, das wurde mir ja immer wieder gesagt, und dieses Bild hat sich tief in mir eingegraben. Sie war zu faul, um zu arbeiten, hat Familien zerstört und ihre Kinder bei der Geburt weggegeben. Sie wollte mich nie. Und gerade jetzt, wo ich eigene Kinder habe, verstehe ich sie an diesem Punkt noch weniger. Meine Familie ist für mich das Wichtigste auf der Welt.

Ich habe meine Herkunft lange verdrängt, habe viel Zeit gebraucht, um zu erkennen, wie wichtig die eigenen Wurzeln sind. Man muss darüber Bescheid wissen, damit man Boden unter den Füßen hat.

Immer schon, unbewusst, habe ich nach Wahrheit und Herkunft geforscht. Wenn meine Mutter so schlecht ist, bin ich es auch – das wurde mir wieder und wieder gesagt. Ja, ich habe Fehler – aber welcher Mensch hat die nicht? Doch habe ich diese Fehler aufgrund meiner Herkunft, oder liegt es an der Erziehung? Mit mir wurde nie liebevoll umgegangen, bis auf wenige Ausnahmen.

Ich suche weiter, frage bei Ämtern und Behörden nach, lasse nicht locker. Doch es ist nicht einfach für mich. Unsichtbare Wunden öffnen sich, und ich merke, dass der Schweizer Staat Weltmeister darin ist, Dinge zu vertuschen, zu verheimlichen und zu vernichten. Etliche Akten gibt es nicht mehr.

Ich gehe zu Behörden und frage: »Kann ich meine Adoptionsurkunde haben?«, und geantwortet wird: »Sind Sie sicher, dass Sie adoptiert wurden?« Die Beamtin wollte sich erst noch nicht einmal die Mühe machen, im Registeramt nachzufragen.

»Habe ich Geschwister?«, frage ich an anderer Stelle.

»Das möchten Sie gar nicht wissen«, wird mir geantwortet. Doch, ich will es wissen. Wieso nehmen sich diese Leute das

Recht heraus, darüber zu urteilen, was ich wissen möchte und was nicht? Sie sind vermutlich in einer ganz normalen Familie aufgewachsen, kennen ihre Eltern, Geschwister, Großeltern und andere Verwandte.

Und immer wieder muss ich mir anhören, dass Amtsgeheimnis vor Auskunft geht. Die Schweiz ist ein Land voller Geheimnisse, und es ist schwer, sie offenzulegen.

Ich forsche weiter, aber es kostet mich Kraft.

Und dann, im Herbst 1998, klingelt der Postbote. Ich öffne. Ich soll ein Einschreiben entgegennehmen. Mein Herz klopft. Ein Einschreiben? Das ist meist ein Brief vom Gericht oder vom Amt. Mit zitternden Fingern unterschreibe ich, nehme den dicken Brief in Empfang, drehe ihn in meinen Händen. Er ist von einem Anwalt aus Zürich, einem Anwalt, dessen Namen ich nicht kenne. Was will er von mir?

Solche Briefe sind immer schlechte Nachrichten, das habe ich in meinem Leben gelernt.

Ich nehme den Umschlag mit nach oben, lege ihn auf den Küchentisch, koche mir einen Tee. Der Brief liegt auf dem Tisch und wiegt schwer. Doch ich kann ihn nicht öffnen, nicht einfach so. Zu viel ist passiert in meinem Leben, zu viele Enttäuschungen, zu viele schlimme Dinge wurden über meinen Kopf hinweg entschieden und in Briefen niedergelegt.

Was mag dies nun sein?

Ich erwarte keine amtliche Post, nichts von einem Anwalt.

Ich schütte Zucker in meinen Tee, rühre um, setze mich an den Tisch, nehme den Brief in die Hände. Er ist schwer und dick, darin sind mehrere Blätter, nicht nur eins. Ich taste mich an den Seiten entlang, versuche zu spüren, was in dem Briefumschlag stecken mag. Ein zweiter, kleinerer Brief, so scheint es mir. Mich schaudert es, aber die Neugier überwiegt. Ich nehme das Küchenmesser und schneide vorsichtig an der Kante entlang. Da ist ein Schreiben und tatsächlich noch ein weiterer unbeschrifteter Briefumschlag.

Den Briefumschlag lege ich vor mich hin, das Schreiben falte ich vorsichtig auseinander, streiche darüber, hole tief Luft.

Dann lese ich.

Liebe Frau Brönnimann,
mein Name ist XXX, und ich bin Anwalt in Zürich. Sie kennen mich nicht. Ich bin beauftragt worden, Sie zu kontaktieren, und zwar von Ihrer leiblichen Mutter, Rosina Brönnimann. Ihre Mutter hat Sie über Jahre verzweifelt und vergeblich gesucht und nun endlich gefunden.

Meine leibliche Mutter? Mir fällt die Kinnlade herunter. Was soll das, was will die denn jetzt von mir? Nach all den Jahren? Ich öffne den handgeschriebenen Brief meiner leiblichen Mutter.

»Meine liebe Tochter«, steht auf der Postkarte, »endlich habe ich dich wieder …«

Weiter lese ich nicht, zerreiße alles voller Wut. Was soll dieses süße Gefasel? Nach über dreißig Jahren kommt sie jetzt an? Was habe ich nicht alles durchmachen müssen – ihretwegen. Sie war nie da, als ich sie gebraucht hätte. Niemals. Sie hat mich weggegeben. Sie hat mich Anna überlassen. Anna, diesem Monster, dem nichts heilig war außer ihr selbst.

In diesem Moment steigt alles wieder hoch, und ich hasse meine Mutter. Ich hasse sie sehr.

Früher hätte ich sie gebraucht, jetzt will ich nichts mehr von ihr wissen. Ich erkläre sie innerlich für tot. Etwas anderes hat sie nicht verdient.

Das glaube ich zumindest. Doch manchmal kommt es anders, als man denkt.

Kapitel 24

2000 bis 2014 – Meine Mutter

Im Jahr 2000 kommt wieder ein Brief von diesem Anwalt aus Zürich. Diesmal weiß ich, dass etwas von meiner leiblichen Mutter drinsteht. Ich öffnete den Brief. Ohne lange Vorrede fordert er mich einfach auf, ihn in seiner Kanzlei zu besuchen.

Den Teufel werde ich tun, was glaubt dieser Kerl eigentlich?

Aber nach drei Wochen siegt meine Neugier. Was er wohl von mir will?

»Liebe Frau Brönnimann, ich habe hier Unterlagen von den Gerichten und vom Vormundschaftsbüro, die Sie unbedingt sehen sollten«, erklärte er mir, auch nachdem ich ihm gesagt habe, dass ich kein Interesse an meiner leiblichen Mutter habe. Das macht mich noch neugieriger. Was kann er da haben? Wir vereinbaren einen Termin.

Dann fahre ich nach Zürich. Bei ihm erfahre ich endlich die Wahrheit oder zumindest einen Teil davon. Ich bin fast fünfunddreißig Jahre alt und habe zeit meines Lebens gedacht, meine Mutter hätte mich weggegeben. Und nun erfahre ich, dass ich ihr gegen ihren Willen weggenommen und zwangsadoptiert wurde.

Er legt mir Dokumente vor, die belegen, dass sie um mich gekämpft hat, dass die Behörden mich ihr weggenommen und ihr sogar das Besuchsrecht, das ihr zustand, abgesprochen haben.

Erst bin ich fassungslos. Dann findet in meinem Kopf eine Kehrtwende statt.

Jetzt, nach fünfunddreißig Jahren, bin ich endlich bereit,

die Frau kennenzulernen, der ich als Säugling weggenommen wurde. Sie hat, das weiß ich nun, über zehn Jahre bei Behörden und Gerichten um mich gekämpft, wollte mich immer zurückhaben. Sie gab erst auf, als ihre Gesundheit ruiniert war und ihre Kraft nachließ.

Bin ich bisher immer wütend auf meine Mutter gewesen, so richtet sich nun all meine Wut auf die Vormundschaftsbehörde. Am liebsten würde ich sofort zum Bundeshaus marschieren und den Parlamentariern den Marsch blasen. Aber dafür bin ich zu feige und zu schüchtern. Und es würde ja wohl auch nichts nützen.

Schüchtern und nervös bin ich auch vor dem ersten Treffen mit meiner Mutter – im Juni 2000. Tagelang vorher kann ich nicht schlafen. Ich habe tausend Bilder im Kopf, wie es sein könnte. Unter Freudentränen werden wir uns in die Arme schließen, so denke ich – Mutter und Tochter endlich wieder vereint. Doch als an diesem schönen Sommertag das Auto in den Hof des Hauses fährt, in dem wir wohnen, ist alles anders.

Sie steigt aus, und ich bin enttäuscht. Das ist meine Mutter? Diese kleine, rundliche Frau? Sie kommt freudestrahlend auf mich zu, aber ich bin schockiert. Meine Wunschmutter habe ich mir immer anders ausgemalt. Sie hat so gar keine Ähnlichkeit mit diesem Bild. Vielleicht ist das eine weitere Verwechslung, und der Anwalt hat sich getäuscht?

Sie will mich umarmen, aber ich strecke ihr die Hand entgegen. Freudentränen wollen sich bei mir nicht einstellen, im Gegenteil – es ist eher emotionslos. Wir gehen hinein, die Konversation ist eher oberflächlich und gezwungen. Sie wird von ihrem Ehemann begleitet, der nicht mein Vater ist. Er macht einen gelangweilten Eindruck.

Ich will wissen, was passiert ist, aber darüber will sie nicht sprechen. »Was vergangen ist, ist vergangen. Es zählt nur das Hier und Jetzt«, sagt sie.

Für mich ist das aber nicht so. Warum hat das Amt mich ihr weggenommen? Darauf will sie nicht antworten.

Nach dem ersten Besuch sehe ich die Mutter-Tochter Zusammenführung als gescheitert an und möchte keinen weiteren Kontakt mehr. Ich bin sehr enttäuscht von ihr. Doch sie lässt nicht locker, schreibt immer wieder oder ruft an. Ganz langsam und zaghaft wächst doch eine gewisse Verbundenheit zwischen uns.

In meinem tiefen Inneren bin ich letztlich sehr froh, dass ich meine Mutter endlich kennengelernt habe. Meine Fragen beantwortet sie nicht, aber wir können dennoch miteinander reden. Es sind belanglose Dinge – Musik, Mode, Gott und die Welt ... manchmal sitzen wir auch stundenlang beisammen und reden gar nicht. Eine Mutter zu haben, eine Mutter, die da ist, die Anteil an meinem Leben nimmt, die sich für meine Kinder – ihre Enkelkinder – interessiert und immer wieder nachfragt, wie es ihnen geht, sollte eigentlich etwas Normales sein, und ich habe mich immer danach gesehnt. Mutter sucht den Kontakt, immer wieder. Aber jetzt, wo sie so greifbar nah ist, lasse ich es nicht zu, dass sie ein echter Teil meiner Familie wird. Ich habe es nie anders gekannt und kann es einfach nicht.

Dreizehn Jahre lang haben wir eher unregelmäßig Kontakt. Wenn wir uns treffen, versuche ich immer mehr über meine Vergangenheit zu erfahren. Doch auf die meisten Fragen antwortet sie nicht. Oder nur ausweichend. Inzwischen weiß ich, dass mein Vater Franzose ist. Rosina – Mutter kann ich sie nicht nennen – verspricht mir immer wieder, Fotos mitzubringen, aber sie tut es doch nicht.

»Ich will doch nur sehen, ob ich dir oder ihm gleiche«, versuche ich zu erklären.

Erst nach vierzehn Jahren öffnet sie sich endlich ein wenig. »Du siehst aus wie Louis, dein Vater.«

Wie versteinert sitze ich da und höre zu.

»Ich habe damals in Mamishuus bei Schwarzenburg im Restaurant geholfen«, erzählt sie. »Dort habe ich 1963 Louis, deinen Vater, kennengelernt. Er war oft Gast in dem Restaurant, und ich fühlte mich zu ihm hingezogen, obwohl auch meine Schwester ein Auge auf ihn geworfen hatte. Wenn er kam, ließ ich die anderen Gäste sitzen und bediente ihn sofort. Deshalb bekam ich auch Streit mit meiner Schwester Hildi und mit dem Wirt. Doch das war mir egal.« Sie stockt kurz, erzählt dann aber weiter. Ich halte die Luft an und unterbreche sie nicht. So lange habe ich auf eine Erklärung gewartet! »Er war so ein stattlicher Mann. Und dann dieser französische Akzent. Und er roch so gut, nicht so wie andere. Erst war er als Saisonarbeiter in der Schweiz, dann blieb er. Weißt du, er war so charmant, unterhaltsam und humorvoll.« Sie hört gar nicht mehr auf, von Louis zu schwärmen, und mir wird klar, dass er die große Liebe ihres Lebens war und dass sie ihn immer noch liebt.

Ich erfahre, dass mein Vater Lavendel liebte, sehr musikalisch war, gern lange spazieren ging und deftiges Essen mochte.

Ein Foto hat sie von ihm; das holt sie jetzt hervor. Sie nimmt es und streicht darüber. Und dann gesteht sie mir, dass sie weder ihren ersten Ehemann noch ihren jetzigen Mann jemals so geliebt hat wie Louis.

»Du warst nicht geplant, aber mir war klar, dass ich mit Louis glücklich werden wollte. Ich wollte mit ihm eine heile Familie haben – zusammen mit den drei Kindern, die ich schon hatte.«

Ich brauche erst einmal eine Auszeit und setze neues Wasser für Tee auf. Bisher hatte ich immer angenommen, dass meine Mutter eine flüchtige Affäre mit meinem Vater hatte und dass ich ein Unfall war. Und nun weiß ich, dass es für sie die große Liebe war. War es das auch für ihn?, frage ich mich. Das werde ich nie erfahren, denn er ist 2012 gestorben, und ich habe ihn nie kennengelernt.

Ich bringe den Tee ins Wohnzimmer.

»Es ging nie lange, und es war schwierig, ihn zu treffen. Ich wohnte ja bei dem Wirt und hatte Rosmarie bei mir«, fährt

Rosina fort. Rosmarie, das weiß ich, ist meine ältere Halbschwester. »Dennoch fanden wir Stunden der Zweisamkeit in der Kammer.«

Da platzt es aus mir heraus: »Warum habt ihr denn nicht geheiratet?«

»Geheiratet?« Der Blick meiner Mutter, der vorhin noch so sanft gewesen ist, als sie von Louis sprach, wird nun zornig. »Heiraten? Louis, der Hund, war ja längst verheiratet und hatte vier Kinder mit seiner Frau. Das hat er mir aber verschwiegen. Denkst du, ich hätte mich sonst mit ihm eingelassen? Ich bin keine Frau, die andere Familien zerstört.«

Aus einigen Akten, die ich von dem Sohn meines Vormunds erhalten habe, weiß ich, dass mein leiblicher Vater tatsächlich verheiratet war. Doch ich hatte angenommen, dass auch meine Mutter dies wusste. Nun erfahre ich die Wahrheit. Er machte ihr den Hof, versprach ihr die Heirat. Er war ein Gauner, doch irgendwie kann ich ihm nicht böse sein. Meine ganze Kindheit über habe ich fast täglich gehört, dass meine Mutter ein Luder, eine Hure sei. Das hat sich in mir eingebrannt. Sie hätte zahlreiche Affären gehabt und mit mehreren Männern Kinder bekommen, die sie dann alle weggab. All das, das weiß ich nun, stimmt so nicht. Dennoch fällt es mir schwer, über meinen Schatten zu springen.

Rosina bleibt übers Wochenende. In dieser Nacht schlafe ich kaum, denke viel nach – vor allem über meinen Vater. Jetzt weiß ich, dass ich sein Aussehen und einige seiner Eigenschaften geerbt habe. Das macht mich froh, es ist so, als hätte ich ein Stück Wurzel bekommen. Rosina steht stündlich auf, um zur Toilette zu gehen, und mir wird bewusst, dass sie nicht gut aussieht. Auch hat sie, im Gegensatz zu sonst, kaum etwas gegessen.

Am nächsten Morgen frage ich sie nach ihrer Gesundheit. In zwei Tagen, antwortet sie ausweichend, habe sie einen Arzttermin. Die Gicht und Wasser in den Beinen machen ihr zu schaffen.

Eigentlich wollten wir spazieren gehen, doch es regnet. Außerdem finde ich, dass Rosina sich erholen sollte. Wir sitzen also am Tisch und genießen unseren Früchtetee, als Rosina plötzlich von ihrem Sohn erzählt. Bisher hat sie kaum auf Fragen nach meinen Halbgeschwistern geantwortet. Aus den Akten weiß ich allerdings, dass sie vor meiner Geburt verheiratet war und drei Kinder bekam. 1953 wurde Heidi, 1956 Roland und 1963 Rosmarie geboren. Auch diese Kinder sind meiner Mutter weggenommen und fremdplatziert worden. Ich habe versucht, etwas über sie und ihren Aufenthalt herauszufinden, doch die Ämter verweigerten mir die Auskunft, da ich ja adoptiert worden und somit nicht mehr mit ihnen verwandt sei. Auch Rosina hat keine Ahnung wo sie leben und wie es ihnen geht, obwohl sie versucht hat, Kontakt zu ihnen zu bekommen.

Und nun erzählt meine Mutter von meinem Bruder. Von seinen Kindern und Enkeln.

»Rosina, warum sagst du mir, dass du keine Ahnung hast, wo dein Sohn ist, obwohl du doch eine Menge über seine Familie weißt?«, frage ich sie verblüfft.

»Aber ich meine doch nicht Roland«, erklärt sie mir. »Ich spreche von Urs. Urs ist Emils Sohn und nicht der von Walter.«

Walter war ihr erster Ehemann, Emil der zweite. Also habe ich zwei Brüder und zwei Schwestern, wird mir klar.

Auch Urs wurde in eine Pflegefamilie gegeben, doch er durfte unsere Mutter an den Wochenenden besuchen. Sie arbeitete damals in einem Laden als Verkäuferin, und an manchen Samstagen nahm sie ihn mit in den Laden, wo er eifrig Büchsen einräumte, erzählt sie schmunzelnd.

»Ich habe noch einen Bruder? Und du hast Kontakt zu ihm?«, frage ich verblüfft.

Sie nickt nur.

»Bitte, gib mir seine Adresse, ich möchte Kontakt zu ihm aufnehmen, ihn kennenlernen.«

Doch Rosina mauert wieder, warum auch immer. Weder Telefonnummer noch Adresse gibt sie mir. Das macht mich wütend, aber ich kann es nicht ändern.

Ich schreibe die Gemeinde in Zürich an, die sich aber strikt an die Regeln hält und mir keine Auskunft erteilt.

Dieses Wochenende, diese Aussprache mit meiner Mutter, hat uns beiden gutgetan. Endlich erhalte ich ein paar Informationen. Unsere Beziehung wird dadurch inniger.

Als sie wieder zu Hause ist, verschlechtert sich ihr Gesundheitszustand rapide. Sie kommt ins Spital, auf die Intensivstation. Vielleicht hat sie geahnt, dass es nicht gut um sie steht, und deshalb endlich angefangen, mir Fragen zu beantworten.

Von nun an besuche ich sie erst jede Woche, dann mehrmals in der Woche. Sie kommt in die Reha, macht eine Kur, kommt wieder zurück ins Spital. Es ist abzusehen, dass sie nicht mehr nach Hause kann.

Und jetzt bin ich sehr dankbar, dass sie mich gesucht und gefunden hat. Es ist mir möglich, meine Mutter mehrmals in der Woche zu besuchen, und ich nutze diese Chance. Vorher habe ich manchmal Monate, ja sogar Jahre vergehen lassen – sie hat sich immer wieder gemeldet, ich habe aber nicht zurückgeschrieben. Das lag sicher auch daran, dass sie mir vor dem Februar 2014 nur wenig Auskunft über unsere Familie gegeben hat. Sie wollte Kontakt zu mir, aber nichts preisgeben und offenbaren. So blieb sie in meinen Augen lange Zeit die Frau, die Affären mit verheirateten Männern hatte – so wie es mir ja immer gesagt wurde –, Kinder bekam und diese dann weggab. Erst jetzt weiß ich, dass alles anders war.

Und jetzt, im Spital, öffnet sich meine Mutter mir gegenüber ganz. Sie erzählt von ihren Eltern, ihren Geschwistern, von ihrer schweren Zeit als einfache Arbeiterin.

Mich wundert, dass ich Emil, ihren Mann, nie sehe. Als ich nach ihm frage, winkt sie nur ab. »Dem ist es doch egal, wie es mir geht. Er wollte nur eine Frau, die seinen Haushalt führt und sich um die Kinder aus seiner ersten Ehe kümmert. Ich habe ihn geheiratet, damit ich dich und deine Geschwister zurückbekomme. Liebe spielte keine Rolle zwischen Emil und mir. Ich wollte immer nur Mutter sein – und das durfte ich zumindest bei seinen Söhnen. Aber euch habe ich nie zurückbekommen.«

Ich kenne Emil nicht gut genug, um über ihn zu urteilen, schließlich habe ich ihn nur ein paar Mal gesehen. Ich weiß, auch er hatte eine harte Kindheit. Ich fahre zu ihm, um nach ihm zu sehen, klingele, aber er weist mich mit barschen Worten ab.

Am 14. Juli 2014 kommt meine Mutter in ein Pflegeheim in Zürich. Dafür hat mein Halbbruder Urs gesorgt. Rosina ist erleichtert darüber.

Ich weiß, das wird die letzte Station meiner Mutter sein. Ob ihr das auch so bewusst ist, weiß ich aber nicht. Jetzt nutze ich jede freie Minute, um sie mit ihr zu verbringen. Die Zeit ist knapp, aber sie ist wertvoll.

Dann erreicht mich überraschend die Nachricht, dass Emil verstorben ist – er hat wohl schon einige Tage tot in seiner Wohnung gelegen, bevor er gefunden wurde. Das bestürzt mich – was für ein furchtbarer, einsamer Tod muss das gewesen sein! Hildi, die jüngere Schwester meiner Mutter, überbringt mir die Nachricht. Und sie sagt mir auch, dass Mutter es nie einfach mit ihm hatte. Er trank viel und wurde dann unangenehm und hat Mutter angepöbelt. Eine zweite Scheidung wollte sie nie, auch wenn sich ihr Traum, dass ihre Kinder nach der Eheschließung wieder zu ihr zurückkommen könnten, nie erfüllt hat – im Gegenteil – die weiteren Kinder wurden ihr auch weggenommen.

Am 25. Juli wird Emil beerdigt. Ich gehe zur Trauerfeier – dort sind auch mein Halbbruder Urs und Emils beide Söhne aus erster Ehe. Ich treffe sie dort das erste Mal. Auch Mutter ist gekommen, obwohl es ihr sehr schlecht geht. Mein Halbbruder zeigt mir deutlich seine Ablehnung – wieder komme ich mir vor wie ein Niemandskind. Mutter kann mich nicht unterstützen, sie ist zu schwach. Ich stehe da unter Verwandten, die ich nicht kenne, und komme mir verloren vor. Sie nehmen mich zur Kenntnis, aber mehr auch nicht. Ich bin gekommen, nicht weil ich Emil auf seinem letzten Weg begleiten will, sondern um meine Familie zu treffen und für meine Mutter da zu sein.

Und plötzlich stehe ich zwei Frauen gegenüber – meinen Schwestern. Aus der Ehe mit Emil ging nicht nur Urs hervor, sondern 1970 auch die Zwillinge Daniela und Regina. Sie wurden meiner Mutter, genau wie ich, direkt nach der Geburt entrissen und zur Zwangsadoption freigegeben. Weil sie unter dem neuen Recht weggenommen wurden, sind sie im Familienstammbuch nicht vermerkt, und ich hatte bis zum heutigen Tag keine Kenntnis von ihrer Existenz. Staunend stehen wir uns gegenüber und fühlen uns gleich verbunden. Sie wurden zu guten Eltern gegeben, dennoch haben sie, genau wie ich, immer die Entwurzelung gespürt und haben auch damit zu kämpfen.

Außer meiner Tante und meiner Mutter wusste niemand von mir – so bin ich die Überraschung des Tages, doch mir scheint, besonders willkommen bin ich nicht.

In den nächsten Tagen bin ich so oft wie möglich bei meiner Mutter. Manchmal geht es ihr gut, manchmal braucht sie viel Morphium. In dieser Zeit erzählt sie mir noch mehr über ihre Familie und über ihr Leben. Ich erfahre Dinge, die alles verändern, die mich wütend machen. Die mich umhauen.

Bisher kannte ich nur Hildi, Mutters Schwester. Nun höre ich mehr. Von Ernst, der verunglückt ist, von Hans, der morgen Geburtstag hat, von ihrer Schwester Lotti, zu der sie kaum noch Kontakt hat.

Und dann sieht Rosina mich an. »Weißt du, ich habe noch eine Schwester. Die Vreni. Ich weiß nicht, wo sie heute lebt und ob sie überhaupt noch lebt. Sie ist mit siebzehn von zu Hause fort, und danach haben wir nie wieder etwas von ihr gehört.«

»Wer ist denn Vreni?«, frage ich erstaunt. Ich höre all diese

Namen – Ernst, Hans und Lotti – heute zum ersten Mal. Und jetzt auch noch Vreni.

»Deine Großmutter – meine Mutter –, die Sophie, war bei einem Pfarrer im Basler Land als Dienstmagd angestellt. Sie war sehr jung und machte ihm den Haushalt. Aber ihm reichte das nicht, und er fiel über sie her.«

Ich schnappe nach Luft.

»Irgendwann war sie schwanger, und als man das sah, hat der Pfarrer meine Mutter mit meinem Vater verheiratet. Vreni war das Kind des Pfarrers, und mein Vater hat sie immer spüren lassen, dass sie nicht zur Familie gehörte.« Rosina sieht mich schon fast entschuldigend an. »Ansonsten war mein Vater ein guter Mann, nur eben sehr streng und hart, was unsere Erziehung anging. Doch das war ja damals normal.« Sie ringt nach Luft, hält inne, fährt dann fort. »Wir hatten nie viel Geld, mussten oft umziehen. Er arbeitete als Polier auf dem Bau, und wir gingen dahin, wo er Arbeit bekam. Meine Mutter war Weberin. Auch sie hat viel gearbeitet.« Müde schließt Rosina die Augen. »Vreni ist zehn Jahre älter als ich. Sie musste sich immer um uns kleinere Kinder kümmern. Das war hart für sie. Wie mag es ihr heute gehen?«

Rosina schließt die Augen, dämmert weg. Ich weiß, es dauert nicht mehr lange. Die Heimleiterin kommt und spricht leise mit mir darüber, dass ich Abschied nehmen soll. Es ist keine Überraschung für mich, und ich bin gefasst. Letztendlich bin ich dankbar, dass ich meine Mutter doch noch kennenlernen durfte. Und besonders dankbar bin ich für die letzten intensiven Wochen mit ihr.

Rosina wird wieder wach. »Mein Vater musste in den Krieg«, erzählt sie. »Er kam zurück und war krank, konnte nicht mehr arbeiten. Meine Mutter verdiente zu wenig, um uns sechs Kinder zu ernähren, deshalb suchte sie Hilfe bei der Gemeinde.« Sie schluckt schwer. Ich gebe ihr etwas zu trinken. »Wir wurden in andere Familien gegeben«, fährt sie mühsam fort. »Ich war zwölf Jahre alt und gut in der Schule.« Wieder stockt sie. »Aber dann durfte ich nicht mehr zur Schule gehen. Ich kam zu demselben Pfarrer, bei dem schon meine Mutter war.« Ihre Stimme wird leise, kaum hörbar. Ich kann nicht fassen, was ich gerade erfahre. »Ich machte dort den Haushalt. Zuerst. Er war schon in Rente, durfte aber im Pfarrhaus bleiben.« Sie schließt die Augen, wendet ihr Gesicht ab. »Er hat mich nicht anders behandelt als meine Mutter. Ich war noch keine achtzehn, als Heidi zur Welt kam.«

Ich will es genau wissen. »Wer ist der Vater meiner Halbgeschwister?«, frage ich sie eindringlich.

»Der Pfarrer, dieser Lump, ist Heidis Vater«, sagt meine Mutter und holt tief Luft.

Ich bin sprachlos. Derselbe Pfarrer hat meine Großmutter *und* meine Mutter geschwängert. Beide Male wurde das mit einer Heirat vertuscht. Der Pfarrer ist nie bestraft worden. Wie viele Mädchen mag er im Laufe der Zeit missbraucht haben? Zwischen meiner Großmutter und meiner Mutter lagen siebenundzwanzig Jahre – in der Zeit wird er etliche andere Hausmädchen gehabt haben.

Warum wiederholt sich so etwas in unserer Familie, frage ich mich, denn der Bauer Hans hat mich genauso missbraucht, nur dass ich das Glück hatte, von ihm nie schwanger zu werden.

Müde und voller schwerer Gedanken gehe ich an diesem Abend nach Hause. Meine Großmutter suchte nach dem Krieg Hilfe, aber statt ihr Unterstützung zu geben, wurden ihre Kinder verdingt. Die Kinder mussten hart arbeiten und verloren ihre Kindheit und Jugend. Sie wurden auf mannigfaltige Art missbraucht.

Mutter umarmt mich zum Schluss noch. Ich sage ihr: »Morgen kommt Urs, und übermorgen bin ich wieder hier.«

Sie richtet Grüße an meine Kinder und meinen Mann aus, lächelt.

Zwischen zwei und drei Uhr morgens des nächsten Tages, dem 20. September 2014, erhalte ich einen Anruf aus dem Pflegeheim. Meine Mutter ist verstorben.

Ich erkläre mich bereit, meine Halbgeschwister zu informieren.

Die Totenwache darf ich am Bett meiner Mutter abhalten, bis die Herren vom Beerdigungsinstitut kommen. Wunderschön und entspannt sieht sie aus. Hat sie jetzt ihren Frieden gefunden? Zumindest hat sie mir alles erzählt, was ich wissen wollte. Und noch mehr. Dinge, die ich immer noch nicht fassen kann.

Sie war eine abgearbeitete, verhärmte Frau, aber nie bösartig. Ich habe oft ihren leichten Humor genossen.

Ich bin froh, dass ich sie kennengelernt habe, dass sie sich all die Jahre dafür eingesetzt hat, mich wiederzufinden, und dass sie mich gefunden hat. Denn sonst würde ich immer noch an meiner Vergangenheit verzweifeln. Ich würde noch immer glauben, dass sie eine schlechte, arbeitsscheue, freizügige und lasterhafte Frau gewesen ist – dabei war sie all das gar nicht.

Meine Mutter, Rosina Brönnimann, wollte immer nur eines – eine heile und glückliche Familie. Das hat sie in ihrem Leben leider nie erreicht. Aber das ist, und das weiß ich heute, nicht ihr Fehler, sondern dem Schweizer Staat vorzuwerfen.

Nachwort

1986 durfte ich das betreute Wohnen verlassen. Ich hielt mich für frei und wollte mein Leben selbst gestalten. Alles hinter mir lassen und für alle Zeiten vergessen, was gewesen war. Aber so einfach geht das nicht. Das Erlebte holt mich tagtäglich ein.

Aus heiterem Himmel sind sie da, diese Stimmen, diese Gerüche, diese Geräusche, die Schmerzen, der Spott und das Gelächter von damals. Stimmen von bekannten und fremden Personen, welche damals meine Hilfeschreie ignorierten und mich Lügnerin, Tschingg, Bastard und Nichtsnutz nannten. *Man kann das Erlebte nicht ungeschehen machen. Aber man kann dafür sorgen, dass es sich nicht wiederholt.*

Meine Biografie aufzuarbeiten hilft mir zu verstehen, zu verarbeiten und damit umzugehen. Was für mich und mein näheres Umfeld nicht immer einfach ist. Insbesondere, weil die Behörden mir keine Ruhe lassen. Immer wieder muss ich auf den Ämtern vorstellig werden und Rechenschaft ablegen.

Weil ich aus gesundheitlichen Gründen nicht in Vollzeit arbeiten kann, habe ich mich lange Zeit mit Aushilfsjobs über Wasser gehalten, und ich musste erst lernen, wie man mit Geld und Kindererziehung umgeht. Weil mir ein schlechtes Leumundszeugnis ausgestellt wurde und mir die Worte »du bist nichts, du kannst nichts« dermaßen eingebrannt wurden, habe ich erst sehr spät eine Ausbildung gemacht und sie hervorragend abgeschlossen, worauf ich sehr stolz bin. Als mein Mann zu mir zog und die Kinder geboren wurden, stand immer im Raum, dass sie uns weggenommen werden, weil wir nicht nach Schweizer Recht verheiratet waren. Also heirateten wir, auch wenn wir das eigentlich nicht wollten und es für uns nicht notwendig war.

Heute arbeite ich in einer Institution für und mit geistig behinderten Erwachsenen und setze mich für Opfer von Zwangsadoption ein.

Als Kind habe ich geschwiegen, weil man es mir befahl. Und auch danach habe ich noch lange geschwiegen. Warum? Ich musste schauen, dass ich irgendwie überlebte und zurechtkam. Ich wollte nicht zurückschauen, nur vorwärts. Meine Familie gab mir die Kraft.

Aber irgendwann muss man auch darüber reden.

Fürsorgerische Zwangsmaßnahmen in der Schweiz vor 1981

Bis in die Achtzigerjahre des letzten Jahrhunderts wiesen in der Schweiz Armenpflege, Waisenämter, Vormundschaftsbehörden – oft auch in Zusammenarbeit mit privaten Institutionen wie Jugendschutzkommissionen, Pro Juventute, Seraphische Liebeswerke, Gotthelf-Stiftung, Heilsarmee, Frauenvereine, Armenerziehungsvereine, Mutter-Kind-Heime – Menschen, insbesondere Kinder und Jugendliche, aber oft auch deren Mütter und Väter, in Anstalten ein, weil ihnen Liederlichkeit, Arbeitsscheu oder lasterhafter Lebenswandel vorgeworfen wurde.

Sehr oft wurden diese Einweisungen und administrativen Versorgungen angeordnet, ohne dass den Betroffenen das Recht auf eine gerichtliche Überprüfung eingeräumt worden wäre. Vielmehr genügten dazu einfache Verfügungen, oft auch bloß mündliche Abmachungen unter denen, die über die Schicksale dieser Menschen bestimmten.

Auch an den Orten, wo die Betroffenen im Zuge solcher »Versorgungen« untergebracht wurden, wurden die Rechte vieler Betroffener nicht gewahrt. Kinder wurden als Verding-, Pflege-, Heim- und Adoptivkinder oft schlecht ernährt und gekleidet, viele wurden misshandelt, oft auch sexuell missbraucht. Zahlreiche Jugendliche und Erwachsene wurden in Strafanstalten oder geschlossenen Abteilungen psychiatrischer Anstalten untergebracht und verbrachten dort den Alltag mit Strafgefangenen oder psychisch Kranken.

Die Eltern der so Inhaftierten wurden in vielen Fällen im Unklaren über das Schicksal ihrer Kinder gelassen. Wenn sie sich dagegen wehrten, kam es nicht selten vor, dass sie selbst in Zwangsarbeitsanstalten oder in psychiatrische Kliniken eingewiesen wurden.

In den Anstalten selbst kam es vielerorts zu schwerwiegenden Verletzungen der persönlichen Integrität. Besonders gravierend ist aus heutiger Sicht die hohe Anzahl forcierter Adoptionsverfahren mit der Folge, dass sehr viele der betroffenen Mütter noch heute nicht wissen, wo ihre Kinder sind. Es kam auch zu Zwangsabtreibungen und zu Zwangssterilisationen, insbesondere an unverheirateten Frauen aus der Unterschicht. Wobei zu Letzterem einzig im Kanton Waadt eine gesetzliche Grundlage bestand.

Oft wurden die Betroffenen vor die Alternative gestellt, entweder diesen schwerwiegenden medizinischen Eingriff über sich ergehen zu lassen oder aber lebenslänglich in Anstalten interniert zu bleiben. Manche Zwangssterilisationen wurden auch ohne Wissen der Betroffenen durchgeführt und beispielsweise als Blinddarmoperationen ausgegeben. Manche Betroffene waren im Lauf ihrer Kindheit und Jugendzeit sowohl Heimkind als auch Verding-, Pflege- und Adoptivkind. Und viele von ihnen erlitten Zwangsabtreibung, Zwangssterilisation, Zwangsadoption und auch administrative Versorgung.

Quelle: 2013 erarbeitet von den Vereinen: administrativ-Versorgt, netzwerk-Verdingt, Fremdplatziert, IG Zwangssterilisation und IG Zwangsadoption-Schweiz & missglückte Adoption

Dank

Zunächst möchte ich mich an dieser Stelle bei all denjenigen bedanken, die mich während des Verfassens meiner Biografie unterstützt und motiviert haben.

Ganz besonders gilt dieser Dank meiner Mitautorin Ulrike Renk. Nicht nur weckten Sie die Leidenschaft zum Schreiben in mir – auch durch Ihre moralische Unterstützung haben Sie einen großen Teil zur Vollendung beigetragen. Sie haben mich dazu gebracht, über meine Grenzen hinauszudenken. Vielen Dank für Ihre Geduld.

Daneben gilt mein Dank Frau Mareike Neukam und dem Verlag Bastei Lübbe AG. Vielen Dank, dass Sie mir die Möglichkeit gegeben haben, meine Biografie zu veröffentlichen.

Auch hat Herr Charly Kowalczyk maßgeblich daran mitgewirkt. Mit der Hörsendung »Halts Maul, du lügst« wurde man auf mich aufmerksam.

Und nicht zuletzt gebührt meinen Kindern und meinem Ehemann Dank, ohne die dieses ganze Unternehmen niemals zustande gekommen wäre.

Die schockierende Geschichte einer miss-brauchten Kinderseele

Annabelle Forest
DER TEUFEL VOR MEINER TÜR
Zehn Jahre missbraucht und manipuliert. Wie ich der Hölle meiner Kindheit entkam
Aus dem Englischen von Axel Plantiko
304 Seiten
ISBN 978-3-404-60869-0

Annabelle ist gerade sieben Jahre alt, als sie durch ihre Mutter in die Fänge einer perversen Sekte gerät. In einem kleinen Ort in Wales führt sie zehn Jahre lang ein schreckliches Doppelleben: Tagsüber spielt sie das unbekümmerte Schulmädchen, nachts die Sexsklavin des brutalen Sektenführers. Erst als sie schwanger wird, findet sie die Kraft, aus der Hölle auszubrechen: Um keinen Preis darf ihre eigene Tochter dasselbe durchmachen wie sie ...

Bastei Lübbe

Wie gut kennt man die Menschen, die man liebt?

Morgane Seliman
MEIN LEBEN WAR
IN SEINER HAND
Geschlagen und gedemütigt. Wie mein Zuhause zum Albtraum wurde
Aus dem Französischen
von Monika Buchgeister
240 Seiten
ISBN 978-3-404-60947-5

Die junge Französin Morgane ist sicher, mit Yassine ihren Traummann gefunden zu haben. Der Halbägypter kocht für sie, er wäscht - und liest ihr jeden Wunsch von den Augen ab. Doch dann wird sie schwanger. Und Yassine verwandelt sich. Gemeine Demütigungen, brutale Misshandlungen und die zunehmende Isolation von Familie und Freunde machen ihr Leben zur Hölle. Nur die Sorge um ihren Sohn lässt Morgane lange stillhalten. Aber dann droht Yassine sie umzubringen, und Morgane muss endlich handeln ...

Bastei Lübbe